目录

女人与墨香

雪静 著

江苏凤凰文艺出版社
JIANGSU PHOENIX LITERATURE AND ART PUBLISHING, LTD

图书在版编目（CIP）数据

女人与墨香 / 雪静著. — 南京：江苏凤凰文艺出版社，2018.7

ISBN 978-7-5594-2566-9

Ⅰ. ①女… Ⅱ. ①雪… Ⅲ. ①散文集－中国－当代 Ⅳ. ①I267

中国版本图书馆 CIP 数据核字(2018)第 162808 号

书　　名	女人与墨香
著　　者	雪　静
责任编辑	丁小卉　姚　丽
出版发行	江苏凤凰文艺出版社
出版社地址	南京市中央路 165 号，邮编：210009
出版社网址	http://www.jswenyi.com
印　　刷	保定市铭泰达印刷有限公司
开　　本	880×1230 毫米 1/32
印　　张	9.875
字　　数	200 千字
版　　次	2020 年 9 月第 2 次印刷
标准书号	ISBN 978-7-5594-2566-9
定　　价	58.00 元

求雨山的雪

求雨山的雪是有层次的，落在房檐屋角上的雪是实体雪，如果太阳不出来，雪便要在这里静卧多时，得意而自在地望着树上和水池里的同类，它们不是被风吹成了落花，就是被池子里的水俘获成泥，而房檐屋角上的实体雪，即使逢到了灼热的太阳光，也会化成一股又一股的水流，顺着滴水檐嘀嘀哒哒滑落，成为一道有音响的风景。金陵四老馆的雪大都如此，因为房屋形状的不同，积雪的形态也就各异，但都是冬雪的尊容。

雪中的墨池幽深静秘，好像飘飘洒洒铺天盖地的雪都跟自己没有关系，它在悄悄吞噬雪花，这上天赐予的营养，岂能不放开尊口饕餮?

求雨山的树多，竹林为最。落在竹上的雪极容易被风吹落，若是逢到雪的强势，风会躲得无影无踪，那雪就扑天盖地洒下来，将竹叶变成沉甸甸的一蓬，酷似无数男人的粗眉毛纠结在了一起，任是怎么也撕扯不开的，除非风猛扑过来，胡吹乱搅一气，这时的雪就被风凶狠地拽翻在地，于是纠结成男人粗眉毛般的竹叶，又变成女人的柳叶眉了。雪后的竹林，清新爽洁，鸟的鸣叫格外动听，好像都服了金嗓子喉宝，不撒欢展示歌喉就会输给强势的风声。

梅花傲雪的意境在求雨山大可寻觅，雪和风联合起来的寒冷让梅花越发艳丽，各种色彩的梅花与雪相拥成冬天最美的风景，难怪那么多的女人取名叫“雪梅”，雪中梅那是极寒中的“花枝俏”啊，雪映梅花，梅花挺雪，那单调的白色就有了冬日的生机。而带着春消息的梅花让人寒冷紧皱的心尽情舒展，不由牵出一缕缕温暖的诗意:“冬天来了，春天还会远吗?”

2018 年的冬天，两场大雪飘落求雨山，这不平凡的大雪让我的神经兴奋，尽管不敢在雪中疾走，仍徐步到了山上，海拔四十多米的求雨山，竟踏雪徐步了那么久。林散之先生的雕塑被裹雪的竹叶覆盖，分不清哪里是他的眉眼了。我抖动竹子，让积雪成花飞一会儿，使林老的慈眉善目更清晰。仰望山顶藏雪的纵深林壑，似聚着一团神秘而浓浓的雾气，连风都吹不散的雾气，让人感叹雪真是大呢！

放眼四望，皑皑白雪中，一行红色的装饰字分外惹眼：求雨山中华书法小镇——一个独一无二的人文景观即将横空出世。

2018 年 4 月 5 日清明节

孤独的江鸥

上了船，便有成群成群的鸥鸟来挑逗你的视线，那灰黑的喙与白净的翅膀鲜明地摄入你的眼底。当它俯冲浪花时，你不由注意起它的翅膀；而当它振翅云天时，你又不由得注意起它的喙。这时，你自然而然想亲近它一下，就一下。可这一下，它是永远不会给予，哪怕你多情得淌泪，或者愤然骂它"吝啬鬼"。

鸥鸟在江中，我叫它江鸥。

船徐徐前行，一声长鸣画上了我与江汉平原的句号。站在船尾，视线被成群的江鸥吸引，纵然风，纵然寒冷都不在意识里留存。我完全被那白净的翅膀所迷惑，被那灰黑的喙勾引了……我担心我的双眼会因长久的盯视而迷茫，我的瞳仁会因深深的陶醉而质变。这样久久看着，欣赏着，不知过了几时光阴，也未生出站久的感觉。

不幸的是三等舱在船头，我不能放弃我的行李和那一大堆必须带到终点的书籍，只好舍弃江鸥而去。闷坐三等舱内，终是感觉不出乘船的那一份快意，又离开铺位，站立舱外，滚滚的大江直横眼底……

我就是在这个时候发现那只形单影只的江鸥的，它跟随我的船舱，在我目力所及的天地扇动白色的翅膀，为这江水共长天一色的景致增添了勾魂摄魄的点缀。我欣喜于我对它的发现，因为这发现，长江缓缓流过了寂寞的心灵。

江鸥本喜欢成群结伴聚在靠近餐厅的船尾，激扬的浪花卷起的残羹剩饭可以填饱它们的饥腹，这轻而易举的物质享受，使它们对船尾的浪花始终迷恋不移。

而我眼前这只江鸥却远离了伙伴，远离了有利可图的船尾，不能不令我看重它的独往独来。

我细细打量它，它在我的视线里一会儿渺远，一会儿又拉近，一会儿拍拍翅膀飞上云天，一会儿又俯冲直下江面。不乞求同伴的追随，不在意同类的疏远，在自己的天地随意潇洒，那份悠然自在，绝不是船尾那群喧闹的江鸥所能拥有的。我不由得羡慕它的选择了，它选择了孤独就选择了自由，选择了自由就选择了所有。

船不断地加快着速度。

黄昏过去，黑夜袭来。当船上如丝如缕的音乐刺激我情感的神经时，孤独的江鸥在黑色的背景中、在音乐的烘托中，有力地盘旋在我船舱的左右，我发现潮湿的不是眼睛；而是心，于是不由得一遍又一遍祝它平安、平安！

《人民日报》(海外版)1993 年 8 月 21 日周末副刊

让儿子懂得……

我将一瓶酸奶递给儿子，他将塑料吸管插进封口，有滋有味地吸吮起来。

夕阳斜射的黄昏，南来北往的行人繁华着马路。一位中年妇女忽然走到我面前，问："孩子喝的什么？"

"酸奶。"我回答。

"一瓶多少钱？"

"六毛，直销价。零售要比这贵。"

女人转身走了，我注意看她，她在街心公园一角摆摊卖青萝卜，时令已进入春季，很少有人问津她的买卖。她一定感到了生意的冷清，才突发奇想打听酸奶的价格，从直销到零售，每瓶可赚上几毛钱。

儿子问："妈妈，你认识她吗？"

"不认识。"

"不认识为什么要跟她讲话？"

"她来问事情，我不能不理睬呀。"

"别理她，她穿得那么脏破，是穷人。"

我愣住了。什么时候这小小的心灵竟滋生了贵族意识，你并非贵族出身啊！我感到这种苗头的可怕，尽管它刚刚开始萌芽。带着这种意识长大成人，儿子将来如果成为拥有万贯资财的富翁，会无视底层百姓的生活而挥霍无度；如果做了官，会不顾众生的温饱而高高在上；如果掌握了一点生存的技能和本领，会目空一切，傲视所有的讨教者。即使他将来目不识丁，身无分文，也会说葡萄很酸……我不敢进一步设想，我必须纠正他心灵的偏颇。

我给他讲了《卖火柴的小女孩》的故事。那个可怜的小女孩在辉煌的圣诞之夜，闻着富人家里的肉香，在寒冷的大街上饥寒交迫，没有一个富人在她微弱的哀求中买她的火柴，她如果能用卖火柴的钱买一个充饥的面包，也就不会死在辉煌的圣诞之夜……这是西方一个叫安徒生的作家创作的童话，童话世界离我们虽然十分遥远，但毕竟是现实生活的一种折射，我要让儿子懂得穷人和富人都是一样的人，富人最初也是由穷人起步的。傲慢无礼的富人会变成穷人，谦虚努力的穷人会成为富人，这个世界，人与人是平等的。

《中国青年报》1993 年 3 月 21 日星期刊

过日子

我真正学会过日子是从做母亲开始的，当了孩子的妈妈，家庭的责任感强了，花前月下的闲情没有了，吟风弄月的兴致淡了。一有空闲就要考虑孩子的吃穿，考虑怎样用有限的薪水调理好一家人柴米油盐的开支。等我意识到这就是自己过日子的时候，不由想起母亲常说的话：不当家不知柴米贵，不养儿不知父母恩。

在我的记忆里，母亲是一个非常会过日子的女人，她虽天生丽质貌美如花，且是医院的医生，却不依仗自己相貌的美丽和职业的高尚而轻贱家庭的小日子，从不舍得浪费一针一线。每逢夜色降临，母亲喜欢一边在灯下打毛线一边给我讲因果报应的故事，桩桩故事都包含了勤俭持家的深刻道理。记得母亲讲过，从前天上只下白面不下白雪，有回老天爷派神仙下凡察看民情，发现百姓奢侈浪费不堪入目，有位妇女竟用白面烙成大饼给孩子当坐垫。老天爷发怒了，盛怒之下将白面变成了白雪。从此天上就下白雪不下白面了。母亲的故事天天讲，却被我当成了耳旁风。一次，我把用过的牙膏皮扔进垃圾桶里，母亲看到后，俯身拾起来用水冲洗干净，将牙膏皮从尾部卷到顶部，又使劲挤了挤，一股洁白的牙膏流出来，母亲指对我说："这牙膏至少还能用三次，你这样太浪费了。"

我不以为然，心里还暗暗鄙夷母亲小家子气。如今想来，没有母亲的小家子气，我们那个六口之家就不可能过上无忧无虑的小康生活。母亲有条理的治家之道自然浸透了她许多汗水，花费了她许多心思。一年四季从春到冬，她很少闲起手脚，春天，她在门前那块小小的方寸之地松土播种，夏天顶着酷暑锄草施肥，秋天怀着喜悦收获。母亲将自己辛勤收获的果实拾掇干净，浸腌在坛坛罐罐里，于是整个冬天我们都能吃到味道可口的萝卜干儿、辣疙瘩、雪里蕻……那时我只管吃，却不知里面掺有母亲辛劳的汗水，更不晓得过日子还有许多学问，直至我成家做了母亲，才明白那是她对我勤俭持家的最早启蒙。

走上工作岗位以后，办公室的一位老同志一向注重废物利用，并且喋喋不休地教导别人，诸如一个用过的信封拆开再用一次啦，废纸旧报攒起来卖钱啦……起初，我从心里讨厌他的琐碎，就像早年对母亲辛劳的不理解一样。等到年头岁尾，老同志将他积攒的废物卖掉，换回一大批办公用品时，我忽然对他肃然起敬了，真不愧是一个老布尔什维克，他办公桌玻璃板下压着的座右铭是："历览前贤国与家，成由勤俭败由奢。"

家庭的小日子要一点一滴节俭着过，国家的大日子更要一点一滴节俭着过。母亲潜移默化的教育使我学会了过家庭的小日子，老同志的言传身教又使我懂得了如何过国家的大日子。这过日子的学问真不浅哩！

安徽《蚌埠日报》1989 年 12 月 27 日"淮花"副刊

小 村

小村在河的那边，宛若一座绿色的堡垒，迎来送去岁月的尘烟。

村里流传着一个动人的传说，传说里的英雄保护了小村的完整。因为这完整，小村的堡垒之门才从未打开。英雄是李家女人的公公，事情发生在抗日战争年代，鬼子横刀立马一路杀来，李家女人的公公正在河边牧牛，望着杀气腾腾的鬼子，担忧着绿色堡垒的毁灭，他急中生智在河边拦住鬼子喊："太君太君……"李家女人的公公嚷着喊着跳进河里，河水立刻淹没了他的脖颈……鬼子见状，叽哩哇啦掉头而去。李家女人的公公从河里站起身，仰天大笑。原来他脚下的河水刚刚没过膝盖，他是跪着骗走了鬼子。从此，壮怀激烈的英雄豪举在绿色堡垒的小村都归属了男人，女人们围锅台带孩子更是天经地义了。

不知从哪年哪月开始，绿色堡垒的门被一群精力充沛的年轻后生撞开了，他们甩开曾经封闭的四肢，沿着缀满麻坑的土路狂奔出去，再狂奔回来，带回外面世界的精彩。于是沉寂的小村开始沸腾了，古朴的堡垒里渗入了外面世界的新鲜。

李家女人再也不安心于以往的日子，虽说她每天仍然重复着每天的事情，蒸馍的时候依旧往那发酸的面里揉进碱粉，可脑子里的想法多了起来，干家务也就不显得机械。揉着面，她忽然想酸面揉进碱粉就解了酸性，碱性的土地掺些酸说不定就解了碱性。于是，她把家里的麦糠兑水发酵撒进田里，秋天果然长出一地沉甸甸的庄稼。李家女人为自己的发明兴奋着欢喜着，把这创新向张家王家赵家的女人传授着，女人们纷纷仿效起来，却说不出其中的奥妙。直到李家女人的女儿从学校回来，母亲才从女儿的嘴里懂得酸碱中和发生了化学反应。

李家女人开始意识到学习文化科技知识的重要性，她从此识字念书，一日一日，学了写字学算数，学了算数学化学……她从书本上知道了杂交水稻和土壤改造，知道了种地也要讲究科学。小村的女人们学着李家女人的样子，一个个走出锅台的世界，操起书本笔墨。天长日久，李家女人就成了女人们的核心，古朴的小村不知不觉平添了一种开化的文明。小村的人们忆起小村的过去，总是忆起李家女人的公公；说起小村的现在，总是说起李家女人；谈起小村的未来，总是数点着那一群不知天高地厚的后生……

小村在河的那边，宛若一座绿色的堡垒。堡垒的门敞开了，一条缀满麻坑的土路连着外面世界的精彩。

安徽《蚌埠日报》1990年11月28日“淮花”副刊

我的小学老师

童年的记忆清晰如水，我闭上眼睛就想起那座曾启蒙我学习奋进的小学校。学校坐落在古朴的县城，一位年轻漂亮的女老师当我的班主任。

老师是外地人，皮肤白皙，一双明亮的大眼睛，说话声音干脆，喜欢穿无图案的深颜色衣服，一条白纱巾春秋冬三季围住脖颈。老师上任那天，落落大方地站在讲台上自我介绍："我叫鲍素芹，以后同学们就喊我鲍老师。"从此，年轻漂亮的鲍老师走进了我的生活。

鲍老师教算数课。我的算数成绩一直很差，心里自然对算数课有所抵触，常常身在课堂，心想鸿鹄，也就不喜欢这位鲍老师。有天上珠算课，黑板上挂了一个半张桌面大的算盘。鲍老师示范了几道题，又出题叫学生到讲台上去做。我心里很怕，担心点到我的名字，谁知她竟毫不留情地使我在劫难逃。我站在讲台上，心口扑扑乱跳。半个桌面大的算盘山一样压过来，我本来就混乱的思维更没有了章法。

鲍老师严肃地瞟了我一眼，我至今仍难忘记那带有刺激性的眼神。等我回到座位，她说："算数课是基础课，不学好算数，将来走向社会很难干好工作。"

我的算数成绩上不去，也拖了全班总成绩的后腿，为此鲍老师专门做了家访，结识了我母亲。经她耐心辅导启发，半学期后我的算数成绩终于走出低谷冲向高峰。

我脾气任性，经常跟母亲赌气吵嘴，吵过嘴又不回家吃饭。母亲就带着饼干到学校找鲍老师，让她把饼干转交给我。那天我正在教室做作业，鲍老师叫我到她的办公室去，把桌上放的一包饼干递给我，又倒了杯开水，说："吃吧，你妈妈送来的，怕你饿，可怜天下父母心啊！你气了她，不吃饭，她买饼干给你送来。她生了气，谁去理睬呢？"

我深低下头，悔恨的泪水一滴滴掉在水杯里。老师继续说:“以后千万别惹母亲生气了。母爱是世上最珍贵的爱。”

回到家，我主动跟母亲承认了错误。事后我从母亲嘴里得知，鲍老师是继母养大，她每月要从自己微薄的工资里拿出一部分钱赡养继母。我心中从此增添了一份对鲍老师的敬重。

那年夏天，鲍老师生病住院了。全班同学自发组织起来去医院看她，每人在家里拿了两个鸡蛋准备送给老师。鲍老师躺在一张病床上输液，脸色蜡黄，嘴唇青紫，双眼紧闭。知道我们来了，她睁开眼睛吃力地微笑了一下，两行泪水顺着脸颊滚落到枕头上，“过几天我好了就回去给你们上课。你们要听代课老师的话，守纪律。”不知怎的，我们竟跟老师一起呜呜哭起来，越哭声音越大。直至护士跑来干涉，我们才停止哭泣。临走，同学们把揣在兜里的鸡蛋掏出来放在鲍老师的床头上，她说什么也不要。我们怕惹老师生气，不容她再推辞，就匆匆忙忙离开病房。没过几天，鲍老师出院了，脸色仍苍白憔悴，她强打着精神站在讲台前，讲桌上放了五捆绘图铅笔。鲍老师说:“谢谢同学们在我生病期间到医院看我。今天，我买了些铅笔回敬同学们的厚意”。鲍老师把铅笔发到我们手中，每人五支。这铅笔，是老师对学生感情的尊重，捧在手里，就像捧着鲍老师那颗沉甸甸的爱心。

后来我上了中学大学，工作结婚生子，忙于自己的生活，也就没有时间回去看望鲍老师，但心里并没有忘记她，时常想起来就很思念。前些日子，母亲来了一封信，告诉我鲍老师突患脑溢血去世了，信中写道:“你的老师一生很苦，穿着很朴素，尼龙丝袜子都打补丁。她生养了三个孩子，夫妻俩工资很低，还要负担乡下的继母和公婆……”

鲍老师的死，让我感到悲痛，夜里做梦会梦见她，总想她的苦处。她刚刚四十六岁，是给学生上课时突然发病死去的。她的儿子考上了名牌大学，两个女儿正读高中。她该享清福了，却死了。

窗外正是春暖花开的季节，我心中充满惋惜和思念，趴在写字台上，写了以上的文字。

安徽《蚌埠日报》1991 年 4 月 3 日“淮花”副刊

我和儿子

儿子悄悄长大了。

他摆积木摆出了难度,会很急躁地喊:“妈妈,你快来帮我呀!”

我正忙着干家务,就拒绝说:“你自己摆,妈妈不会。”

“你骗人!”儿子又嚷。

我不得不放下手里的活计去应付儿子,待我帮他砌好雄伟的天安门,他立刻得意扬扬地望着我说:“怎么样?我说你会吧。”

每天从幼儿园接他回来,他都甩开手自己走。从幼儿园到我们的住地,要过一条马路,两个巷口。巷口挤满麻辣串和羊肉串的摊点,远远就能感觉到那股香味的诱惑。儿子总是纠缠我买给他吃,天天如此,我便有一种入不敷出的烦恼,也就骗他说没带钱。他看都不看我地拼命摇头。有几次他抢过我的钱包打开:“妈妈,你看这不是钱吗?”

后来我索性不带钱包,他依然不相信我没钱,就用手摸我的口袋,常常是他胜利我失败。

天气不再冷了,儿子穿上了毛线衣。早晨我感觉有点凉,就给他穿了件羽绒背心。他要求我拉上拉链,我想幼儿园离住地不远,到了那里还要脱掉,何必费事。我就骗儿子说拉链坏了,拉不上。他不信,执意要我拉上。我拗不过他,只好把拉链拉起来。他极其认真地看着我说:“妈妈,我说拉链没坏就没坏吧!”

望着儿子,我心里油然升起一种失落和悲哀,我连小小的孩子都骗不了,还能去骗谁?

也许,对孩子原本就不该哄骗和应付的。他们极易模仿,大人们如果总是用哄骗的手段应付他们,就等于教孩子敷衍生活的所有内容,久而久之,便会培养一种浮躁的性格。个人浮躁,注定不会兴旺自己的事业;民族浮躁,更无法昌盛国家的伟业。

儿子,我再不可小视你的认真。

安徽《蚌埠日报》1992年4月29日“小南山”副刊版

寻找青春

妈妈是揣着学舞的欲念走进公园的，那天是星期日，大家相约到公园里优哉游哉。

走过一条细窄的小路，迎面一间古雅的凉亭，亭外是一片开阔的空地，几位漂亮的少男少女正在空地上翩翩起舞，《彩云追月》的节奏烘托着他们的舞姿，好一派旁若无人的潇洒。

妈妈突然转过脸问："你们谁教我跳舞？"

大家一时都怔住了，最吃惊的是我，一向古板的妈妈，曾经视跳舞为大逆不道，怎么竟也生出这种雅兴？"妈妈真想跳舞吗？"我不由追问。

"我跳舞也值得惊奇吗？交谊舞并没有规定只许年轻人跳，不许老年人跳哇。"妈妈逞强地伸出手臂。

于是，我拉着妈妈在那片空地，慢三快四起来，"一二三，二二三……"

踏着迷人的节奏，望着认真学舞的妈妈，我感慨如今与过去的不同。过去，妈妈是多么厌恶跳舞！记得有次父亲参加单位的联欢，与大家跳了交谊舞，妈妈极不高兴，吵骂父亲"没有过日子的心"。那时候，父母的薪水极其低微，他们靠低微的薪水养活我和弟妹们，还有年迈的奶奶。妈妈只好绞尽脑汁思变，利用自己的所有业余时间缝麻袋、刷酒瓶、喂猪、养鸡……增加些收入，滋润不景气的日子。一年四季，妈妈只顾用她的双手改善一家人的生活，她那颗青春之心被艺术的乐园放逐了。妈妈不懂艺术吗？妈妈很懂，她曾是单位的文艺骨干，一曲《洪湖水，浪打浪》，可与歌唱家王玉珍一比高低……但为了一家人的生计，她把自己唯一的爱好也放弃了。

一晃我们几个孩子都长大了，妈妈的青春也被岁月掠走。当我们各自忙着自己的生活时，妈妈一定从孤寂的日子里感到了失落，她要寻回自己的青春，那韧劲，就像当年缝麻袋刷酒瓶一样。

妈妈学舞极有灵气，一支曲子下来，她的双脚就赶得上节奏了。沉浸在音乐的氛围里，遐想天边那片追月的彩云，无论怎样追赶，终是无法遮住明亮澄澈的月亮。妈妈的一生，像不像那轮丰满的圆月呢？沉重的生活可以剥夺她的时间和精力，却无法剥夺她青春的心，假如把生活比作云翳，青春的心就是那轮明月，只要生命不息，总有圆的时候。

傍晚，妈妈与爸爸出去散步。已是夜里11点了，仍不见两位老人回来。夜色正浓，楼道漆黑，我不放心，提了手电筒到楼下寻找。当我走出楼群，猛然看见昏暗的路灯下，爸爸正携着妈妈翩翩起舞……我不忍打搅他们，他们正步入青春的意境，沉醉于自己的生活。

《安徽日报》1992年10月28日“黄山”副刊

不相信任何一把剪刀

一向不重视自己的发型,这一把稀疏枯黄如秋日茅草般散乱的茸发,实在没有必要让我走进气派的理发店正儿八经大动干戈,随意地披散代表着我自由奔放的个性,哪位理发师能刻意将这一头茸发再造出属于我独具的风格来呢?我不相信任何一把剪刀。

上班的路上,要经过一个理发店,门口大大的红绿招牌,诱惑着南来北往的靓丽佳人。偶尔朝门厅里望一眼,一股扑鼻的美发香剂撩得鼻孔直痒。久而久之,耐不住它的诱惑,跃跃欲试要到那里坐一坐,让理发师的剪刀在自己的头发上过关斩将,想必是 种现代女性的风格。

一天早晨,我把我的幻想变成了现实。

在理发店站定,一位戴眼镜的小师傅立刻问:“烫还是剪?”他手持电吹风正为一位妙龄少女吹理发型。

“随便剪一下。”我极不自在地回答,好像来这里享受很不仗义似的。

“那你等等。”

我就站在他的身后,看他的双手在那乌黑的秀发上理出一道道“瀑布”。

我所面对的墙壁镶嵌了一块明亮的水银镜,水银镜里映出一张张真实的面孔。让小师傅吹理头发的姑娘,生有一双迷离的星眼、一张红豆似的小嘴和一个高高挺直的鼻梁……仿佛浣纱的西施从画中走来,风姿绰约地坐在你的面前。

电吹风在她的头上旋转,每一根凌乱的头发都不被放过。小师傅不光用手,而是用心修理这天赐的佳人。我站得双腿发酸时不由感慨:女人没有漂亮的面孔真是枉来世上啊。

终于轮到我了,“剪什么样式的?”小师傅问我。

我瞟了一眼起身的少女,“也剪个蘑菇式吧”。

剪刀和推子旋即在我的头上战斗起来,我盯着水银镜里的自己,生怕小师傅造出一个面目全非的面孔。提心吊胆地熬过了一刻钟,只一刻钟,一头稀疏枯黄的头发被修剪完了。带着满脖颈的发屑跑到单位,心想定会博得几声喝彩,谁知大家见了我都忍不住笑了。

“这发型,整个人像乒乓球了。”

……

恨不能将那稀疏枯黄的头发找回来续上,我想我剪掉的不光是头发,还有自己的风格。东施效颦的傻事,以后还干吗?

《安徽青年报周末版》1993 年 7 月 9 日

保持天真

做姑娘的时候，喜欢在人群里随意地讲话，那种无拘无束的坦荡，显示了心灵未经雕饰的天真，人们因此愿意接近我，感觉我的单纯，灵魂没有一丝的做作。

我也为自己的天真而自豪，从未抑制过个性的生长。人生本来就是要按自己的意愿生活下去的，拘束心灵就是拘泥生命。

后来我渐渐长大，做了孩子的妈妈，一晃就晃到了三十几岁。一张娃娃脸生满了细碎的皱纹，但天真的心依然以为自己小小的，依然要按着自己的性子做事。这时我发现，再也没有谁喜欢接受我的天真了。人们希望在一个三十几岁的女人身上看到安静、智慧和成熟，而我拥有的天真恰恰是令人费解的矫情。

我不得不去调整自己，把那份天真像扫灰尘一样扫净。可我扫了一次，天真又滋生一次，就像田里疯长的野草，逢到阳光雨露充足的夏日，你是无论如何也铲除不掉的。我发愁了，什么时候才能除掉天真成熟起来呢？什么时候心灵才能怀上鬼胎张口就是诡计呢？也许我到老都是长不大的，并且认定这份天真如果有意去修炼成熟，那成熟也是假冒的、不堪一击的。

渴望成熟同时又眷恋天真。天真对自己的诱惑是青春和自由的诱惑，成熟则是为赢得千万道目光的认可。我放弃青春和自由，而专注去寻找成熟，这行为的本身算不算不成熟呢？我忽然悟出：成熟应该是走自己的路，让别人去说吧。

《安徽日报》1994 年 7 月 24 日副刊

毛姆，真寻不到你吗？

开始喜欢英国现代作家毛姆的小说，是在看了《月亮和六便士》以后，文友又介绍了他的短篇，于是那一系列短篇对我的引诱就像一处处百看不厌的风景。然而我的这种贪心已无法在书市得到满足，尽管我手里攥了一把又一把的钞票，兑换成书的时候皆不是毛姆。

毛姆，我真的寻不到你吗？

以后无论走到哪座城市，只要去书店淘书，一定去淘毛姆。一个人对自己喜欢的作家作品是要经常阅读的，百看不厌才能看出其中的真谛和妙处。虽然我的书橱里已经有了一批渲染书香门第气氛的书籍，但真正放在枕边让人经常阅读的却寥寥无几。能迷上毛姆，也算是我的又一次书缘。

为了这一次书缘，我千百度寻觅毛姆的踪迹。在西安，几乎走遍了半个城的书店，进门不问其他，只问毛姆，回答或说没有，或说没进过这书，或说很多年以前卖过。扫兴而归的途中，仍坚信我迷恋的毛姆就在哪一家的书店里，只不过我与他缘分太浅，擦肩而过了。

后来的某一天，我在这座城市的一位文友家里发现了毛姆短篇小说集，兴奋得无法抑制阅读欲，文友爽快地将书借给了我。正是赤日炎炎的夏日夜晚，热得人没处躲没处藏，每天不吞吃冰砖冰块像保不了命似的。可我就在这燃烧的夏日夜晚，听着楼下平房人家堆砌长城的麻将声以及遥远街市卡拉 OK 的逍遥声，重温了我迷恋的毛姆，他每一篇短篇小说的结尾，都让我感到出其不意的妙处。我对他的迷恋愈发深了。于是突发奇想向借给我这本书的文友索要这本集子，哪怕我出个高价。

文友巧妙地回答："怎能夺人之爱呢？"

我讨了个无趣，同时感到毛姆并非我一人所爱。既然如此，我索要文友也爱的毛姆真可谓是一种贪心了。于是私下里极力批判自己，都三十大几的人了，怎么还干这无趣的蠢事，真是十三点吗？虽自我批判，但对毛姆仍不减热情和初衷。今生我一定要找到他，哪怕踏破铁鞋。

安徽《蚌埠日报》1994年8月9日副刊

一条百褶裙

付了钱，拿起百褶裙一抖，清亮的紫花一朵朵舒眉展眼。放在腰际比试，又肥又长，心下乐了，妈妈穿上一定合适。

早就想给妈妈买一条百褶裙了，为的是补偿心存的一份遗憾和悔愧。那时父亲刚刚调去唐山不久，母亲去唐山看他，带回来一条百褶裙，涤纶质料，咖啡颜色。妈妈说十七块钱买的，给我的礼物。我一看那型号，就觉得妈妈是在欺骗我，明明是她穿上最合适，为什么故意说是给我买的呢？我赌气说："我不要，不喜欢"。妈妈果然将裙子穿在了身上，上衣搭配白色的确良短袖衫，脚上一双白色皮凉鞋，在房间的穿衣镜前一站，真是光彩照人。妈妈天生丽质，年轻时人人都喊她"小黎英"，说她长相酷似电影《神秘的侣伴》中王晓棠扮演的"小黎英"。岁月沧桑，妈妈已顾不上打扮自己了，她的美掩藏在家务的尘埃之中，但只要拂去尘埃，妈妈的美丽立刻重现。

"好看吗？"妈妈真诚地回转身问我，她毫不设防的询问以为会换来我的夸赞，她久未展现的脆弱的美丽，希望能在女儿的肯定下得以茁壮。而我当时说了什么呢？我记得我说，好看，多美呀，美得满城再找不到第二个人！我的语调是讥讽的，从嘴里飞出的话语像一颗颗子弹击中了妈妈的胸膛。妈妈那边立刻没了声音，至今无法想象那一刻她的尴尬至极、灰心至极和痛苦至极。只见她悄悄走出屋去，白色的高跟鞋像是掉了跟底，她的步子那么轻那么轻，生怕过大的响动再度引来女儿对她的讥讽。她的背讨好地躬着，头歉意地垂着。当她在我的视线里缩小的时候，我心头忽然一热，眼泪悄悄流下来，我对妈妈的微词真是覆水难收啊！

妈妈什么时候舍得自己买一件像样的衣服？每逢春节，从我开始至最小的弟弟，每个孩子都要一身新衣新裤，妈妈边替我们缝制边说："丫头要花，小子要炮，老头要顶破毡帽，老太太要副新裹脚……"当我们兄弟姐妹焕然一新出现在人群中，洋洋得意地面对众人赞赏的目光时，我们可曾想过妈妈一年到头连一双新袜子都混不上？

那条百褶裙妈妈以后再也没穿，我曾鼓足勇气劝她穿起来，话说得天花乱坠。妈妈却说，我正在找茬卖掉。没几天，那条百褶裙真就被妈妈卖掉了。她用卖裙子的钱给我们买了肉和菜。

一晃多少年过去了，在这许多年里，我曾给妈妈买了无数条裙子，但仍是觉得亏欠着她什么。当年对她的那份嘲讽绝非是以后的行为所能补救的，尽管妈妈早把这事淡忘了。

《雨花》杂志 1995 年

街 景

最好的街景是看女人吵架，最有看头的街景是女人与女人吵，吵起来没有脸皮，你揭我，我扒你，骂人的话语渗透了历史的沉重感，让你为女人的无知而辛酸，也为女人不知怜惜自己而难过。

女人在世间作为阴柔之水是阳刚之气的对应，这使她们既有审美价值也有玩赏价值。双重的价值使女人有了特别复杂的属性，她们在男人眼里神秘，在女人眼里也神秘。因为神秘，男人在骂女人的时候喜欢骂“婊子”“骚货”之类，骂里有一种轻贱戏弄人的快感，女人的双耳在接受这信息的瞬间就尝受了屈辱，但她无奈，在阳刚之气的笼罩下，阴柔之水怎样搏击也无力，过甚了，反会歪曲自己的形象。因此女人在蒙受男人的羞辱后，心灵总是隐隐地疼痛。

可悲的是女人对女人本身的践踏，这种践踏似比异性更为凶猛。女人与女人吵起来总是这样吵：

你多美呀，美得让男人喜欢不够！

你好，一个男人伺候不了你。

臭婊子！

臭破鞋！

……

女人与女人这样骂着，围观的人兴致勃勃瞧着。男人们在这脏话里寻找着兴奋点，如此恶劣的后果本是他们制造的结局，却由女人自己骂了出来。男人们快活着，体味这骂里潜藏的意韵。女人们在这脏话里捕捉着同类的隐私，她们哪里比自己高明呢，自己哪里不如她们高明呢。于是羞辱感没有了，似乎捕捉得越多越有联想的空间。

如果是两代女人吵架，骂出来的脏话就有历史的沉重感了。

小女人骂：你个老婊子！

老女人骂：你个小婊子！

小女人骂：我就是婊子了又怎么样？

老女人骂：睡的男人也有一百个了。

小女人骂：对，我跟中国人睡不够，还跟日本人睡过呢。

……

一句骂腔，把历史的沉重感骂出来了。老女人一大把年纪了，日本鬼子入侵中国时她正是二十妙龄，让人联想她或许被鬼子强暴过，这本是悲歌一曲呀，却被年轻的女人当成践踏老女人名声的资本张扬了出来，不能不使人悲悯起女人的浅薄和无聊。阴柔与阳刚之间的对应，本是人类的自然规律，却不时被男人和女人翻搅出来，张扬天下，可见人的心理是多么阴暗和卑劣。

经常在街上行走，经常看到吵架的街景，有男女混合双打的，也有男子单打、女子单打的，肺腑喷出的脏话皆涉及女人的私处。虽有时也猎奇地观看，但看后总是责怪自己卑劣的心情，并深深感慨：什么时候人类能把男女的隐私像珍藏宝石一样珍藏，文明就真正降临了。

山东《当代散文》1995年3期

父亲眼中的母爱和父爱

我大学毕业后，就离开父母在外地工作了，只有春节的时候才与家人团聚。这两年，只要见到父亲，总听他提到我祖母。那些揪心的有关母爱的往事，不时在父亲心中翻腾，以致他述说起往事的时候，眼睛里溢满了泪花，也勾起我内心的波澜起伏。

我的祖父祖母都是满族人，居住在松花江畔的玉树县，祖姓叶赫。我的祖父是个精打细算会做生意的商人，我祖母嫁给他的时候可说是嫁入了豪门。不久，祖父经营的“八个大字”的买卖，成了当地劫匪的目标。俗话说：“不怕贼偷，就怕贼惦记。”当被人惦记的机缘成熟时，在一天深夜，劫匪们闯入我祖父的家中，绑架了我的祖父，他们用两只瓷酒盅扣住祖父的眼睛，再以黑布勒紧固定，一溜烟跑出数十里，然后捎话给我祖母，要她去赎人。我祖母当时正在娘家闹小病（怀孕反应），听说了此事，骑着毛驴急忙往回赶，好在相距不远。赎人就是勒索钱财，否则我祖父很可能被劫匪撕票。祖母连夜在家里收拾了半口袋现大洋，据说这些现大洋埋在地窖的大缸里，只有祖父祖母两人知道。祖母骑上毛驴，驮着现大洋，跑到数十里之外将祖父赎回，又连夜打点家财，全家老小数口逃往辽宁朝阳大凌河畔的他拉皋乡，隐名埋姓住了下来，遂将祖姓叶赫改为高姓，取居住地“皋”的谐音。辉煌的家道开始一节一节败落，虽说“人挪活树挪死”，可真的挪了新窝，人还是要大伤元气的，更何况被劫匪绑架过。

祖父祖母在他拉皋乡的日子是拮据的，偏巧他们的孩子在拮据的日子里一个一个出生，我有三个姑姑，一个大伯。我父亲出生后，总是闹着到屋外去，祖母经常抱着他在村里转悠，看看河水，看看柳树，看看青山……有次父亲着凉了，上吐下泻，高烧不退。祖母急得彻夜不眠，抱着父亲，父亲隐约感到有凉东西滴在脸上，睁眼一看，祖母的眼泪正啪哒啪哒掉下来。

病愈后的父亲仍是不喜欢待在房间里，总缠着祖母在村里溜达，祖母脚小，走路费劲，但还是不厌其烦抱着儿子在村里看山看水看桃红柳绿。有天突然被一条野狗扑咬，祖母怕狗咬着父亲，一手在背后护着父亲，一手奋力驱赶野狗。父亲说："你奶奶的胳膊上手上全是血……"他声音哽咽着说不下去了。

我的心揪紧，眼圈红起来，"听说被狗咬是会得狂犬病的，那个时候没有狂犬疫苗？"我问父亲。

"后来，你祖父跑出来把野狗打死了。"父亲告诉我，传说咬人的狗被当场打死后，被咬的人也就不会发作狂犬病了。

祖父是个不苟言笑的人，我的几个姑姑从未见过他的笑脸，但这不证明他心里不爱她们。二姑是三个姑姑中长相最漂亮的，却嫁给了一个不务正业的男人，粗壮憨痴，家境又十分贫寒。听说女儿病了，祖父不放心女儿，就去看她。二姑家没什么吃的，用高粱面轧粘烙，撒一把咸盐。盐一定放过量了，祖父回来的路上，口渴难耐，在路边的河里捧了几口水喝，回到家又吐又拉，很快就一命呜呼了。

我父亲这时已在老热河省医大读书。他是家里唯一的秀才，祖父被绑票后，决心再不让家人经商，他用手里仅有的积蓄供孩子们读书，显然我父亲是最聪明的一个。那个时候通信不发达，一封信要辗转数月方能收到。家里人也就没把这事告诉父亲。父亲在校期间是优秀学生，各门学业成绩优异，获得了奖学金。放假那天，父亲用自己的奖学金买了两只热河省府的柏木烧鸡，乘坐火车欢欢喜喜地回家。刚进村口，见我大伯坐在一棵树下抽烟，脸色蜡黄，神情黯然。他抬头看见欢天喜地奔回家的弟弟，一脸愁苦地说："你还不知道吧？咱大（称爸为大，地方俗称）没了。"

"你说啥？"父亲吓傻了，他站在原地很久很久，直至大伯拉着他一起奔向祖父的坟地。

父亲把柏木烧鸡撕碎扔了一地，寒风中，只听见乌鸦的怪叫，他想见父亲的喜悦、他的孝心、他的种种渴望都被世间的无常化为乌有了。给他生命的祖父早已化为一缕尘烟飘到了另一个世界,儿子想跟他说什么他都听不到了。

我父亲在那一刻一定绝望到了极点,直到今天,当他八十岁的时候,回忆起当时的情景,仍禁不住老泪纵横。

父亲说,祖父对他的疼爱是姑姑们难以攀比的。他读私塾的时候,如果需要钱花,就将自己的手心绷紧,也就是用左手捏住右手背上的皮,这样右手心就像肿起来一样。父亲撒谎说这是因没钱买文具,老师用教棍打的。于是父亲很快从祖父那里得到买文具的零花钱。

祖父去世时还不到六十岁,祖母后来一直跟着我父亲生活,父亲对母爱和父爱的记忆随着时间的推移变得越来越清晰了,他常说人生最珍贵的就是母爱和父爱了。

《今浦口》2014 年 4 期

妈妈絮的棉被

如今市场上出售的棉被各式各样，有空心棉被、腈纶棉被，还有用机器弹制的棉花胎被，总之五花八门，堪称一个棉被的世界。可我还是最喜欢妈妈做的棉被，那是用上等的棉花一点一点絮出来的，盖在身上又暖又实，沉入梦乡会做一个踏实的好梦。

小时候我家里人用的全是这类棉被，那时候棉被盖在身上没觉得有什么不同。后来我自己独立生活了，妈妈送了两床她亲手絮的棉被，冬天不够用，我就去超市买了两床空心棉被，可盖在身上总觉得没有妈妈亲手絮的棉被暖和踏实，我就想现代科技产品难道不如手工制作的精良吗？想到后来，我终于明白了，妈妈絮的棉被是带着体温的，她针对的是她的每一个亲人，絮的时候生怕哪里不均匀，盖在身上招寒。记得小时候，妈妈絮棉被总要选择中午或星期天，那时候没有双休日，周末只休息一个星期天，妈妈是化验医师，平时在医院忙工作，到了休息日就要忙家务，拆被洗被絮被成了很大的工程，几乎每年都要重复一次，妈妈便在午休的时候，在别人入梦的时候，将被子摊开在床上，伴着树上知了的叫声，用手一点一点地拆絮着棉花，午休的时间短暂，絮棉被是一个耗时间的细活，白天干不完，晚上再接着干，晚上干不完，星期天继续干。妈妈在灯光的辉映中，在太阳光的照射下，认真仔细地拆絮着棉花，她的头发上飘落了一层棉絮，雪一样在空中浮着，继而眉毛上鼻头上全染白了，她甚至被棉絮呛得打喷嚏，可妈妈仍乐此不疲，时而哼歌，时而唱曲，她的心里一定想着家人盖着她絮的棉被时的那份温暖和踏实，她的快乐和幸福全在絮棉花的动作中了。

妈妈的锦绣年华和锦绣岁月都是在劳动中打发的，晚年的妈妈仍是劳碌不停，我跟她生活在两座城市，牵挂大多靠电话问候。有一天妈妈在电话里跟我说，秋天的时候我到南京去，把你的被子全部拆洗一遍，重新絮些棉花。

我的眼泪一下子就涌出来了，咬着牙不让眼泪流出来，我都人到中年了，妈妈仍然想着我的生活，我的棉被，这份母爱该用什么来比喻和抒写？

如今我的儿子已长成大人了，他平时盖的是超市里卖的空心棉被，逢到冬天他就喜欢盖姥姥絮的棉被。相信在他的记忆深处绝不会有妈妈亲手絮棉被的情景，因为我从未絮过棉被，我在儿子感情中的记忆也就大众化了，而人类情感中最深刻的记忆是特殊的细节，比如妈妈亲手絮棉被的情景。

《金陵晚报》2017 年 3 月 18 日“雨花石”副刊

大象的忧伤

大象被锁在一间高大的房子里，房子很暗，也很臭，一道道铁栅嵌进水泥墙，大象就在铁栅栏里供人观赏。

房里一共有四头大象，四头大象分居在四块方地，铁栅如同铁窗，封锁了它们与阳光森林的联系。大象一定眷恋自己的家园，千百次积蓄力量企图逃跑，逃回森森林莽，逃离驯它的主人。可是阴谋被发现了，它们的脚腕上立即被套上锁链，锁链铰住铁栅，大象黑夜白天躬身而立，前进后退只在方寸领域，大象被真正地囚禁了。

大象做了人类的囚犯，它的脸是无奈的忧伤。它每天低着头在方寸领域内行走，走一步抻一下脚腕上的锁链，锁链哗啦哗啦发出警告，大象就用长长的鼻子抚摸一下锁链，锁链听到大象说为什么要跟我过不去呀？锁链就哗啦哗啦响起来，大象看出了锁链的无情。

大象是什么时候被捕到这座房子里的？它们什么时候才能回到自己的家园？四只大象是一个家族的吗？最高最大的一定是父亲，满脸忧伤的或许是母亲，两头小象就是它们的儿女，遗憾的是它们无法给儿女新鲜的空气、充足的阳光、清清的溪水……它们的儿女在这又阴又暗的房间闻着自己的粪便，吃着人类送来的食品，供南来北往的人评头论足。它们还是大象吗？它们不过是人类的猎物而已。

大象被人类囚禁在水泥房里，渐渐会失去象的本性。人类被人类自己囚禁在水泥筑成的楼群里，会扭曲心灵深处最真挚的情愫。来自尘土归于尘土的人类意识到与大自然疏远的可怕，于是在水泥堆砌的城市造林，造假山，造动物园……倒霉的大象就这样被捕进称作象馆的监狱，成了人类亲近大自然的捷径。这样的大自然只能算是人类的假想，而人类却把假想当成了真。

《人民日报》(海外版)1995年12月29日副刊

男人的宠物

女人在男人的世界是天经地义的宠物，古玩比不了她，瓷器比不了她，小猫小狗比不了她，花啊草啊更比不了她。古玩被男士们随手放在客厅的装饰橱里，橱里有几本套色的书，是摆设，证明女人对方块汉字并不陌生。古玩就那么呆呆地陪着书，衬托女人的风度和修养。女人的装饰橱里还有几件瓷器，是均瓷和青瓷，都属上品。青瓷花瓶的颈口有一只小蟹，横卧，呆望着女人的脸。女人也时常望那小蟹，它到底有多少条腿呢？何样的横行呢？女人抱着小狗费思量，小狗伸出红红的舌头舔她的手心手背，女人嘴里喊着乖乖，心上快活着，是谁使她这般的快活啊，这房间里所有的陈设都是为着她的快活啊！她是天经地义的宠物了，因了她的脸、她的身材、她的娇媚，她周身的轻柔。

女人越发趾高气扬了，走出被墙纸、瓷砖、木地板，装饰画包围的房间。在阳光明媚的大街舒展四肢，趿着拖鞋踩着路上的柏油，柏油漆黑了她的鞋底，是无奈是愿挨。手牵脖颈上挂铃铛的小狗，小狗在微风徐徐的街上飘洒长长厚厚的毛发。女人很欣慰地看狗，狗标明了她的身份，有比这狗更昂贵的同类吗？有同样的女人牵了这么一条昂贵的狗吗？它的价码是五位数或六位数，它的昂贵是为了陪衬一个女人，女人为此更显了高贵。女人一往直前，感觉良好，飘飘欲仙。飘飘欲仙的感觉使她膨胀得想喊叫，却没有喊叫的氛围，女人就唱、轻歌低吟："让你亲个够！"女人一定想起了床上的美好，那是使她拥有房子、车子、猫、狗、激光唱碟、古玩、瓷器等等一切物质的美好。她不想深究使她获得这一切物质的人，他在她心里远没有这物质的分量，她与他不过是这堆物质的交换媒体，她目前少不了这媒体才唱“让你亲个够”。女人甚至不去研究他的鼻眼是否端正,年龄是否偏大。鼻眼端正、年龄相当的男人能赐给女人这样一条昂贵的狗吗?“不在乎天长地久,只在乎曾经拥有”。女人又换了一支歌轻吟,歌词正是她时下的心思。

有人惊呼,女人停下脚步,她的宝贝长毛正在发出盛气凌人的狂叫,它盯住路边一位行走的女人,女人太过朴素,一身灰蓝,一额皱纹,全身的装束未抵狗脖颈的一只铃铛值钱。狗是没见过这么寒酸的女人才突发奇想扑咬她的吧,长毛嗅惯了香水味,而没有香水味的女人使它厌恶地张口。

“你的狗在咬人!”寒酸的女人向高贵的女人告状。

高贵的女人瞪着眼说:“咬你是看得起你!”

“你怎么这样说话?”寒酸的女人被激怒了。

“跟你说话算客气!”高贵的女人俯身将长毛狗抱在怀中,一路轻捋它的毛发,嗲声嗲气喊着:“乖乖,别怕!”趿着拖鞋回到藏娇的“金屋”。

寒酸的女人望着远去的宠物,恍惚看到了几十年前的自己,那时的她也是这般趾高气扬,怀中的名犬是昂贵的德国种。她情不自禁抚摸起额上的皱纹,好景不常在啊!

福建《艺术·生活》杂志 1996 年 1 期

婆婆的世界

婆婆的世界很小，从火炕到灶台，从灶台到猪圈，再从猪圈到牛棚……几十年如一日，她的两只小脚始终坚定地在这条道上往返，行程九千九百九十九，却从未走出过农家小院。

婆婆自嫁到这个院子，就开始了这样的行程。那时的婆婆面若桃花，体态灵秀。清早木板门咯吱一响，婆婆首先端出个盛尿的瓦盆，瓦盆有磨盘大，婆婆用肚子顶着它出门迈下几级石阶，泼进茅厕里去。婆婆在茅厕旁喘着粗气，这一盆尿水显然使她的筋骨经受了挑战，但婆婆对这样的挑战似是不退却的，她从茅厕转向牛棚时脚步依然轻捷如燕。她哼着小曲将老牛的食槽填满料，又哼着小曲抱起烧锅的柴草回到灶台，灶火燃起来了，一锅水在深黑的铁锅里滚沸。婆婆将咕嘟咕嘟的开水灌满暖瓶，算是拉开了做饭的序曲。

庄稼人的早饭一般要吃干粮，一上午在地里干活，稀粥烂饭显然对付不了肚皮。所谓干粮往往是玉米面贴成的饼子，好吃的玉米饼必须将面发酵以后揣些碱粉。婆婆掌管着灶台，就要让自己贴出的饼子得到全家的认可，这使她必须在前一天将贴饼子的面和好发酵，第二天才能贴出黄灿灿香喷喷的玉米饼来。婆婆显然有了这方面的充分准备，她自信地撸起衣袖，在白雾笼罩的镜前潇洒地挥动手臂，啪——啪——啪，一个又一个圆月亮在锅里凝固。当婆婆弯腰往灶膛里填柴火时，她欣喜的程度在她拉动的风箱中得到体现，那风箱呱哒呱哒唱着歌，歌声高亢嘹亮淹没了婆婆自哼的小曲。婆婆将向家人奉献一锅多么香甜的美食啊，家人围着餐桌津津有味咀嚼香喷喷的玉米饼时，婆婆的心里该是多么快慰啊。

然而这样的快慰转瞬就成为过往，婆婆收拾了残羹剩汤，立刻就去面对猪圈的一窝大小猪猡。猪猡挤在石槽里抢食,不让你我。嗞嗞吮泔水的声音,冲淡了婆婆些微安静的内心。她的内心好像永远也不得安宁呢,在这不大的小院。

猪猡们尚未回报婆婆一个吃饱的姿态,婆婆的婆婆便拃着两只小脚从屋里出来了,她一步一颤,直奔猪圈,看了猪圈又去牛棚。婆婆小心翼翼在身后跟随,不知她老人家会在哪里横挑鼻子竖挑眼。婆婆的婆婆果然发话了,玉米饼子酸,泔水凉,草料拌得不匀,鸡未放出窝……婆婆一一应着,赶紧去拉鸡窝门,嘴里不停地责怪自己,鸡怎么没放出窝呢,这一早晨瞎忙乎啥?婆婆惊魂未定,又被屋里的六个小姑一声迭一声唤去,她们要嫂子给梳小辫,嫂子梳的小辫又光滑又好看,像理发店的手艺。她们知道,在这个院里,嫂子不光管她们的吃喝,还要管她们的穿戴,甚至管她们的尿盆。婆婆耐着性子将六个小姑一个个梳理干净。等她感觉腰酸背痛想上炕头打个盹儿,晌午饭又该烧了。

婆婆就这样匆匆忙忙,不知不觉中让自己的青春溜走了,当她的六个小姑都变成别人家的媳妇,她自己的孩娃一个个都长成了树,树在她眼前晃动,摇摆枝叶,婆婆忽然发现她自己真的该成为婆婆了,她就和公公一起在这农家院里干起了泥瓦工的活计,旧房子老了,拆掉盖新的。新房好大,住进了婆婆的儿媳,像几十年前的婆婆,面如桃花,体态灵秀。

儿媳却不像婆婆那样贪恋农家小院,更不睬灶台、猪圈和牛棚。儿媳喜欢跑到城里去,在餐馆洗盘子摘菜,赚些现钱。婆婆为此便和儿媳呕气,因为婆婆当媳妇的时候绝不是这个样子,她要一刻不停在小院里干这干那,以讨婆婆的欢心。那时婆婆常幻想,将来当了婆婆,怎样两手叉腰站在院中指手画脚,指手画脚时又怎样要一些威风,为此她曾默默盼着孩娃长大,悄悄给孩娃琢磨哪家姑娘可做自己的儿媳。当这一切都忽然来临,忽然来临的一切又恰恰不是婆婆的构想,婆婆自然显得惊慌。于是她只好继续操持灶台。这样的日子没多久婆婆又习惯了,且暗暗庆幸儿媳对农家小院的冷漠,儿媳的冷漠使她仍然是这个院子的主人。

婆婆每天在农家小院里奔走，火炕——灶台——猪圈——牛棚，似是她的人生世界。只是她的奔走显然不像从前的步态，那份轻盈已被这小院的沧桑磨蚀尽了。

儿媳偶尔回来在灶间站一站，站立时就鄙视风箱的形象，婆婆抗拒说这玩意我都使用一辈子了。儿媳再回来悄悄带个鼓风机换掉风箱，婆婆摇着鼓风机心里说省力，嘴上却不停念叨风箱。婆婆私下打着这样的算盘，家里的东西都换了，我的世界还有吗？

不久婆婆出了趟远门，婆婆有生以来第一次出远门，由儿媳把她带到城里。城里在婆婆眼里十分遥远，坐了几个小时的火车。婆婆回来已是数天以后，小院依如从前，婆婆的手上却多了个物件，是儿媳送给她的半导体收音机。婆婆每天抱在怀里，并不住声地跟村里人介绍城里的煤气灶，啪一拧火就着了，啪一拧火又熄了。

婆婆的世界变大了。

《散文百家》1996 年 12 期

窗前的风景

我的窗前是一片空旷的操场,因了这操场,我单调的生活变得富有色彩。

大雪弥漫的冬天,细心看着雪悄悄落在草上,雪的草和草的雪是无声的诗和韵。

雪霁天晴的午后,在窗前通往操场的路上,我发现了一双坚实的脚印,脚印的尽头是一位穿毛衣的老人,一半的头发与雪的颜色相似,体态清癯,戴一副深度近视眼镜。他的手上牵了一只风筝,风筝好大,架在他的背上,像 副鲲鹏的翅膀。他走到操场中央,离我的视线越来越远,那两行脚印便虚虚实实重叠起来,像两道交错的线,在雪的远处淡化。

我不眨眼地盯着老人,盯着他手上的风筝,他在操场上放线、迎风跑,不一会儿,风筝飘起来了,扇动硕大的翅膀,盘旋于天空。老人一边放着手上的线,一边忘情地跑,不知是他牵制了风筝,还是风筝牵制了他,风筝越飞越高,在天际化成一个晃动的黑点。老人这才缓了步子,在雪的操场优哉。天上的风筝,雪地的老人,阳光照耀的操场……我的神思在这一天开始专注,老人多大年纪了?对生活的热情是与生俱来还是后天养成?

我就这样默默观察他,从冬到春,枯草返青了,操场是一片橄榄绿色。老人的风筝越做越精致了,先是大鹏,后是蜈蚣,再后来是苍鹰……操场上放风筝的人渐渐多起来,但最高最大最漂亮的风筝却永远属于这位老人。

一天,我正在窗前打量操场,忽听房顶咚咚作响。我们的家是两间平顶房,房顶平整得能放自行车。我匆忙跑出屋,看见风筝老人已爬上我的房顶，他是怎样爬上去的，从哪里爬的，已顾不上问了，只担心他会不小心摔下来。我忍不住冲他喊，他却看看我，不以为然地继续他的行动。老人在丈量我的屋顶，他究竟想干什么呢？

等他攀缘着下来，我才知道，老人想从我的屋顶上做一次滑翔，他要制作一个他能驾着起飞的风筝，像滑翔机一样飞向操场，飞向天空。我忍不住笑起来，笑老人的幼稚和这把年纪的天真。笑过之后，又忽然感到老人这种精神的可贵，这或许是他年轻时的梦想，而到了他的晚年，还在执着而痴迷地追寻。不由记起看过的一篇报道，美国一位 80 岁高龄的老太太空中跳伞获得成功。

人的年龄由心理和生理两方面构成，生理年龄的衰老是大自然的客观规律，谁也不可逆转，心理年龄则是人精神的一种体现，人的真正衰老应该来自心理年龄。而眼前的这位风筝老人，心理年龄就在返老还童。

没过几日，老人真扛了一顶硕大的风筝来到我的窗前，他要借助我平坦的屋顶搞一次惊天动地的飞翔。我爽快地答应了。

滑翔自然没有成功，但老人并不气馁，他说他一定要制造一个能带着他飞起来的风筝。

转眼又到了秋天，我窗前的操场越发热闹了，在浓郁的秋色中，有位老人不时变换着天上的黑点，我知道那是他在试飞……

《人民日报》（海外版）1996 年 10 月 25 日副刊

车 厢

车厢是人们从一个地方奔向另一个地方的载体，不管你在这载体中待的时间多长多短，都能感受到一份陌生的恐惧和新鲜的真实，于是你在离开这个载体以后的许多天里，仍沉浸在由一张张陌生的面孔引发的故事中，这些故事搅得心意难平，只好跟随思绪一吐为快。

清明节后，我挤上由上海开往阜阳的直快列车，上车后就后悔不该选择这个车次。车厢里到处是人，座位上坐满了人，行李架上放满了行包，过道里凡是能站人的地方都站满了人。我身小力薄，又是中途上车，无疑是站票。可站也要选择一个好位置，否则车开以后，你会被不时来兜售矿泉水、烧鸡、花生米的流动货车挤得无处安身。拥挤之中，我只顾往车厢里面走，在我的意识里，车厢里面总比门口轻松一些。挤到了车厢中央，我再也没有力气挤了，我在一个三人座的长椅旁停住，手扶椅背，一位女士的头发不时钻进我的手指缝里，我的手也就不时地挪动。车开后，我细细打量头发直往我手指缝钻的女人，她年纪不大，孩子正蜷在她的怀里吃奶，她的穿着和孩子的衣服都很破旧，孩子的小棉袄已绽出棉花，头发稀黄。不用猜，这是阜阳乡下的农民。一问，果然是阜阳农村的。阜阳一向是安徽的贫困地区，有安徽的“西伯利亚”之称。那里的农民每逢春天就大批大批朝外流动，是一支浩浩荡荡的打工族，进出阜阳的列车也就私下被人称为“难民车”。想不到，这车居然被我遭遇上了，车上的乘客没有坐包厢卧铺的气派，茶几上放着的食品都是廉价的瓜子、花生米……从人们嘴里身上冒出的气味充盈了整个车厢，即使开着窗子，那股熏人的人肉味仍是挥之不去。无数看不见的细菌和病毒沿着人们张开的嘴巴进入喉咙，深入体内。车开不久，我就开始打喷嚏，口腔鼻孔奇痒难耐。完了，我最怕的病毒感冒又要来了。

车快速行进着，我能感觉其速度不慢。可在我急切的心情中，车仍是慢着，这个使我奔向另一座城市的载体，丝毫未能让我感受现代化的优越。为了打发难挨的时间，我开始观察车厢的乘客，自然从我身边开始，我发现靠我很近的那张小茶几上放了一本相学书，它与那堆廉价的食品混在一起。我饶有兴趣地问，那本相学书是谁的？对面座上的一位小伙子说，我的。小伙子身材不高，嘴周围一圈胡子，穿了一件浅褐色的夹克衫，右手的指甲很长，大拇指、食指、中指的指甲已蔚为壮观。他顺势把书递给我，我翻了几页，摇摇晃晃的列车使我没有耐性看下去，只好又递还给他，并搭讪说："你会看相？"他的脸腾地红了，说随便翻翻。我说要是把这门手艺学会了，你就不愁吃不愁穿了。他摇头微笑说："学不会，学会了也没人来看。"我说："那就看你蒙人的水平高不高了？你是哪里人啊？去上海干什么呀？"他说转转，想找点活干，但身子骨长得矮，没人雇。见他说的是实话，我又说，你把这本书学好准成，再弄几个签抽抽，多放几张喜签，抽一张喜签十块钱，你几天就能把腰包挣满。

跟他说话之间，车在一个站台停了，上车的人比下车的人多，我身边的空间更小了，几位中年妇女挤在我的周围，车开以后，她们左看右瞧，像是观察什么动静。我正纳闷，只见妇女们从车座下拖出塑料托盘，里面有小袋装的盐水花生、黑瓜籽、五香豆干，每小袋卖一块钱，她们一路吆喝着，各自去争抢生意。我的注意力立刻又转移到她们身上，挨我最近的一位妇女向我兜售她的五香豆干，我趁机问，你们这是经济联合体吧？她一笑说，几个人凑在一起干干，各人赚各人的钱。工厂没活干，一家老小总要吃饭吧。她说话的时候，不时地朝车厢两边望。我明白她的意思，她是怕乘警逮住罚款吧。她明确地点头，越发紧张地朝两边看，发现没什么危险信号，她又说，逮住我们了，我们大伙儿就要凑钱给他，他已经逮住我们一个人了，罚了十块钱。我说，那你们买票吗？她摇头，我们跑一天也挣不了几块钱，去了成本，再买票就亏死了。正说着，流动食品车在车厢那头响了起来，她急忙端起托盘朝另外的车厢奔去。不一会儿，一个高大魁梧的警察将她押了过来，我的心猛然一惊，只见她在拥挤的乘客中穿行，步伐非常快，三步两步就把警察甩在了后边。我很为她着急，一直目送她的身影消失，过了好长时间，她才返回来。我急忙迎住她问，警察罚你款啦？她不好意思地悄声告诉我，"他把我推下车去了，车快开的时候，我从另一个车门又上来了"。我这才注意刚才列车又停了一站，现在已经开出了这个站，这个站叫什么我一点都没在意。

列车行进着，快到中午了，卖盒饭的流动车活跃起来，每份盒饭10元。有乘客议论说，现在千万别买，过一会儿就5块钱一份了，再过一会儿就3块钱一份了。于是盒饭在我周围的乘客中就成了滞销货，那几位妇女托盘里的生意自然火爆起来。

突然，车厢里响起一阵清脆嘹亮的笛声，使沉闷而污秽的车厢有了一丝艺术的余音。我寻声望去，车厢的一头站着位四十岁上下的中年人，一根笛子横在嘴上。我不知道他吹的是什么曲子，只感到好听，当然他无法跟那些专业的演奏者相比，但艺术被局限在车厢的极限里，对人的诱惑就超乎寻常了。我正陶醉着，笛声停了，中年男人开始自我推销，只听他说："女士们、先生们、车厢里善良的人们，我曾经是一位顶天立地的男子汉，两年前不幸遭遇了一场车祸，我的左脑受损伤，在工厂下岗了，我有孩子老婆，为了生存糊口，我今天站在这里为大伙儿演奏，大伙儿能帮我一毛就帮我一毛，不能帮我也没有怨言。"话音刚落，笛声又响了起来，我再也无法欣赏那清脆的笛声了，当他嘴上横着笛子从我身边走过的时候，我特意看了看他的后脑勺，我想找到车祸的痕迹，可我看了半天也没看出来。于是私下里为他难堪起来，口袋里的零钱也不情愿往外掏了。我想要是他的孩子知道自己的爸爸每天嘴上横着一只笛子靠人施舍赚钱，他还会兴致勃勃背着书包去上学吗？我认定吹笛者的自我介绍是一番谎言，凭他的聪明真不该干这行，干这行会使他变得厚颜无耻。

吹笛者刚刚离开这节车厢，两位真正的残疾人就来了，一位拄着双拐，一位双目失明，双目失明的残疾人手拿一把二胡。只听拄着双拐的人介绍说，“我是一位残疾人，从小就患了小儿麻痹症，我的哥哥命运和我一样悲惨，他永远看不见世界的本来面目。为了感谢大家对我们残疾人的关心，现特向大家献上几首歌，第一首歌《流浪者》”。二胡响起来，歌声唱出来，实在不敢恭维那歌唱得多好，但歌词我大致记了几句：“冬天的雪花拍打在脸上，流浪的人啊，我却不能回家……”声嘶力竭的歌唱，真令人心碎。我悄悄将手伸进衣服口袋，摸出纸币递给他，恰在这时，那位吹笛子的中年男人迎面走了过来，我听见拄着双拐的残疾人对着他的耳朵悄声问：“老大，没事吧？”吹笛人回答没事，就匆匆朝车厢的另一头奔去了。

他们是一伙的，我暗想。我有一种被愚弄之感，于是忍不住对身边的那位研究相书的小伙子说：“车厢遍地是黄金，只要稍稍动动脑筋，动动四肢，就能发财”。小伙子不屑地一笑，说他们家乡有句俗话：猫有猫道，鼠有鼠道。我接着说：为了生存，各显神通。周围的人都会意地笑起来。

列车咣咣当当响出一阵节奏，又一站快要到了。

《散文百家》1998 年 8 期

爱情鸟

我的邻居是两位退休在家的老人,老人喜花喜鸟,门前种了一片又一片的串红,檐下挂了一只竹制的鸟笼,里面住了一黄一绿两只鸟。

我称两位老人为大伯和阿姨。

大伯身材高大,解放初期曾当过飞行员,可以想象他当年英姿勃发翱翔蓝天的情景。阿姨曾是工商银行的会计,身材小巧,直至退休体态也没发福,真是有钱难买老来瘦。这使阿姨成了她这个年龄段的时装模特,穿什么衣服都显得仪态万方。逢到我夸赞她的身姿美丽时,阿姨就拉着我去屋里看她年轻时的照片,她指着镜框里的照片说,“你看我像不像电影《家》里的梅表姐”?我来不及细想,就慌乱点头:像,真像。

那是阿姨青春年华的玉照,两条大辫子,额前的几束刘海,翠绿色的西装。照片是经照相馆放大后又上色的,明眸皓齿,脸上一派蓬勃温润的春光。她当时拍照时一定是坐着的,大半身子的侧影因为那张脸的年轻秀美而放射着令人羡慕的光辉。另一个镜框里镶嵌着大伯的照片,那是一张野外拍摄的有背景的生活照,苍郁的山下一拱委婉的廊桥,大伯身穿毛衣,独倚栏杆,眺望远方,那派潇洒堪与五十年代的大牌明星于洋媲美。我看着照片里的他们,又看看现实中的他们,尽管身材还是当年的身材,但岁月的风雨沧桑毕竟在他们的肌肤上留下了无情的痕迹,令人羡慕的年轻美丽终是一去不复返了。

值得敬佩的是,他们对衰老的到来没有丝毫的恐慌,而是悠然地打发着一个又一个的日子。大伯养花养鸟,阿姨打毛线做家务,儿子儿媳和小孙子与他们同住。阿姨就像钟点工一样每天三餐烧饭,早晨定点取奶,喂了小孙孙,又送到幼儿园。阿姨谈得最多的自然是家务,柴米油盐细数久了,就有了不平静的矛盾。大伯常谈的则是花和鸟,笼子里的两只鸟是大伯从花鸟市场买来的,那天他带着小孙孙去逛市场,小孙孙一下子就看中了那只黄颜色的鸟,它关在卖主的笼子里,当大伯将那只鸟买下时,另外一只翠绿的鸟从喉管里发出绝望的哀鸣。卖主说:“都买去吧,是一对,拆不开的。”两只鸟就这样寄居在大伯家的屋檐下,大伯每天喂水喂米,偶尔还学了鸟语对着笼子共鸣。逢到这时,阿姨就站在一旁指指点点说:“你看你看,这两个东西,你啄我一口,我亲你一下,谈恋爱呢。”

一天早晨,阿姨惊慌失措地在院子里喊:鸟飞啦鸟飞啦!

大家像听到命令似的都跑了出来,只见笼门开着,那只黄色的鸟不见了,唯有翠色的鸟在笼子里伸着脖颈鸣叫,像是报警。小孙孙立刻在一旁哭起来,阿姨气得跺脚说:“是谁把笼门打开的?是谁?”自然没有人承认错误。大伯始终不语,悄悄给鸟添食添水,翠鸟却不吃不喝,一味地鸣叫。

阿姨越发伤心起来,进了厨房就乱摔乱扔,将那一摞碗筷也摔了。阿姨本来就有气,饭做好了,谁都不起来吃,大伯好不容易起床了,盛碗稀饭只顾喝自己的。阿姨说:“你都不如那鸟,鸟还知道找伴呢。”

这天早晨,阿姨的心情糟糕透顶,她向我细数年轻时的岁月,那为生活奔波的岁月,一丁点细微的小事都是记忆深处的。阿姨说,大伯年轻时就不知道体谅人,有年春节,一家人都买了新衣服穿,唯独阿姨什么也没有。阿姨就想买双新棉鞋,俗话说,脚上没鞋穷半截。大伯跟阿姨去了百货店,那显然是一家最好的百货店,大伯进了店就盯住鞋看,看来看去看中了一双男式皮鞋,阿姨一咬牙,还是把钱花在了大伯的脚上。但这却成了阿姨一生的记恨,动不动就拿这事奚落大伯,它成了大伯不会体谅妻子的话柄。

已是下午了,阿姨仍喋喋不休。鸟笼里还是那只翠鸟,它为伴侣的飞走而绝食反抗。大伯在一旁嘀咕:丢不了,它还会飞回来,如果不出什么意外的话。

果然,傍晚的时候,那只飞走的黄鸟又落在了鸟笼子上,它叽喳着扑向翠鸟,笼里笼外,一片久别重逢的亲情。大伯和阿姨听见鸟叫赶紧打开笼门,两只鸟拍着翅膀,你啄我,我啄你,爱情浓得都化不开了。

大伯阿姨的脸上也露出了欣慰的笑容,特别是阿姨,牢骚也没有了,怪话也不见了。不一会儿又在厨房里叮叮当当忙起来,忙完了就喊:“吃饭了。”

我在一旁看着想:他们本身也是一对“爱情鸟”啊。真正的爱情就是由细碎的日子堆叠起来的,因为这些日子的悲欢交集,才显得天长地久,花好月圆。

《散文百家》1999 年第 6 期

哭泣的铁树

我有很长一段时间不从那条路上走了,我怕看见那棵铁树,我能听见它的哭泣,那哭泣令我心绪不宁。

那是一个阳光明媚的早晨,我骑自行车行进在上班的路上,脚下是刚刚修建的一条路,路面开阔平坦,人置身其间,会感到一种都市的豪华感。除了路两边种植的小树尚没有参天入云,这条路已跃上了城市建设的档次。每逢走在路上,我的眼睛就忍不住看路两边的树,最初它们是一株光秃的树干,后来那树干上冒了嫩嫩的绿芽,再后来嫩芽长成坚硬的枝条,如一把绿伞覆盖着周围那一小片空地。我知道,再有一些光阴,绿伞就会扩展到人行路面,那时候人们再也不用面对酷热的太阳了。

树在路中显得多么重要啊!

树是路的装饰,没有树就没有路的美丽。好比一个形象出众的人,通身光裸不长头发,即便再相貌堂堂,也会缺乏一种艺术的装扮。许多有识之士已认识了这一点,他们在自己的楼前寻找空地种树种草,借绿色营造艺术的氛围。那排铁树就这样有幸成了工地的宠儿。

不知那是什么工地,楼层很高,已快竣工了,脚手架正被拆下来,铁树显然是作为门前的装饰而种植的,估计已有几年,树叶婆娑,树干上生长蓬勃的茸毛。就在我注意观察它的时候,我发现铁树中的一棵忽然着起火来,火苗飞快地从下燃到上,又将四边的树叶吞噬,几个小伙子嘻嘻哈哈笑着,不用说,火是他们点的。

情急之中,我跳下自行车,冲上前喊:“不许毁树!”小伙子们看看我,哈哈笑着溜了。这时工地上一个年长的人跑出来用帆布手帕拍灭了树干上的火。我站在一旁,看着铁树树身已发黑,我似听见了它的哭泣,看见了它在明媚的阳光中颤抖。

又有两个妇女走过来,指着那几个小伙子的背影说:“真是吃饱了撑的,好好的树,你烧它干啥?”

这是最朴素的责难,这样的责难出自普通的百姓之口,证明树在人的心中已占了相当的分量,在环保意识日益增强的今天,一棵树就是一个绿色的生命,而绿色的生命是人类赖以生存的必须。

我曾问工地上那个年长的人,这几个小伙子是哪里来的,他说是工地上的民工。我真想追上去告诉他们:尽管你是这个城市的过客,但你也不能做城市文明的破坏者,因为你同样在用双手建造这座城市,而人类的家园是相通的。他们已经跑远了,我的心渐渐冷静下来,也许当初他们没有意识到这是破坏,只感到好玩,一哄而上的好玩,但很多错误都是在一哄而上的好玩中酿成的。

那条路我已经很久没走了,我怕见到那棵通体发黑的铁树,怕听见它的哭泣。

《散文百家》1999 年第 6 期

秋日私语

我真正喜欢起理查德·克莱德曼是一个秋日的午后。我斜倚在房间的沙发上，漫无目的地看着窗外。窗外是一幢幢崛起的大楼，大楼有几十层高，几乎将我身居的老式住宅压得透不过气来。临街的马路上不时传来各种汽车的鸣叫，窗下偶尔有收废物的叫卖声、小孩的哭闹声……我对喧闹的窗外世界忽然生出了一种厌倦，于是关上窗子，让外面的声音被隔绝得几乎听不见。

房间安静起来，老式的房屋几乎可以让我嗅到泥土的芳香，如今这样结构的房子在繁华的南京市区当属独一无二了，而我能住进这样的房子里，体验着七八十年代普通百姓的居家生活，也算是一种难得的福分。我将音响打开，放一段理查德·克莱德曼的钢琴曲，浪漫的钢琴曲就像一道缓慢的河流，在我眼前优美地展开。我看着屏幕画面，画面上是林立的高楼，熙攘的人群，画面闪过，又是一幅新的画面。钢琴的旋律也愈来愈舒缓了，我看到一位穿毛衣的老头儿安静地躺在树下的一张椅子上，那街头休闲的椅子好像是专门为他而设置的，他那么安静地躺着，体味着大自然的美好。他的脸上没有任何复杂的表情，有的只是安静，令人难以准确形容的安静，人只有安静的时候，心情才是舒展的。我是多么羡慕他啊，这个睡在椅子上的老头儿！在我羡慕着画面上这位老头儿的时候，细听着克莱德曼的钢琴曲，我由衷地对他生出一种感激，是他给了我这一刻安静的愉悦。

经常听到身边的人抱怨疲惫，不管是腰缠万贯的成功人士，还是手无寸铁的平民百姓；不管是领导干部，还是工人农民……人们终日奔波忙碌的时候，都感到身心的疲惫，都巴望着安静的生活，安静地体味大自然所赋予的天地宇宙，安静地咀嚼着真实的人生……而生活给予人的往往是波涛汹涌的现实，人们在这现实中无奈地去争取去角逐。有一位卖菜的夫妇，女的只有35岁，却体态丰满，面色苍老。每逢我去买菜，都能听见她对忙忙碌碌生活的抱怨。生意人应该是能赚点小钱的，但忙忙碌碌赚钱仍让他们感到失落，他们在忙碌中得到了什么，也就在忙碌中失去了什么，而失去的恰恰是钱买不到的安静。

欣赏着克莱德曼，又抱怨着克莱德曼。为什么是秋日私语？为什么是一位老人安静地躺在椅子上？人生难道非要到了老年才能安静吗？我陶醉在钢琴的优美旋律中，听着克莱德曼灵巧的手指叙述给我的秋日私语，至少此时此刻我是安静的，这种安静让我感到心旷神怡，天高地远，幸福无边。

江苏《连云港日报》1999年11月17日

雪山的表情

在丽江,听人介绍了玉龙雪山。玉龙两字让我想起伟人毛泽东的诗句:“飞起玉龙三百万,搅得周天寒彻。”于是,对玉龙雪山的憧憬更急切了。

车出丽江城,越过一片草原,玉龙雪山近在眼前,山顶白雾缭绕,雾在云里,云在雾中,云雾构成一片沧海,很难看见雪山的表情。人说,冬天的时候,雪山的脸天天裸露在外,是一副冷峻的面孔。而到了夏季,雪山就将自己的脸掩在雾气之中了,但是有福气的人还是能够看清它的面目,关键看你是否真有福气。

听人这样介绍,我只好沉住气了。自信自己是个有福气的人,脸贴住车窗,视线在雪山顶上定格,无论车身怎样晃动摇摆,我的视线始终不离玉龙雪山。这是一座神秘的山峰,绵绵数里,最高峰顶直插云端,据说曾有许多登山的人试图征服玉龙雪山,但玉龙雪山俨然不可侵犯的武士,丝毫不肯接纳异域来客,它大喘一口气,就将来访的客人灭绝于雪山脚下。因此,人们探访它的同时又惧怕着它,惧怕着它的同时又渴望了解它,玉龙雪山就在人们复杂的心情中神秘起来了。

已近中午,窗外的天空仍是阴郁的表情。乘客们大多困乏了,有的合上眼帘,有的偎依着休息,唯有我仍沉浸在对雪山的憧憬之中,我的眼睛瞪得几乎发酸了,而山顶的雾仍重重叠叠,吹不散打不乱,如一团密实的棉花团。莫非此行真要当个没福分的人啦?恹恹之中似有一丝不甘,于是又精神地将眼睛睁大,我的直觉告诉我,此行一定不虚。

就在我全神贯注的时候,山顶的雾忽然稀薄起来,速度是那样的快，如万马奔腾，一会儿就有了间隙，只见山顶的一个角落忽地一亮，佛光似的，那是纯白的雪，我看到雪山的真实面容了，雪山！雪山！我喊起来，恹恹欲睡的乘客大多睁开了眼睛争相观看，可惜那难逢的美妙顷刻又被奔腾的白雾遮掩住了，密密实实，纵然是千里眼也难识了。乘客们好不扫兴，我则得意自己的福气，那瞬间的闪亮也许是人生的唯一一次吧。

果然，天气阴得厉害了，雪山早已成了茫茫的白雾。我暗自庆幸自己的幸运，目睹了雪山的表情，而这幸运是靠我的执着得来的。继而悟到了这样一个启示：人生一切幸运的获得，都要靠执着的努力。

《金陵晚报》1999 年 10 月 5 日副刊

纵情虎跳峡

踏上云南丽江的版图，距虎跳峡只有咫尺之遥了。虎跳峡是长江第一漂的英雄展现勇敢无畏的地方，勇士的豪气和自信在这里纵情，尽管已有许多人粉身碎骨，但他们的气概风骨仍感召着后来者由衷地神往。

车不停地行驶，转眼就驶入了一个峡谷，两边高耸的山峰须仰视才见。当我听见那拍岸的涛声，侧目路旁万丈悬崖下汹涌的江水，一种神秘的感觉猛然袭上心头，在海拔4千多米的高原乘车曾有过的恐怖感像粘虫一样紧贴住我的皮肉，我浑身的汗毛都被它搅乱了。我闭上眼，不敢看那万丈悬崖，可又忍不住把眼睛睁大，将那悬崖下的波涛看个究竟。我就这样将一路孕育的满腹紧张带给了虎跳峡，当我站在它的面前，面对那称作老虎的巨石和巨石周围惊涛骇浪的江水，我的精神不由得一振，我再也不害怕了，只想抒怀，只想纵情。

放眼四望，满目的青山；侧耳倾听，四面的涛声。这是上虎跳，当年长江第一漂的英雄们曾经用密封的橡皮船征服过上虎跳，江中的虎跳石用红漆写了“情系中华”四个字，不知是哪个勇士冒着生命危险写上去的，在我的视野里，那地方是急流簇拥的最高点，人根本无法接近。倚在护栏上，听那涛声，我让自己的心悄悄安静，这是一首雄浑的交响乐，那涛声是音乐，那激流是音符，从雪山走来的母亲河，在这里抒一段浊音，就汹涌着奔跑起来了。于是就有了不甘示弱的人们跟她赛跑，争相抒写一曲更雄壮的歌。有多少勇士的血流在这涛声震天的赛场上，又有多少后人寻着这血迹瞻仰勇士的风骨。这方圆百里的地方原本不叫虎跳镇，因为英雄的足迹，它才将德胜镇改为虎跳镇。英雄的壮举使虎跳镇遐迩闻名，勇士的鲜血给虎跳镇的人带来实惠和利益，如今虎跳峡已成为丽江的一大旅游景观，它开发的资源是长江第一漂的英雄勇士们无畏的纵情。

据说虎跳峡最风光的地方是下虎跳，那里人迹罕至。有一位汉子带着一家三口生活在那里，后来汉子的一条胳膊被电击断了，妻子耐不住贫穷撇下两个孩子私奔他乡，汉子只好默默带着两个年幼的孩子苦度岁月，白天观水听涛，夜晚听涛品水。长江第一漂举世瞩目，来这里的人渐渐多起来。汉子就搭起小木屋供来人居住，卖一些小商品。有一年，一群外国留学生来此探险，有位澳大利亚姑娘被汉子的精神感动，悄悄爱上了这个独臂汉子，她留了下来，成为独臂汉子的妻子。现在他们盖起了小型的宾馆，成了那里的东道主。遗憾的是，因为修路，我无缘与那位澳洲姑娘见面，但她的行为却给了我很深的思索：人类的魅力在于精神，人情感放纵的归着点也该是精神领域。按一般的世俗眼光，澳洲姑娘是选择了贫穷和落后，选择了苦难和愚昧。但在澳洲姑娘的眼里却是选择了开拓进取的人生制高点，万种风情在这新的制高点上放纵。

虎跳峡，是英雄勇士纵情的地方，也是美女佳人纵情的地方，这地方因此令人神往。

江苏《文化新世纪》1999 年 4 期

放歌云杉坪

我也不知道自己从何时开始不怎么唱歌了，这让熟悉我的人都感到吃惊。曾经，我的歌声是那么深深地打动过他们，以致多少年以后，他们忘记了我的模样，但并没忘记我的歌声，无论是通信还是通电话都要询问最近唱了什么歌没有。歌名大多是流行的、倍受年轻人青睐的，可惜我一句都不会唱，无论是歌词还是曲谱，仿佛都离我十分遥远。这时我就想我是真的老了，青春再也回不来了，而唱歌是属于年轻人的，属于青春的。

我亮丽的歌喉曾经在二十几岁的青春时期大放异彩，我几乎会唱所有的流行民歌，《我的祖国》《绣荷包》《五哥放羊》……我还会唱当代流行歌曲《赤足走在田埂上》《年轻的朋友来相会》……女伴们因了我的歌而亲近我，男士们因了我的歌而关注我。我就是在人们的亲近和关注中走过了青春，走过了浪漫的人生岁月。后来，当我涉及了现实，与柴米油盐打成一片的时候，我就渐渐地不再唱歌了。但我并没意识到我已经开始远离歌声，除了在必然听到的场合欣赏歌曲之外，我再也没有狂热地追逐过歌声，歌声对我而言似乎没有柴米油盐重要了。

我是老了么，还是年龄一层一层往上堆叠以致终于到了沉静安宁的时候了呢？我说不清，反正唱歌在我的生命里被放逐了。

暖春的一天，有幸到了云南丽江。在这错综复杂的气候里，既有玉龙雪山含蓄的表情，也有一望无际的云杉坪草原。草原上，一群身着艳丽服装的藏族姑娘正在手拉手放歌《北京的金山上》。她们的嗓音饱满，歌声冲破云杉树林和空中的云团，在天上久久回荡。许多游客被这歌声吸引，加入他们的行列，与她们跳舞拍照。这是一种带有商业性质的唱歌跳舞，无论是加入他们的行列还是穿戴她们的服装，均收费五元。我和许多游客一样交费拍照，离开她们的时候，喉咙痒痒的，似有一种未与她们放歌的遗憾，而我原本是会唱歌的。

意识到我会唱歌以后，我就突然高唱起来，我的嗓音一亮开，藏族姑娘的歌声戛然而止，她们纷纷站在草坪上望我，许多游客也停下脚步听我的歌声，有人甚至问："是不是专业歌手？"我越发来了兴致，一支接一支唱，《青藏高原》《毛主席的光辉》《翻身道情》……我边走边唱，后来还唱起了样板戏，我简直是唱疯了，那么多陌生的面孔均与我无关，任他们的眼睛看、耳朵听……我又回到了浪漫的青春年代，一个为我而生的年代，我不在乎一切，只在乎青春的快乐，才华的展露。

我忽然明白我不唱歌的原因了，在人生的现实面前，我过分在乎了别人的评价，而这恰恰是对个体生命的扼杀。心里暗暗有一种悲伤、一种失落、一种无可奈何。人跨入生活的行列后，大多不是展示自己的才华，而是为了适应环境磨炼性格，于是就有了虚伪，有了不真诚，有了人云亦云，有了违心的东西。

我真想留在云杉坪不走了，我留恋这里的原因不是它的美丽和新奇，而是它的陌生，在这陌生的地方，我会放纵我的歌声。

《散文百家》2001 年 3 期

老　屋

老屋是我生活了三年的房舍，称它“老屋”是因为那房舍实在陈旧得快掉牙了，墙壁房顶该渗水漏雨的地方绝不给主人一丝一毫的情面。老屋建于上世纪三十年代，据说曾当过部队的马厩，也曾做过莘莘学子的课堂，成为我的宿舍时已经风剥雨蚀得满目疮痍了。但我还是欣然地住了进去，寒窑虽破能避风雨，比起无处栖身毕竟是生活的一次机会，一家三口像燕子筑巢一样拾掇着老屋的所有。又灰又黄的墙壁粉刷了白灰，凸凹的泥地铺抹了水泥，脏渍重重的门窗用清水擦洗一新，生命的四季开始有秩序地在老屋轮回。

春天，老屋泛着陈砖旧土的潮湿，推开门窗，温馨的风掠过嫩绿的树枝钻进来，一股清新的气息扑鼻而来。我的屋后是一排水杉树，粗壮挺拔，据说与老屋同龄。树下是蓬松的黄土，土里生长着鲜嫩的草，有小小的虫子顶着春阳飞动。这时候就会想起那句古诗：草色入帘青。单调平静的日子似有了艺术的灵动，在春阳里，在杉树下，在鲜草中，老屋的一切都化成了诗意的欣喜。

夏天，老屋周围的树和草都蓬勃旺盛起来，满眼的绿肥得似要滴水。有风刮起来了，乌云和雨与风同步，哗啦哗啦的雨水有节奏地亲昵着屋顶，不一会儿，便有水滴顺着缝隙钻进来，先是一滴一滴，像客人羞涩地品酒，继而熟悉起来，就有了嘀嘀嗒嗒的声响，再一会儿便是不客气地滋扰了，这时必须动用家里的工具来迎接，盆啦碗啦罐啦都派上了用场，稍不注意就有书淋湿了，衣裤淋湿了，于是生了许多的烦恼在无尽无休的雨夜难眠。如果是梅季，这烦恼就更持久，墙壁、家具、衣被、粮食在雨的包围中散发着浓重的霉味，正为此发愁时又生出了浑身骨节的酸痛。忍不住暗自抱怨，这老屋的一切真就命该属于我吗？抱怨中忽然发现厨房的角落有一只跳动的青蛙，不知它是怎样钻进老屋里的，此刻惊惧的情绪将沮丧的心情拉得像梅雨一样绵长。

秋天，风把树叶一枚枚送上我的屋顶和窗子，有寒意的风将窗前的绿涂黄，一切都萎缩了。夏天的盛意凉下来，怕冷的虫子钻进地下和墙缝，也钻进老屋。最常见的是蜈蚣，有一只筷子长，它的出现会吓得你浑身出冷汗，那张牙舞爪的尊容真是不让人喜爱，据说五毒中的一毒就是蜈蚣。常有邻居被蜈蚣咬，咬过后就是住院治疗的过程，有位老人因此还险些丧命。于是只要老屋出现蜈蚣，全家人就拼命追打，一秋要发现五六条蜈蚣，五六次的惊惧把人的魂都吓没了，追打时便发出声嘶力竭的叫喊。

冬天，老屋出奇地阴冷，没有空调和暖气，饭菜茶水就是热度。看电视的时候便要开亮许多灯，手太冷就到灯泡前烘一烘，即便电视节目再好，仍是耐不住寒冷，只好早早地钻了被窝，借助暖水袋感受老屋的温馨。灯光下，一本又一本的书读进心里，这环境虽不及喧闹的都市，却也是自己的生活独有。

忽然得知，老屋要拆了。

面对生活了三年的老屋，我心里滚过一丝隐隐的眷恋，生活已经历了许多个三年，唯有老屋给了我最独特的感受。

《齐鲁晚报》1999 年 9 月 2 日

娃娃鱼

我的写字台上摆了一个圆形的玻璃缸，里面游动着六只娃娃鱼。这六只鱼崽身段不长，皮肤铁黑，四只爪子乱蹬乱蹭，头圆圆的，眼睛朝外凸鼓，惟有肚皮是一块橙红色的陆地，上面布满了黑点，虎皮似的。它们得以住进我的家中，日日与我为伴，纯粹是一种偶然的缘分。

夏日的一天，单位里集体去登天都峰，天都峰位于安徽潜山县，是著名作家张恨水的故乡。

车到了天都峰下，迎面两个男孩将我拦住了："阿姨，买娃娃鱼？"我低头一看，男孩的手里拎了几只装矿泉水的塑料瓶，里面游动着数只娃娃鱼，瓶子拧了盖子，盖子上又扎了洞眼，是给娃娃鱼透气用的。早听说娃娃鱼是国家重点保护动物，也曾在公园里看过尺把长的娃娃鱼，但这么小的鱼崽还是第一次见到。惊讶欣喜之余又担心自己养不活，于是不肯买。男孩几乎是央求说："阿姨，你快买了吧，我只剩下一瓶了。"看着男孩衣衫不整的样子，我只好掏了两元钱，将娃娃鱼买回了家。

我上小学的儿子一向喜欢动物，对我带给他的娃娃鱼自是无所顾忌地喜欢，一会儿敲敲玻璃罩，一会儿撩撩缸里的鱼。为了使娃娃鱼有个生存的好环境，我将出差带回来的石头摆进鱼缸里，几块石头就像一座小山，娃娃鱼在山间往来嬉乎。本来娃娃鱼就生在山里的小溪中，山是它的靠背，溪水是它的家。如此欢喜了几日，又为娃娃鱼的吃食发起愁来，它对花鸟鱼市买回的干鱼虫不感兴趣，儿子捏一点撒在水里，干鱼虫轻轻地浮在水面，水底的娃娃鱼一动不动，既不争也不抢。倒是有个小小的蠓虫在鱼缸四周一飞，娃娃鱼们忽然游动起来，隔着玻璃扑那飞虫。到底是大自然的生物，天生就有搏斗的欲望。

过了几日，也许是饿极了，娃娃鱼们终于对干鱼虫动了饕餮之心，其结果是从上边吞进去，又从下边屙出来了，鱼缸里满是虫状的粪便。显然，娃娃鱼不习惯这样的生存环境，它们经常趴在石头上朝外眺望，每逢这个时候，我就觉得它们在找家，同时也隐隐后悔不该把它们带到我家里。

有段时间，我跟儿子商量将娃娃鱼放生。我说它们越长越小了，不放生很可能死在我们家里。儿子不同意，我只好看着娃娃鱼越长越小，并且越来越没有游动的生机了。

秋天，几日未在房间里住，回来发现鱼缸里已经浑水一团了。好在娃娃鱼还在呼吸喘气，就将它们倒进门口的河里，河是秦淮河，河水已被污染。儿子知道后，又哭又闹，跑到河边去看，早已没有了娃娃鱼的影子。儿子说，这河流不干净，娃娃鱼们肯定活不了。我听罢一惊，感觉自己又做了错事，心里默默为娃娃鱼们祈祷，愿它们靠着自身的力量游回自己的故乡。

据潜山的人介绍，它不是真正的娃娃鱼，而叫蝾螈。

《苍梧晚报》2001 年 3 月 9 日副刊

寂寞孟姜女

有一首歌我经常想起，不单单因为它旋律的优美，还因为它歌词的情真意切。那是由一个古老的故事演绎而成的，一个女人对丈夫忠贞不渝的故事，一个惊天动地的爱情故事。

孟姜女千里寻夫哭倒长城，这故事曾经影响感动过世世代代的妇女，也曾经是男性择偶的道德标准。“正月里来是新春，家家户户挂红灯，人家夫妻团圆去，孟姜女千里寻夫哭长城……”

第一次听到这歌是在朱明瑛的歌曲磁带上。八十年代末，歌唱家朱明瑛曾以一曲《回娘家》轰动歌坛，而我最喜欢听的却是她用那沙哑的声音、低缓的曲调演唱的《孟姜女》。在那深沉低缓的曲调中，我似见一个对爱情痴迷忠贞的女性，千里迢迢、一路风餐露宿去寻找被秦始皇征召修长城的夫君。能够想象，在没有交通工具的情况下，一个身单力薄的女人，是怎样克服一路上的艰难险阻的。这样的勇气令世世代代的男女喟然长叹。

再一次听到这歌，是在周庄的一条小船上。摇桨的船娘，有五十开外的年纪了，皮肤被太阳晒得黝黑，头上蒙一条毛巾，她用力摇着船桨，边摇边唱《孟姜女》，她的声音不是歌唱家训练有素的发音，但那朴素平实的小调却以民间的情感打动了我。孟姜女，这个千百年来被公认的美好女性，再次震撼了我的心灵。

大约在十年前，我首次去山海关看孟姜女庙。那个时候，我相夫教子，兴致勃勃地在孟姜女庙和望夫石前拍了许多照片。有一张照片的背景是望夫石全景，人靠在石头上，望夫石三个字赫然入镜。我将这张照片放大，珍藏在我的影集里。我想我不光是把照片珍藏起来了，也把孟姜女这一女性的优良品质珍藏起来了。

再次观看孟姜女庙和望夫石，是十年以后了，世事沧桑，一切都发生了变化，但孟姜女庙和望夫石仍是原来的样子。游客们三三两两在此拍照，我再也没有“留下青春笑脸，献给未来回忆”的热情与渴望了，我的青春早已被谎言般的爱情糟蹋得体无完肤了。我悄悄从望夫石边走过去，只听一位中年妇女跟另一位女人说，现在这年头，哪里还有孟姜女呢，孟姜女不过是一个神话而已。另一位女人说，千万别做孟姜女，孟姜女是很寂寞的。

我想，忠贞不渝本来是爱情的起码品质，但这一品质在这功利的社会好像不太适合人们的发展需要了。即便真有忠贞不渝的孟姜女，历尽千辛万苦寻到的夫君是不是一转脸又变成了陈世美呢？当女人的忠贞不渝得不到起码的回报，当她们善良纯洁的行为得不到肯定时，女人们再也不肯让自己的芳心寂寞了，她们如梦初醒般悟到“与其在山岩上展览千年，不如在爱人肩头哭上一晚”。

孟姜女是寂寞的，世上的男女谁能知道她的寂寞？谁又能体味她的寂寞呢？

《齐鲁晚报》2001年9月8日副刊

我在哪里错过你?

我不懂足球,也基本不看。我的电视屏幕只要有球星闪烁,一定是儿子坐在沙发上踏踏实实地当观众。儿子可以说出一大串世界级球星的名字,而我一个也不知道。于是,我常常被儿子誉为球盲。但我爱看文艺演出,特别是大型文艺演出,只要电视上现场直播,我必看无疑。这就使我在“大连之夜”的球星歌星联欢晚会上,发现了郝海东。

这场晚会是中国足球扬眉吐气的庆典,经过多少代的努力,中国足球终于出线了,走向世界了。球星们像王子一样被人欢呼着,拥抱着,他们一个一个出场,一个一个接受球迷的衷心爱戴。屏幕上不时回放绿茵场的镜头,球员们个个如狮似虎,为了最后的胜利而艰苦运作。忽然想起有位青年球友曾十分精彩地比喻过足球运动,他说为什么大家都喜欢看足球呢,因为足球是做爱的过程,先是绿茵场地的艰苦运作,然后一脚精彩的射门。这比喻有点另类,却另类得标新立异。到目前为止,我还没听到过比这更精彩的比喻。

郝海东走进我的视野时,他正接受记者的采访。首先是他那张平静的脸,然后就是他深沉的状态,他十分平静地讲述着自己的心情,纵然眼前是惊涛骇浪,他的神情依然沉稳如山。而另外的球星,要么激动得泣不成声,要么张扬地表现自己,惟有郝海东将内心的波涛汹涌都掩埋进那宽阔的胸襟里了。这是一个真正的响当当的男子汉!我忽然领悟:女人迷恋足球,大多是因为对现实生活中男性的失望。在现实生活中,男人要么油头粉面,要么权欲熏心,要么胆小怕事,要么推诿责任,有这样缺陷的男人别说是上足球场,就连上床都得佩戴“伟哥”。所以女人们迷恋足球场上的男人便不难理解了,与其说她们爱足球,不如说她们是在足球场上寻找真正的男子汉。

我开始寻找有关郝海东的资料,儿子首先告诉我,郝海东曾多次经历“黑色三分钟”,但他始终以这样沉着冷静的面孔出现在镜头面前。

我说:“这样的男人才是真正的男子汉,沧海横流方显英雄本色。如果妈妈当年遇上他,一定会跟他谈一场恋爱。”

儿子“哈”一声笑了说:“人家早就有妻子和孩子了,老娘你别做美梦了。”

儿子的一番话把我的美梦打断了,我立刻心情沮丧起来,抱怨儿子不该搅扰妈妈的好梦,让妈妈沉浸在梦里多好啊!

于是,我只好在心里悲戚:我在哪里错过了你?

《江南时报》2002年5月31日B14版

人生想精彩就进竞技场

我对体育一向不怎么感兴趣，因为我感觉了它竞争的残酷，同时也深知这种竞争不是一般的人所能够尝试的。瞬间的辉煌除了身体素质的强健外，还要有“冬练三九、夏练三伏”的刻苦毅力，那个金光闪闪的奖杯是汗水和血水拼出来的。

最近看电视，却对奥运会的报道颇有兴趣，这兴趣是由射击老将王义夫获得奖牌时满脸纵横的泪水引起的，国歌伴着他的泪水，他的双眸冲破泪水望着冉冉升起的五星红旗，这个时候，一种为国争光的荣誉感油然而生，屏幕外的我跟王义夫一起流下了喜悦的眼泪。当屏幕上的画面已经切换后，我仍然在哭，我已经很久没这么哭过，没这么流过泪了。老将王义夫已经人到中年，且连续数次拿过奥运的奖牌，他完全可以靠着昔日的荣耀和辉煌打发人生的时光，令人钦佩的是他恰恰没有寄生在从前的功劳簿上，而是靠自己对体育事业的一腔热情，不断地进取和超越自己，在患脑供血不足的生理状态下，一如既往地克服困难，终于又在本届奥运会赢得了又一枚金牌。当记者采访王义夫，问他下一届奥运会是否还参加时，他毫不犹豫地回答：“只要身体条件允许，我还会参加的。”

在王义夫身上，我们看到了人的斗志，人战胜自我、超越自我的斗志。本来人生就是竞技场，不论在哪个行业工作，你都要在这个行业里做出成绩，否则就会被淘汰出局。同时正因为你的不断努力，成就才把你推到荣耀的平台，让你感到自己人生的价值。从地球而论，人不过是一个阶段性的生灵，匆匆而来匆匆而过，人生的过程如果想精彩辉煌，就应该进入竞技场。

《江南时报》2004 年 8 月 22 日“奥运特刊”

我的写作情结

我的祖籍在东北老哈河一带，祖上是满人。小的时候，记忆中的祖母总是穿着过膝的镶边大褂，后来改良为旗袍。祖母的头发高盘于头顶，如一朵黑色的乌云，上边插满了饰物，其中有一个饰物叫九链环，纯银的，镶满了珠宝，银链长长的，在耳朵后边一甩一甩，很有女人的风韵。祖父经商，祖母自然是理家，但理家的祖母总是把自己装扮得荣华富贵，手腕上戴着玉镯，玉镯晶莹剔透，脚上是一双绣花鞋，一双秀脚如同艺术品一样藏在绣花鞋里。祖母的手上喜欢拿一只绢手帕，手帕掖在宽大的袖口中，一个角露在外边，绢帕上的绣花证明着手帕的质量，能用这么高档的手帕，一定是有钱人家的女人。

祖父和祖母的确很有钱，祖父长年在外经商。祖父的祖父一定在满清的朝中做过什么官吏，在祖母留下来的那些老古董中，有一只墨绿色的瓷瓶是皇室用品，一只装杏仁油的瓷罐也是普通人家用不起的，还有一枚镶海水珍珠的金戒指，做工精巧不说，珍珠里还汪着一滴血，太阳光下一照，血在里边晃动，堪称一宝。

小时候，最让我好奇的是祖母身上穿的红肚兜，中间绣着一对鸳鸯，四周是绽放的荷花，祖母无论冬夏春秋，身上都穿着红肚兜，她的红肚兜有八九个之多，大多是自己绣的，祖母未出嫁时也是有钱人家的小姐，终日坐在家里描红绣绿，她把生活以及对未来生活的向往都绣进了花花绿绿的丝线中。

祖母嫁给祖父后，祖父就开始在外边做生意，后来祖父被人绑架，要祖母拿钱去赎人，祖母带上钱，星夜兼程赶到祖父被绑架的地方去赎他，一双秀脚跑得血迹斑斑。祖父被赎回来后，就带着全家人迁移到别的地方，隐名改姓，再也不敢提及满人的辉煌史，并且对经商特别厌恶，发誓不让后人玩钱，于是我父亲就顺理成章地从小学读到高中毕业，又考入热河省医大，成为一名称职的眼科医生……这些细节都是父亲跟我讲的，童年的时候我就被家族的故事感动着，想着有一天会把这些写出来，把满族女人的情感史写出来。

有位作家说过，人活在别人的叙述里。这话千真万确。我成人以后，从北方到了南方，看惯了北方山的粗犷，再品味南方的小桥流水，我的思想深处发生了深刻的变化。古人说：近山而仁，近水而慧。我经常站在街上打量与北方不同的南方女人，思索着她们之间的相同和不同，满族女人生在北方，性格刚直而烈，而南方女人大多性格温婉，且好诗书，就连秦淮八艳之一的李香君也是琴棋书画样样通晓，在她温婉的性格中竟有一种为男人的宏伟大业而献身的大无畏牺牲精神。在夫子庙秦淮河的长廊中，有一副对联让我久久思考，并且触动了我的灵感，对联出自名家之手：万种风情向谁诉，一生爱好是天然。这爱好是女人的牺牲精神吗？这爱好是对男人执着的爱吗？一瞬间我想起令满族女人骄傲的孝庄皇后，想起我的祖母，想起万千的满族女人，想起万千的李香君们，原来女人是为编织爱而活着，这个世界因为女人的爱而显得绚丽多姿。于是，我构思了《红肚兜》这部长篇小说，应该说它是一部满族女人的情感史。

我的另一部写满族女人的长篇小说《旗袍》正在酝酿之中，可惜的是我不能用本民族的语言写作，只能用汉语抒写我想表达的一切。在全球经济一体化的今天，少数民族的话语显得越来越重要了，但满族的文字有几人能识？除了女人们身上的旗袍让人想起满族的风俗，其他全都趋向审美的一体化了。

《文艺报》2005 年 6 月 18 日

有关狗的情节

在所有动物中,我最怕狗。对狗的恐惧是从童年开始的,上小学的时候,班里来了一个新女生,她家里养了一只狗,名叫四眼狗。所谓四眼狗,就是狗两只眼睛的上方长了两块圆圆的白毛,远远看去像多生了两只眼睛一样,于是人们管这样长相的狗叫四眼狗。四眼狗绝不是什么名贵的品种,至多是地方特产,我们那条街上经常看见这样长相的狗,那个时候狗的唯一作用是看家。

女生是外地人,父亲是当地人武部的一位参谋,家境自然比别人好一些,女生对我的吸引是她的穿戴,她经常穿一身很合体的军装,这在当时是特别时尚的服装,我因而想去她家里看看。这天早晨,我冒昧地赶往她家,她家住在距闹市区很近的一条街上,外地迁来的军人全部住在那里,叫家属院,每家一个院落,灰色的门楼,看上去十分庄严。我拍了一下大门,不一会儿门开了,女生出现在我的眼前,随之出现的还有一条四眼的狗,狗吃得膘肥体壮,如果直立行走,恐怕跟我一样高。狗汪汪叫着扑向我,我毫无准备吓得惊叫起来,边叫边往院子里跑,见我进了她家的院子,狗追得更紧了,当它的两只前爪扑搭在我后背上的时候,女生的家人都跑了出来,纷纷训斥狗,狗终于跑到一边去了,我却吓得魂飞魄散,再也没有跟女生玩的心情了。我哭着跑回了家,妈妈见我一副失魂落魄的样子,不知道发生了什么事情,待我心神镇定,将经过述说一遍,妈妈说:"狗这东西通人气,狗眼看人低,你那女同学生在军人家庭,在咱这地方就是高干了,你穿着没有人家体面,狗不咬你咬谁呀?"

好在我没被狗咬着,但却被狗吓着了,对狗的恐惧也就由此开始了。

后来，我们家搬到城郊去住了，家里也养了一只四眼狗，我天生怕狗，几乎没有喂过它，有次喂了它一碗烧过汤的骨头，想不到竟被狗全部啃吃尽了，从中午一直啃到半夜，我睡觉的时候还能听到狗啃骨头的声音。第二天，狗的肚子胀得发亮，一碰嘣嘣响，里面就像塞满了石头。从事医生职业的父亲说："四眼是严重的消化不良，你们怎么可以把那么一大碗骨头都丢给它呢？"全家人都用愠怒的眼神看着我，我一声不吭，想到狗因碎骨头堆在胃里的痛苦，竟难过得哭了起来。

日子一天一天过去，四眼狗的消化不良越来越严重了，三四天都屙不出屎来，狗蔫着头走来走去，一口东西不吃，一口水不喝，全家人心急如焚，特别是母亲，嚷嚷着让父亲用手在狗的肛门里往外抠屎。父亲无奈，只好按着母亲的要求去做，他戴上白色的胶皮手套，把狗按在一只长条木凳上，稍抬狗的屁股，将手伸了进去，也许狗的胀痛太厉害了，父亲怎样摆弄它的屁股，它都无动于衷。屎终于抠出来了，狗又开始精神了，它汪汪地狂吠，家里顿时又出现了鸡飞狗跳的生机。

四眼狗没有被我的一碗骨头撑死，却在第二年的秋天，死在了绳索之下。我们家的外围是一片荒地，因为没有围墙，我妈妈就栽了一圈树，并用废弃的铁皮圈了一个院子，算是围墙。这样的围墙纯粹是挡君子不挡小人，外边能看清院里的一切，院里也能看清外边的一切。这天有个牧羊人赶着一群羊在我家院外的荒地上吃草，四眼狗看见那群羊就狂吠起来，并冲出了铁皮围墙，咬死了一只小羊。牧羊人顿时暴跳如雷，挥动鞭子抽打狗，又捡起一块巨大的石头砸向狗，当四眼狗就要被那块巨石夺去生命时，我妈妈连吼带嚷地跑了出来，冲那牧羊人喊："喂，小伙子，打狗看主啊！"

牧羊人听我母亲这样一喊，犹豫着将巨大的石头丢在地上，迎着母亲的目光说："你们家的狗把我的羊咬死了，你说咋办？"

我母亲这时冷静了下来，她先将狗轰回院子，然后跟牧羊人说："你的羊值多少钱？我赔。"

"光赔就行了吗？羊现在是羔子，等长成了大羊，就不是这个价钱了。"

“那你说个数，究竟要赔多少钱？”母亲边说边掏口袋。

牧羊人甩了一下鞭子说：“我不要钱，我要你家四眼狗的命，它咬死了我的羊，它也要跟羊一块死，一命抵一命。”

母亲见牧羊人这么无情，只好说，那随你吧。

牧羊人沿着院子的破铁皮寻了一圈，也没找见我家的四眼狗，后来他就骂骂咧咧地赶着羊走了。

不久，我们那个地方成立了打狗队，据说是牧羊人促成的这件事，他有个表哥在公安局。打狗队对狗的生命有特别的权力，不论是谁家的狗，只要被打狗队逮着了，必死无疑。

我们全家人都为四眼狗的命运担心，终日处在一种惶恐不安之中，黑天白夜都把它锁在狗窝里，唯恐它发出叫声。但狗的嘴是锁不住的，它只要听见外面有动静，就不停地狂吠，以示守卫主人的忠诚。四眼狗在结束自己生命的那个早晨，叫得异常厉害，它一定听见了奔跑的脚步声和人的吵嚷声，于是就拼命地狂吠起来。我妈妈被四眼狗的叫声弄得六神无主，走出屋子手搭凉棚往远处一看，那位牧羊人正跟一群人对着我家的院子指指点点。这个不祥的信号刚进入我母亲的视野，打狗队就像疾风劲草一样势不可挡地将我家的院子包围起来了。可气的是，四眼狗偏偏在这个时候吠得更厉害了。

四眼狗最终被打狗队擒获，它就要死在乱棍之下了。母亲跑到领队的队长面前，几乎是哭着为四眼狗求情。队长说：“我们在执行上级的命令，见狗就打。”

母亲无奈，只好央求打狗队别用棍棒打死狗，狗有狗的死法，狗死是要被绳子勒死，然后它的魂才能被送入西天，这是狗体面的死法。

打狗队长只好找来绳子，将狗吊在两棵白杨树中间，四眼狗悬空吊起，无助地狂叫，叫声凄厉伴着飒飒的秋风，它的四肢拼命挣扎，挣一下，两棵树就摇晃一下，杨树的叶子哗哗啦啦响动，像是为四眼狗奏着哀乐。

母亲躲进屋里，透过玻璃窗往外偷看，她哭得两只眼睛红肿，喉咙已经发不出声。对主人如此忠诚的四眼狗，在它的命被人夺去的时候，主人居然束手无策。如此看来，世上的忠诚还有意义吗？当然狗对主人的忠诚并不是想换来主人对它的呵护，忠诚是狗的天性，可当忠诚的狗命遭到劫难时，主人只能在心里发出悲戚。这到底是人勇敢无畏，还是狗勇敢无畏？当人类的生命遭到动物的威胁时，人类可以用一纸文件堂而皇之地合理合法捕杀动物，而当动物的生命遭到人类的剥夺时，动物们却无任何章法捍卫自己生命的尊严。

四眼狗终于被打狗队的绳子勒死了，队长叫喊着要将狗的尸首抬走扒皮吃肉。母亲疯了一样跑了出来，死活不让打狗队抬走四眼狗的尸首。最后他们只好放弃。

母亲在勒死狗的两棵杨树中间挖了一个很深的坑，将四眼狗埋了。

我以为母亲是太过悲伤，不忍再吃狗肉，母亲却告诉我，我们满族人忌吃狗肉，一个叫大黑的狗曾救过努尔哈赤的命。母亲还给我讲了一个神话故事。很久以前，上帝发现人类奢侈浪费严重，从此天荒地旱，地上不长粮食，人大半都饿死了，狗也饿死了。于是狗跑到上帝面前去求情，说我们不像人那样奢侈浪费，总不能把我们也饿死吧？上帝觉得狗说得有道理，就答应马上让地里长粮食，又吩咐狗回去要跟人说，做好了饭狗先吃，狗吃完以后再让人吃。狗从上帝那里回来，见到人类就把话说颠倒了，狗说上帝马上要给我们粮食了，但做好了饭，你们先吃，你们吃完我们再吃。所以现在总是人把吃剩的东西喂狗。

我恍然大悟，难怪母亲在我们一家人开饭的时候，总是先给狗盛出一碗饭菜。

时光流逝让人们过上了富裕的物质生活，狗如今已分了类别，有的成了宠物，狗命也值钱了。我经常看见街上的人们在清晨和傍晚，牵着狗在大街散步，寒冷的冬天狗还穿了衣服，严实地包裹着胸部，就像人怕着凉一样。这样的宠物狗自然是幸运的。那么还有一种被人类宰杀的肉狗，成了狗肉馆里最赚钱的动物，这种肉狗的命运就与我家从前的四眼狗无异了。

何时人不吃动物，人与自然就真的和谐相处了。

《散文百家》2006 年 3 期

尼尔基之夜

我鲁院高研班的同学张华住在莫力达瓦旗，是达斡尔族人，她为了去鲁院高研班读书把在中医院的工作辞掉了，办了个提前退休手续，而莫力达瓦旗有个规定，不到退休年龄却要提前退休的人必须养羊养牛，这可愁坏了张华，喜欢爬格子写文章的人何来力气去放牧？就在她鲁院学习快结束的时候，中国作协书记处书记金炳华亲自打电话协调了此事，于是毕业后的张华回到旗里就可以安心写作，再也不用去放牧了。

今年秋天，莫力达瓦旗举办了"三少"民族文学笔会，所谓"三少"民族是指达斡尔族、鄂伦春族和鄂温克族。我有幸被张华邀请，与我的同学欧阳北方、《青年文学》的编辑赵大河同赴莫力达瓦旗，抵达之后方知莫力达瓦旗政府所在地叫尼尔基。尼尔基之夜就在这个行程中产生了。

笔会快结束的那晚，晚宴后大家欢聚一堂，唱歌跳舞，三少民族都是能歌善舞的民族，几乎所有的人都可以成为歌星和舞蹈家，就在我沉浸在一片欢乐之中的时候，《骏马》杂志社的副主编刘文突然邀我和赵大河到黑龙江的讷河去一趟，那里有一批文友特别想见我们。看看时间，已是夜里九点，讷河离这里有多远，路上安全不安全，心里丝毫没底。刘文说："二十分钟就到，过了桥就是讷河。"盛情难却，我和赵大河只好趁人不备悄悄溜出会场，拦了辆出租车，直奔讷河大桥。刘文让车在桥头停了下来，出租车走后，刘文说："我们就在这里等着吧，一会儿他们来车接我们。"

桥上没有灯光，偶尔驰过的车辆给尼尔基的暗夜送来一线光明，对面是正在修建的尼尔基电站，电站的灯火时刻提醒着夜晚的真实不虚，风不时吹来，初秋的尼尔基早已寒气袭人。出差之前，欧阳北方曾经提醒我多带一些衣服，我嫌麻烦，便没带那么多的行李，当时的南京正热得暑气难耐，不相信在这个季节温度会有如此大的差异。在桥上站了一会儿，浑身便有点发抖了，桥下河水的流动好像使发抖的身体更加没有了着落，这时候我只好仰望天空，想起那句“天当房地当床”的歌谣，想从天空中寻找一点温暖出来，明澈的天空一望无际，星星有序地排列着，一颗又一颗，似乎神秘地朝我眨眼睛，天空很低，仿佛伸手就可以摸到。久居大都市南京，我已经很久没看到这么明澈的天空，这么明亮的星星了。

风又吹了起来，带着哨音，寒意破坏了我的心情，再也无心仰望天空了，单薄的裙衫难以遮挡风寒，再看刘文和赵大河，也都没穿什么能遮寒的衣服，白天这里的太阳还是可以将人晒出油来，我便嚷着冷啊冷啊，刘文和赵大河一前一后站立，我站在他们中间，两人成了我的挡风墙。这样站了一会儿，仍不解寒意，风像是冲破他们身体的墙壁故意偷袭我，更令人焦虑的是，接我们的车总也等不来。眼看夜越来越深，桥上过往的车辆越来越少，一种恐惧感油然而生，在这远离城区的荒郊野外，如果突然出现劫匪怎么办？看着身边的两个男人，虽然都很帅气，但毕竟是书生，对付劫匪，恐怕难有重量级的拳脚。

正想着，几个骑摩托车的人突然停在我们面前，我紧张得差点叫了出来，心想他们一定会冲上来抢我们的东西，而三个人中只有我带了一个包，两位男士全都赤手空拳，我悄声对刘文和赵大河说：“完了，一定遇上劫匪了。”

刘文嘴上说没事，脸上的表情也紧张起来，赵大河始终不吭一声，我们三个人都默默地注视着那几个人。我紧张的心脏几乎要从胸腔里蹦跳出来了。一会儿，摩托车又发动了，几个人叫喊着骑着摩托车飞驰而去。刘文转身对我说：“是人家摩托车坏了，你别那么紧张好不好，这里的人都是安分守己的良民。”

刘文越是这样说，我心里越是紧张，商品社会，大家都奔着钱去，劫财之事时有发生，不管在哪里，人的安全系数都不是太高了。

我不由催促道：“讷河文联接我们的车怎么还不来呀？”

刘文被我一催，又开始打手机，并跟对方说："再过十分钟你们还不来，我们就返回去了，我们在桥上要被冻成冰了。"

为了缓和紧张的气氛，刘文和赵大河不停地说话，我已无心插言，一门心思站在桥上害怕，盯着过往的车辆，猜测着可能发生的种种，偶尔看一眼天空，天空离我们越来越近了，几乎就要覆盖我们，人在天空下是多么的渺小啊。桥下的河水像是为风伴奏，为恐怖的气氛助威，时间你快点过吧，讷河的车你快点来吧。

我浑身又抖动起来，这回不是冷的，而是吓的。正紧张着，一辆运货的大卡车在我们面前戛然而止，坏了，这回一定要发生意外了，我躲在刘文、赵大河身后，小声说："这下真遇上劫匪了，抢了我们开车就跑。"

正说着，司机打开车门跳了下来，只见他一步三晃走过来，膀大腰圆，就像内蒙的摔跤运动员一样，我吓得差一点就要喊出声了，将包紧紧攥在手里。

这时，刘文主动迎上去问："你到哪里呀？"

司机晃到他跟前，终于说话了，悄声道："前边有交警吗？车上的货超载了。"

刘文手一挥说："没有，你尽管走吧。"

司机转身又晃向汽车驾驶座，少顷车就开走了。

我悬在胸口的心终于落在了肚子里。

刘文见我紧张恐惧的样子，拍着胸脯开玩笑说："有我们两个大男人你怕什么？你这么害怕，我们还算男人吗？"说着他的右手向前方一伸做了一个造型，"我是共产党员"。

虽是玩笑，却让恐惧感减轻了，我的心稍稍平静下来，这时接我们的车也来了。上了车我忽然感慨：男人在生活中是多么地要紧。

难忘的尼尔基之夜啊！

《骏马》杂志 2007 年 2 期

翠湖湿地的女主人

想认识崔艾真的愿望在心里积压了许多年，起初是被她的文字征服。她在《小说选刊》当编辑，每选发一篇稿子都要写上三言两语，文字不长，却能让读者感到编者的水平和真知灼见，特别是我，刚好在青春文学杂志社当编辑，苦于写不出如此简洁又如此一针见血的点评，心里便视崔艾真为标杆，为奔向文学圣城的一盏灯火，想着有一天，一定要认识这位女编辑。

偶然去北京出差，似是个秋天吧，傍晚给艾真打电话，我说想认识你，一起吃个饭。她痛快地答应，不一会儿便出现在一家涮羊肉馆，艾真身材修长，一袭黑衣，说话的神情像个少女，一看就没有世故的庸俗。脚上穿了一双橙黄色的半坡跟皮靴，靴面上一堆网眼。这双靴子，一下子把她推到时尚女郎的行列，而她鼻梁上架着的眼镜，却证明着她时尚中的文化内蕴。

席间，艾真话语不多，偶尔从手包里抽出一根香烟，吞云吐雾中却隐现着姿色。恰有一位部队年轻作者和一位脑满肠肥的商人作陪，商人显然被艾真的气质所征服，不时地卖弄，一会儿说非洲，一会儿说佛教，云里雾里是想让眼前这位高雅的女人把他看在眼里。艾真偏偏抽着烟优雅地微笑，一脸的不卑不亢，倒是不时地用手机给一个青年作者打电话，约他出来见我，那边说正跟报社的一帮朋友喝酒呢。但一小时后，这位年轻的作者还是被艾真约了过来，从此我认识了这个叫徐名涛的青年作家，后来他惠赐我刊佳作《北京郊外的夜晚》，稿子刊出后被多家报刊转载，再后来他在《钟山》《大家》发了多部长篇小说，其中有一部《重复一千遍的谎言》居然打动了江苏才气灵气集一身的著名作家毕飞宇，不吝笔墨地为他写了一个短评。

二次见艾真是三年以后，我在鲁迅文学院少数民族高研班读书，专程去小说选刊编辑部拜访她，艾真穿着蓝色的运动装，称自己现在是农村人。她果然选择了乡间生活，据说在圆明园附近的翠湖湿地租了农民的一个院落，养了一大一小两只狗，上班要驾车半小时，再换地铁。恰好那天也约了史佳丽，中国作家出版集团编辑，原《佛山文艺》副主编。吃饭的时候，佳丽说起艾真的乡间别墅，脸上是羡慕的表情，嘴上是羡慕的赞叹，说那地方山环水绕，一座农民的院落，正面三间起脊的红砖瓦房，两侧又配有厨房和浴室，院里两棵大柿子树……佳丽眉飞色舞地描述，顿时让我心生向往，发誓一定去这翠湖湿地领略女主人家居的风采。

没过几天，艾真打来电话，约上徐名涛、佳丽，还有春风文艺出版社的女编辑常晶，徐名涛亲自驾车，一路直奔翠湖湿地。

果然名不虚传，翠湖湿地的安静和秀美，足以让久居城里的人向往，柳在湖中，湖映绿柳。下了车，一片村庄的左侧，正建造别墅，艾真说一套别墅至少要三百万。我扫了一眼目力所极的别墅，却走向近距离的民居，一行人的脚步刚刚在村口一条窄巷里响起，院子里的狗就狂吠起来。艾真说这是小妹儿在叫，她已经熟悉我的脚步声了。小妹儿是艾真养的小狗，艾真在她的长篇小说《小狗酷儿》中，将这只叫小妹儿的狗拟人化描写，她就像一个可爱的孩子，活在人类温情的怀抱中，而艾真异常低调，未向我透露半句这本书的信息，倒是此次同行的编辑常晶，透露她是此书的责编。我遂向艾真讨要《小狗酷儿》，艾真将书给了我，却拒绝签名。我心里不得不服气她的脱俗。平生做编辑和卖文字，经常收到一些文友签名所赐图书，大约有半书橱之多，唯艾真这一本不签名，便很特殊地林立其中，不时让我想起作者的音容。

未进院子，狗的狂吠吓得我丧魂，艾真说："你是未开天眼，开了天眼狗就不咬你了"。说着赶紧让其夫君将大狗拴在柿子树下，我才进了院子，迎面三间正房，宽敞明亮，一色的纯木桌椅板凳，简易的书架上摆满了各类书籍。艾真介绍说这些桌椅都是她和夫君亲自动手做的，他们从附近的集市买来木板，抡起斧头和锯子，打理出一个自然原始又与众不同的新家。难怪佳丽不住地说："我真是太喜欢这里了！"

院中一长条木板,小桥一样将我引向主人的厨房,厨房给我最深的印象就是宽敞,大约有20平方米,艾真说她最喜欢这个厨房,经常在厨房干活看书听音乐,干什么都要得开。她说城里的房子,厨房非常小,原地转360度什么都能碰着,憋屈。人说厨房看素质,艾真的厨房井井有条,该藏污纳垢的地方却明光锃亮。

浴室是自己加盖出来的玻璃房,从上到下,里面摆放着木盆木桶,阳光正好射进来,一室的阳光将浴室照射得温暖明亮,疲惫了一天的主人在这样的地方洗浴自己,不光是筋骨的放松,也是心灵的涤荡。

院子里的大狗不停地狂吠,它显然不喜欢这一群陌生人的造访。艾真的夫君穿着黑色长靴,驼色毛衣,运动裤,一顶帽檐颇长的帽子,像刚从马上跳下来的王公贵族。这个气质不凡的男士,站在柿子树下用长竹竿给客人们抽打熟透的柿子,秋阳下的柿子树显得格外丰硕,艾真说这两棵柿子树上结的柿子我们根本吃不了,每年都要喊房东来采摘,如果房东不及时来,秋风一吹,地上窗台上到处落满了柿子。

我们吃着新鲜甘甜的柿子,感受着乡间生活的美妙和大自然的馈赠,对这样的生活生出了无限向往。艾真又带我们到院子外边的菜地去,菜地里郁葱葱的秋白菜和辣椒等散发着植物的香气,艾真说:"需要吃什么菜,把钱交给菜农,进地里自己现摘。"

傍晚,一行人沿着湖岸的堤坝散步,在一家临湖的餐馆吃了正宗的玉米饼子、炖鲜鱼、白菜豆腐。秋风之中的翠湖,水影重重,树影重重,远远看去,一只大狼狗正随着一健壮的男士在堤上飞奔,定睛细看,竟是艾真的夫君携爱犬练步。我又想起欧洲的庄园主,对,大自然的庄园主。

黄昏时分,我们离开翠湖湿地,由于玩耍得高兴,徐名涛驾车出了翠湖湿地竟不明了南北,汽车朝着远离京城的方向奔去,半小时后才纳过闷来,又调转车头往回开。嬉笑之中我不由感慨:翠湖湿地的女主人,你真是大隐于市啊,你让我们找不着北呢。

《散文选刊》2007年7期

(特别注明:青年作家徐名涛已不幸离世)

金陵怪才

南京这座城市有着深厚的文化底蕴,且不说它的粉墨历史,就是当今的文人墨客也是一拨一拨地出,画家玩家更是一批一批地涌现,怪才奇才忽然从人群里冒出来竟十分正常。凡人成怪才,怪才亦凡人,他们丰富着这座城市,使这座城市越发地富有风情和韵味。

施正东先生就是这怪才中的一个。走进施正东的家,你会感到进入了一座小型民间博物馆,纱窗有虫鸣,案头尽文玩,半榻是琴书。堂前架上,随手拈来,有子玉田黄、旧砚古镜、瓷人竹刻、牙雕印章。施正东爱好收藏,凡古玩、字画、奇石广罗博收,而藏品之重,首推古铜镜和寿山石,施先生对此研究甚深,专门撰写了《鉴赏古镜》一书,已正式出版发行,书中对其所收藏的铜镜详加考证,颇有独到见解,填补了江苏古铜镜研究的空白。去年施正东赴闽参加全国书展,福建省广播电台闻讯请为特邀嘉宾,做客播音室,他大谈闽地独产的寿山田黄石,从源流到石品,从鉴赏到养护,从辩伪到市场,脉络清晰,举座惊叹。福建美术出版社当即邀请他撰写《中国田黄石》一书,他爽快地应允。南京有一拨搞收藏的朋友,来自底层活跃于民间的一些人,施正东在他们中间有极高的威信,往往花小钱办大事,一件真古董轻而易举就落入他的手中。南京有几处较大的古玩市场,夫子庙、朝天宫、清凉山,施正东最喜欢去的地方就是清凉山。他的那些玩古的朋友,只要听到他的笑声,就纷纷离开自己的摊位迎出来,并拿出新进的货品请他鉴定,施正东都能说出确切的年代和目前市场准确的价位。有位先生指着一尊木佛说:“这可是件宝贝,刚进来的,你看看。”他走上前,看看木质的底座,说:“已经做过手脚了,价钱上不去了。”他的懂行和辨伪能力让民间的同行们深深钦佩,谁还敢拿赝品糊弄这位火眼金睛?

施正东爱好广泛，琴棋书画，吹拉弹唱，无所不能。他能摆弄十几种乐器，而且从不看曲谱。出访美国期间他用中国的二胡演奏美国歌曲《苏姗娜》，令一位研究汉文化的老太太惊叹和折服；他手下流出的钢琴曲，使人感受到高山流水一泻千里的气势；他用宽厚的嘴唇吹奏的口哨，就像一种天籁之音，引领你去感受美国的《邮递马车》以及俄罗斯的《山楂树》。自称若评口哨等级，他定在十级以上。他因此被誉为中国的口哨之王。

当然，最令人叹服的还是他的绘画。他是因为爱吃螃蟹而开始画螃蟹。如今他的画在南京已有了市场，他可以用卖画的钱购买古董了。这位进过工厂当过士兵干过记者写过剧本还演过戏的怪才，35 岁师从大画家亚明先生，先后临摹了亚明先生的 3 本画册，便让亚明先生认可了这个晚年收下的徒弟。亚明先生曾在其画作上题字："陈翁大羽有传人，正东本是艺坛人，后来居上众人心。"施正东有真性情，他的画也就有了真趣味。在怪才施正东的笔下，花鸟鱼虫都活泼起来，不仅雄鸡高唱，还有绿蝈蝈红樱桃、逗趣的蟋蟀、展翅的蜻蜓、秋后的蚂蚱、富丽的鹦鹉，更有"野渡无人舟自横"的田园风光、"好山无数在江南"的良辰美景、出淤泥而不染的莲荷、茁壮奔放的葵花，以及坐在船头织网的渔家女……好一幅人间百美图。不经意中创作出的灵秀之作，常令著名评论家吃惊。在他的画作中，最值得一提的当属他笔下的螃蟹，曾有许多媒体报道"金陵第一画蟹人"。他笔下的螃蟹能够在你的眼前动起来，你会看到它们爬行，或愉快或匆忙或惊慌，不论是蹒跚学步的小蟹，还是健壮的大蟹，抑或肥美的老蟹，都在你眼前灵活地爬动，让你感到这东西的横行无忌。

一个怪才的诞生是需要某种特定的土壤和环境的，古城金陵素有文化名都的美誉，历史上的作家、画家、文物收藏家就像天上的星星一样一颗一颗地闪烁，正是他们耀眼的光辉使古城金陵有着一种文化的内在魅力。外省的文人墨客莅临南京就会感叹：这是一个优美而充满了诗意的城市。"金陵怪才"施正东不正给这优美诗意的南京增添了新的色彩吗？

《人民日报》（海外版）2004 年 4 月 27 日副刊

石头城女“萝卜”韵

我对南京的向往从少女时代就开始了，那个时候有一部电影叫《桃花扇》，银幕上侯公子摇着一把折扇，对着一排漂亮的风尘女子说：“清晰尽是莘夷树，不及东风桃李花。”让我立刻对电影里的生活场景生出了莫名的向往。再后来我居然到了这座城市，秦淮风月的夫子庙就成了我闲暇时经常光顾的地方，领略着六朝古都的风韵，想象着当年“秦淮八艳”的痴情。

因为写作的缘故，每到一个地方我都喜欢看女人，研究女人，我的数部长篇小说《旗袍》《夫人们》等都以女性为主人公，可我还从未正儿八经写过石头城的女人，但对这里的女人我有一个初步的认知，那就是被民间俗称“大萝卜”的南京人，她们的风姿中带着“萝卜”韵，这韵不是一种贬损，而是对其“憨正、执着、果敢”的肯定。“萝卜”韵成就了“秦淮八艳”，使她们万古流芳，成为文人墨客反复揣摩打造的原始素材，同时也成为画家笔下百画不厌的风流人物。

在夫子庙秦淮画廊，我发现了一组“秦淮八艳”图，那神态各异的表情，丰满苗条三围凸显的体态，特别是其面部神情中的“憨正、执着、果敢”恰如其分地表现出石头城女的“萝卜”韵。我寻起画家的名字，艺名笛耳，真名部科，我一下子欣喜起来，此人我认识，是江苏省作协雨花杂志社的美术编辑，他既是一位画家，又是一位作家，他靠着作家的思想指挥着手中灵秀的画笔，于是他笔下的石头城女便有了地地道道的“萝卜”韵，有了非他莫属的特色。而近日当我看到由他绘画的《中国民间情歌精选》时，我发现他又在画西域的女人了，他将“秦淮八艳”身上的精华移接到西域女人的身上，大约天下的女人都有“憨正、执着、果敢”的“萝卜”韵吧，正因如此，才有千古不衰的痴男怨女，演绎着人世间的沧桑。

《金陵晚报》2008 年 4 月 29 日“雨花石”副刊

女人与墨香

都说人生一世草木一秋，一晃我已经到了五十岁了，当这个年龄真正降临的时候，人生的紧迫感像秋风落叶一样让我心生冷意，回首五十年，身为女人的我，既没花枝招展地在爱情的海洋猎艳，也没有过惊天动地的爱之旅，对于把爱情视若生命的女人来说，我的生命可谓苍白无色，好在到了结婚的年龄还是按着人生的规律草草找了个男人嫁了，虽在四十岁的时候又分道扬镳，但总算诞生了一个听话的好儿，让我时时感到生命延续的欣慰。而更让我欣慰的还有读书写作，我一生与书相伴，由读书发展到操笔写书，最后读和写竟成了我生命的精神食粮和生存的方式。每当我生活失意时，我会埋在书堆里拼命去嗅书的墨香，让失意在书香里转为诵读的快乐，或者操笔挥毫，把人生的种种情绪写尽，我因此很难有时间去逛商场，也很难有时间与朋友在酒吧闲聊……我的书房叫梦屋，我在梦屋里写了十几部长篇小说，包括在新浪网颇有人气的《旗袍》和《夫人们》。而当我五十岁生日的时候，我打量着悬挂在书房的“梦屋”两字，这是金陵女书法家杨康乐为我题写的，于是我就找到了这个墨香女人，想好好跟她聊一聊。

翻到她的手机号码拨过去，她正开会，压着低音说：“晚上再联系吧，正开会呢。”

我知趣地放下电话，忽然感到人最忙的时候是公务缠身，那才是真正的身不由己，杨康乐自从去年文联换届从协会出来，当了文联秘书长，一切的时间都由公家说了算。

晚上接着打电话，那边竟传来一阵钢琴声，她在弹钢琴，这个玩墨的女人如今又让钢琴在她的指间流出《致爱丽思》，在电话那边，她盛邀我去她家里，说她迁了新居，至今未邀过任何人，我是被她第一个邀请的人，最后又说："你明天来吧，这个周末我休息，听我弹钢琴如何？"

第二天上午，我欣然前往。

我曾经去过她家，那是数年前，她住在政府分配的房屋里，房间很小，只有五十几平方米，可装饰得却像一所精致的艺术殿堂，房间里挂满了书法作品，有的出自她之手，有的是南京书坛的名流所写，都堪称墨宝，再配上她收藏的古玩和精心培养的花草，还有她干净的打理，都令我瞠目，心想女人大约都应该这样生活着吧，墨香女人更会活出人生的品味。

时隔数年，她悄没声地购买了一百六十多平方米的大房子，住在一楼，门前是一片绿地，小区在紫金山脚下，楼盘显得很有档次。进了她的家门就是一个长条的木花窗，两边悬挂着一副楹联："白云如练绕南山，遥听樵歌紫翠间。"她的先生在一旁介绍说："这是我们在一堆废旧的垃圾中拾来的，又自己打理了一下。"

我欣赏地看着具有古典意韵的木花窗，内心赞叹着他们的慧眼识珠。康乐的先生早几年内退在家，企业效益不好，他只有数百元的退休金，这下倒迎合了当下时尚的"女主外，男主内了。"康乐在一旁介绍说："他一早就起来在菜园里为你摘菊花脑，你看都放在袋子里了。"说着将袋子里绿生生的菊花脑拎起来给我看。

我内心一阵感动，因为十年的独身生活，先生的概念早已淡漠，猛然在别人的家庭中看到先生晃动的身影，内心颇为不自在，不由想起在哪本书上看到过的一句话："能让男人一生疼爱的女人才是最有力量的女人。"

我特别喜欢参观家居装饰，而有品位的家居更能吊起我的胃口。在主人的引领下，我打量着客厅，客厅里的古玩，明代的玉器，当然最吸引眼球的仍是墙壁上悬挂的字画，一副日本书道家的作品赫然入目，想起早几年康乐多次赴日本韩国举办书展进行文化交流，她的书法已在海外形成影响。

几个房间转下来，内心深有感触的一句话就是品味，国人如今有钱了，装修房屋时用钱堆砌得富丽堂皇的极多，而有品位和文化内涵的却少见，以此可看出，人对物质的贪求是无止境的，而对精神的需求却是极少的。

在她装修考究的房间里，我发现了一台旧式缝纫机，安静地放置在房间的一个角落，如果是上世纪七八十年代，家中有缝纫机很正常，它甚至是财富的象征，女人结婚都要婆家准备四大件，而缝纫机是其中最重要的一大件。到了二十一世纪，缝纫机在家庭中基本被淘汰了，康乐富丽堂皇的家中居然保留了一台缝纫机，想必不是身为女人的作秀吧？

我正打量着，她丈夫在一旁介绍说："她偶尔还会踏踏这台机子，你看我们的沙发垫子，就是她用缝纫机做出来的，感觉房间的调子太暗，她跑到超市买了几块大花布，做了这几个靠垫。"花布是大红大绿的中国乡村图案，使房间有了喜庆的点缀。

坐在沙发上，听她讲述这几年的书法创作，作品曾多次随中国书法展赴日本、比利时、波兰、法国、新加坡、韩国等展出。并被各地博物馆、纪念馆、碑林收藏，且编入《中国现代书法界名人辞典》和《中国当代文艺家名人录》。

当她坐在钢琴前的时候，我立刻听到了《致爱丽思》，流水一样让人的心情愉快，她丈夫有点得意地说："我看报纸的时候，喜欢听她弹钢琴。"

她转身对我说："你看人家现在的待遇，看报纸都要听钢琴。"

谈话中我得知，康乐与丈夫恋爱时，正是讲究成分的年代，她出生于一个军人家庭，而丈夫是铁杆贫农，比她成分好，如果不是这个原因，两人也许就不会走到一起，成为一家人了，但我能看出，如今的康乐早已因为自己弄墨的才气而在社会立足，在家里自然也是一统天下了。

这是一个沉浸于美的女人，她说人离开了美，生活会没有光彩，美是多方面的，既有心灵的美也有道德的美。她从不打牌，更不浪费时间。当了文联秘书长，政务繁忙，她常常是左手接电话，右手练线条。夕阳西下，黄昏之时，人们都下班休息了，才是她练习书法的时间。书法的功夫在于勤奋与悟性，它是静中修功，不是敲锣打鼓，而是在静中表现出波涛汹涌，从而展示出书法家的内心独白。她内心的独白是这样的：一个人好比一座高山，她不希望在山脚下，也不希望到达顶峰，只在山的半腰，往上看还有可攀登之处，往下看有许多落在后边的人，足以使自己骄傲。半山腰永远是自己的支撑点。作为女人，我不聪慧，但我却勤奋，在不断研习书法的过程中，我在艺术的海洋汲取了多元的营养充实自己，用一颗平常心来看待我身边的人和事。人品艺品应该是相统一的，在学的过程中，学做人为首要，有了好的人品，才能有好的艺德，并创作出好的作品。书法之路三十年，我最大的收获就是有了一颗平常心。也许她的内心独白就是她的座右铭，从而成全了她的书法事业，这个不喜欢雷同复制的墨香女人，如今是中国书法家协会会员，江苏书法家协会理事，南京市书法家协会副主席，国家一级美术师。

她拿出一个新录制的碟片给我看，屏幕上的她，正对着记者侃侃而谈："生活应该从繁到简，专业应该从简到繁，工作与生活的对立统一，使我对生活充满了热爱，书法即点线结合，点横竖撇捺就是我的情感世界。我不喜欢绚丽的花朵，而喜欢绿草，同样我不喜欢草木茂盛的夏天，而喜欢白雪皑皑的冬日，在寒冷的冬日，打开油汀，铺开宣纸，让心安静下来，看着落在枯草上的白雪，在纸上挥洒点横竖撇捺的抽象艺术世界，人生的欲望在这里满足。"

碟片是电视台录制的，她在屏幕上没有女人的脂粉气和矫情，有的只是一个盛年女人的墨香气质，这是靠文化、阅历、素养而集成的。

离开她家的时候，她丈夫将那一袋摘好的菊花脑送给我，我连说感谢，她丈夫指指杨康乐夸赞说："回家就是个女人，淘米做饭，样样家务都得干。"

这也许是女人天生的命运吧，不论身上有没有墨香，家务都是天职。

我一笑，暗想生活的琐碎说不定成就了女人的耐性，而大凡事业成功的女人靠的都是耐性，墨香女人更是如此，可谓静中修功。

回到自己家里，再次打量书房中"梦屋"两字，颇有感触地匆匆写下这些文字，不知算不算对五十岁墨香女人的慰藉。

《散文百家》2010 年 1 期

生存的诗情

金陵是个温情又充满诗意的城市，生活的步履缓慢，到处是绿，到处是画，到处是诗。在金陵这样的人文绿都久住，不会作诗也会吟，不会写字也会画，而集诗书画于一身的怪才奇才更是不少，古往今来，不胜枚举，现只说“游于笔墨”的海荣书画。画展选在辛卯的最后几日，却又迎接了壬辰年的开端，岁尾的收获和岁首的新鲜想必会让观者记住那些创意新颖的画面、风格多变的字体以及令人拍案的诗。

把灵璧石一笔一笔地画出原状，配上画者自吟的诗，那是一种令人不得不服的创造。山脉、村庄、房舍，一旁题写的诗句流淌，如清风吹醒了不悟者，如清水洗濯着昏聩者的心灵：“慢城今日遍地建，概念虽新恐难见，慢在心治岂可易，不如潜心自超越，古人智慧怎享受，快中有意敢实践，既向外界谋生存，又回内心学神仙呵。”

“文章合为时而著”，书画更是现实生活的直接反映，它对视觉的冲击是直观的正面的，观者能听见大山的呼唤、清风的细语、溪水的潺潺、房屋的静默……心灵因此被画面左右，情操因此被美景陶冶，这是画也是诗。

中国书协会员李海荣可谓是金陵的“诗书画”三绝之人，其书法作品入展中国文联和书协举办的首届、二届中国书法兰亭奖作品展、全国书法千人千作大展等，江苏省书协等单位主办的“李海荣书法作品展暨作品研讨会”由《中国书法》杂志作了专题介绍，他更可称得上是一位书法理论家，他最新出版的《读人·读帖》和《人·书法》，从人性的角度将书法之妙趣淋漓尽致地做了剖析，认为书法之妙趣在于生命迹化，作为书法活动的爱好者，想要明白人与书法之间的关系,自然需要解剖各个书法经典作品与其背后的人的个案。对于古代经典和人物,我们沉迷其中不是迷信其中,善于读的方法,应当包括善于发现不足,这也是敏感的艺术活动的意义所在。尽量不重复已经习惯的、公认之词,非不尊重古人,而是尊重今人。更多的今人乐意去填充、扩充古人的空白,那是多大的创造力。

人的创造力就是社会的活力,社会有了活力便有了人类生存的激情,而艺术家的创造力是社会活力重要的组成部分,书法属于艺术,书法家对古人借鉴学习继而形成自己的风格,也就是艺术的创造力,社会因为创造力而鲜活,生命因为创造力而长青。

《金陵晚报》2012 年 5 月 1 日"雨花石"副刊

前行意境

古都金陵真是才子佳人文人墨客的天下，历史上的文人墨客不胜枚举，今天的墨客文人更是遍地风流，他们“不鸣则已，一鸣惊人”，多少国家大奖被捧回秦淮河畔，今天我不说别人，只说濮存周，人们习惯上喊他老濮。

老濮现为中国美术家协会会员、江苏省美术家协会理事、南京市美术家协会副主席兼秘书长，这些头衔过去我一概不知，只知道他在南京市文联美协工作，与他熟悉始于上海浦东干部学院，作为南京市“五个一”人才我们被选送到此院进修学习二十天，老濮成了我的学友，我与他同一座位，这位晚上喜欢打牌的冠军，听课时常“打呼噜”，以致我带上相机偶尔为他“立此存照”，让这个“打呼噜”的美男大放光彩。

我真正认识老濮是看了他《前行意境》的油画展，在此之前他已有近二十幅油画作品在全国参展并获奖，作品被江苏美术馆、四川美术馆、北京黄胄艺术馆、广东美术馆、贵州美术馆、浙江美术馆、香港中文大学等十几家美术馆收藏，可谓大美术家矣。这位听课“打呼噜”的美术家在画布面前丝毫不马虎，他把光和色彩调试得恰到好处，西北的窑洞、褐色的枯树干、浅褐色的土地、一只闲适的奶牛，安静的农家小院……画面让人想到冬天的季节，万物干枯却又被暖阳给予了潜在的生机。我最喜欢《陌生的微笑》这幅画，画面上有一条被白雪覆盖的山路，老汉手牵着一头驴，长长的牵绳拉在手中，驴在小路的另一边，老汉一脸微笑面对观者，他显然看到了城里来的人，尽管城里人未出现在画面中，就在城里人与他对视的瞬间，老汉脸上露出了微笑，这微笑对城里人来说是陌生的，陌生中却透着纯朴和亲切,这是久违的纯朴和亲切,画家捕捉到乡村老汉瞬间的表情,极其准确地用光和色彩表现在画布上,成为令人赏心悦目的艺术品。

《屏山秋雾》的画面一定是皖南的村庄,蓝色、白色、绿色、深红色及褐色构成了完美的秋日景色,雾锁住了山,却锁不住村庄里的人家,此画面有很深的寓意,这就是画家的慧眼独具所不平凡之处,艺术与凡俗的区别就在于画家的慧眼独具。

《前行意境》的画展早就结束了,我现在只能面对老濮的画册说三道四,没有炒作之嫌,当然老濮也不用我炒作,他早已是名满画坛的油画家了。

2013 年春草就于画展中

琴瑟和谐画丹青

我与俞律先生相识十七八年了，那时我由外省调入南京市文联下属的一家文学杂志社，每逢春节，文联都要举办迎新春文艺活动，俞先生总要吼几嗓子京剧，声音洪亮，吐字清晰，行腔有韵，很博众人的喝彩。后来听说他是大画家李可染的女婿，纵一笔好墨宝。无意间问到他的书法，俞先生很谦逊地笑笑，想不到我的一句问询居然被他看透了心思，不日竟收到他的墨宝，是用牛皮纸信封寄到我单位的，而我当时只是一个小编辑而已，自然大为感动。后来，读到他的散文集《浮生百记》，不禁赞叹他为文的精妙。再后来，又读到他的古诗集，深深被他的诗心诗情诗意所震撼。又后来，看过他的书画展，方知俞先生是诗书画三绝的当代大才子，堪称金陵文墨的"一宝"啊。

我真正认识到俞律先生在金陵文化界的影响和价值，是在江浦深入生活以后，发现江浦文人墨客每谈及俞律都是一片赞誉之声，求雨山文化园的林散之纪念馆有他题书的碑文，他二十几岁下放江浦劳动改造，与林散之结下了深厚的情谊。说来他与林散之天生有缘，20 世纪 30 年代，其父带着他在上海求学时，所住的地方与黄宾虹的住处只隔了一条马路，而林散之那时正向黄宾虹大师学艺。林散之的第一部电视专题片即为俞律所撰写。我已将所知情况作为素材写进以江浦为背景的两部长篇小说《领导班子》和《天墨》中，俞律先生在这两部长篇小说里都是以对国家民族赤胆忠心的知识分子形象出现的，芳名为愈人杰。

俞先生住在南京御道街的大阳沟，距我的寒舍不远，我偶尔会去他家，大多问询南京历史上的事，这个又称金陵的地方，是有着述说不尽的历史往事的，而现为江苏省文史研究馆馆员的俞律，在我看来就是一部活字典，他曾在南京市民学堂报告甘家大院的戏曲往事，那些珍贵而难得的历史资料，都是创作小说的绝佳素材。俞律如今已被众人称为愈老了，他的妻子李玉琴与之相濡以沫数十年，在他下放江浦期间，她带着两个孩子生活于南京，其艰辛可想而知。身为大画家李可染的女儿，她身上自然带了父亲的艺术细胞，因此她在2010年的夏天，与丈夫俞律一道在南京图书新馆举办画展并博得众人喝彩，是丝毫不出乎意料的，她笔下的松鼠、花鸟活灵活现，其笔墨和线条的不俗，一看就具有大家气派，真应验了老话“龙生龙，凤生凤”了。最耐人寻味的是李玉琴所画，俞老题款的诗句，大有琴瑟和谐、妙笔生辉之境界，堪为墨艺之佳品。而他们人生所饱经的沧桑苦难，都成了他们艺术的给养。俞律1928年生于扬州，毕业于上海光华大学，在校学习期间，他痴迷于京剧，当时青年人对京剧的迷恋就像当今的青年对流行歌曲的迷恋，几乎人人都可以哼出韵律。上海有个著名京剧教师苏少聊，是李玉琴的外祖父，俞律拜其为师，跟他学谭派唱腔，身为穷学生的俞律，一边跟苏少聊学京剧，一边当他的工作秘书，而苏少聊的生活秘书就是外孙女李玉琴，两人于1948年相识。李玉琴虽为李可染的女儿，却从未享受过多的父爱。她1933年生于徐州(现李可染故居)，5岁时抗战全面爆发，1937年，父亲李可染去武汉参加抗战，母亲带着她和弟弟投奔上海外祖父家，1938年，母亲又生了最小的弟弟，三个月后，母亲生病去世，孩子都归了外祖父苏少聊抚养。战争使生活极其窘迫，李玉琴只能一边帮外祖父料理生活，一边断断续续读书。她的年龄已经到了青春期。这期间，外祖母发现跟苏少聊学艺的俞律人品极佳，聪明勤奋，便主动对俞律说：“你在我家学艺很长时间了，老老实实当秘书，我看你的人品很不错，我们家的玉琴长大了，想把她交给你，同意你们结婚。”

1952年，俞律与李玉琴结为伉俪。同年底，俞律调往江苏省财政厅交通银行工作。李玉琴随之到南京，两人把家安在了这里。俞律工作之余喜欢吟诗作画唱京剧，他的才气渐渐被周围的人所熟知。

1979年，俞律正式调到南京市文联文协工作，从小对书画酷爱的他，因受父亲严格的培训，又因在江浦期间曾与草圣林散之相识并常切磋技艺，90年代开始，俞老的书画渐成风格并出境界。李玉琴退休后，在俞老的指导下先习字，后来身为南艺美术教授的姑妈李畹(李可染的妹妹)和著名画家田原又鼓励并指导她画画，李玉琴一出手就画松鼠、金鱼等小动物，而且意境不凡，颇具大家闺秀的气度。她始终铭记自己27岁那年第一次走进父亲画室的情景，她看着父亲大笔纵横于纸上，锦绣江山立刻呈现于眼前，从那时起就萌生了当画家的愿望，而且每天坚持练笔两个小时，不论岁月如何变换，两个小时的练笔始终不断，才练就了她如今超凡的技艺。

金陵民间早有人云：俞老字难得，画更不易求。他的画大多以水墨勾勒线条，重峦叠嶂的山林、一座古寺、一处木屋、一条山道、一湾溪水……大自然的极美之处却蕴藏着人生的沧桑，其韵致耐人寻味，似乎告诉你每一个生灵的过往都难以抗拒大自然的规律，哪怕是一只雄鸡的引颈鸣叫，其立爪之地也有“不稳”的因素存在着。

我虽然认识俞老，却根本没有读懂俞老，他前半生的苦难经历让我震惊，他后半生的艺术雅境又令我惊赞，他现为中国作家协会会员，江苏省书画院特聘书画家，多次参加中日、中韩书展。但他却极少炫耀自己，每天默默吟诗作画，无偿为每个成长中的年轻书画家写序，让自己生命的热情温暖更多的人，也许正是人间的凄风苦雨才成就了他的艺术境界吧，当你面对他淡泊的心境时，你会感到他的胸中本已“山川自在”了。他是金陵艺苑的“一宝”，当然还包括他的妻子李玉琴，这位名门之女，在阅尽人间的沧桑后，却以喜悦灵动的笔墨抒情人生，真可谓“从来高士多出此”。

《江苏作家》2017年6期

我住江北

南京人是不喜欢居住在江北的，有句老话说：“宁要江南一张床，不要江北一间房。”纵便是赶上了大开发的年代，通过桥梁和过江隧道的作用拉近了江北与主城区的距离，仍然没有太多的南京人到江北来买房，所以江北的房价总体上偏低。

我在江北购买了房子，一是南京的房价太高，我作为一个收入低廉的文人在主城区望房兴叹，想住宽敞明亮的大房子只好选择房价偏低的江北；二是我出生在北方，对南京夏日的炎热实在不敢恭维，而江北的温度要比主城区低两度。于是我在江北建了一个简单的家居，每逢节假日，乘一个小时的公交车来到这里享受大房子以及新鲜的空气阳光和时令蔬菜。

我们的小区离求雨山文化园不远，当初选择买这里的房子，也是看中了当代草圣林散之纪念馆，想沾点文化的灵气，每逢住到这里的晚上，我就去求雨山上散步，眺望三桥上的点点灯火，仰望空中排列有序的星星，还有山下不远处灯光璀璨的凤凰阁，真感觉到了世外桃源一样。现在林散之纪念馆的周围又增加了萧娴、高二适和胡小石纪念馆，因其文化的特殊性，求雨山文化园已经成为南京又一重要的人文景观。

小区不是高档生活区，住在这里的人三六九等，炎炎暑天，夜深人静的时候，会听到对面的楼里传来的麻将声，还会听到孩子的哭声和夫妻吵架的动静，这个时候我就会为居住在这样的地方而懊悔，感觉人的素质与城里人相比真是有很大的区别。但这样的情绪很快被窗外吹来的凉风驱散了，习习凉风带着求雨山上树木的香气跃窗而入，将房间里的暑气和不快一扫而光，我庆幸住在了这里，因为住在这里，伏天我不用空调，甚至睡觉的时候不用电风扇，躺在一张普通的席子上，在远离喧嚣的江北安安静静地伴着清风入睡，人生还有比这更自在的吗？

菜场离我家几百米，清晨我喜欢去菜场闲逛，说是买菜，其实也买不了几样，更多的时候是去菜场看那些挎篮子卖菜的妇女，那是真正的农妇，她们把自己在田里种的菜摘放在篮子里，然后顶着清晨的露珠挎到城里来卖，菜是新鲜的，也择得很干净，大多在一元上下一斤，偶尔还会卖五角一斤，等你将菜买到手，她们还会往秤盘子里又扔上一个茄子或辣椒，嘴上不停地说："都是自家地里长的东西，不值钱，吃着好，下次照顾生意。"我已经很久没见过这么朴实的卖菜者了，于是第二天早晨我还去菜场闲逛，明明家里还有许多的菜，为了卖菜农妇的那番热情，我又买上一些菜，数量上的实惠使我的厨房也成了菜场。

新鲜的菜带着泥土的香气烧出来特别爽口，我甚至不用放在锅里炒，而是生吃下去，据说城里的许多饭店都有生吃蔬菜的做法了，用盐腌一下，用酱沾一沾，便让身体有了充足的维生素。

更好吃的是西瓜，瓜农们推到门口，随便挑选一个打开都是沙瓤，香甜可口，让你忘记了暑热，有时候我拍着西瓜担心："这瓜熟不熟啊？"

瓜农自信地看了我一眼，说："放心，这是我们自家地里的西瓜，不是贩来的，哪里会骗人啊，我包你又甜又新鲜。"

卖者如此自信，我也就毫不犹豫买瓜，抱回家用刀切开，新鲜香甜的瓜瓤，果然不是"王婆卖瓜"。

我在江北的家中已经住了两年，现在我习惯了这里的一切，并喜欢着这里的一切，我经常独自漫步街头，看着和欣赏着南京城区所没有的街景，我爱逛这里的菜场，爱吃这里的蔬菜，爱看满大街农民模样的男女老少，更爱听他们操着浓郁的地方音的争吵，偶尔我会故意拦住本地人问路，享受他们没完没了的热情，我觉得我生活在一个真实的世界中，如果我是一个对市景世俗生活很敏感的作家，奔波于这样的环境中是多么地有幸。

《金陵瞭望》2010 年 12 期

佛门三日

皈依（2014年8月30日）

今天下午，神仙鱼带我拜见了惠济寺的朗明法师，在那里举行了皈依仪式，我终于成为了一名佛门弟子，实现了夙愿，与朗明法师真是有缘啊。法师为我取法号闰和，并说皈依佛门最终是心的皈依。

全程由神仙鱼陪同，跪拜菩萨，仪式毕，她言称膝盖酸痛，而我也出了一身汗，汗液浸了眼睛。

朗明法师赠我书法一幅，“枯藤老树昏鸦，小桥流水人家，古道西风瘦马，夕阳西下，断肠人在天涯。”又赠我海青一件，神仙鱼和我穿上海青与朗明法师合影。这时，悟定法师过来为我们拍下照片，并告诉我，神仙鱼从此成为我的师兄，她带我进入佛门，皈依在我之前。

神仙鱼是浦口众祥文化传媒公司的掌门人，本名徐仁萍，我记不清是怎样与她相识的，她喜欢文学，常在西祠胡同发表文章，笔名就是神仙鱼，文章写得还不错，我偶尔翻看本土杂志《老山》，看到她的随笔《镜子》，好像从那时起就对她有了初步的印象，后来得知她创办了印刷厂，养了几十号工人，公司越做越大，已迁到了浦口地标性建筑总部大厦内，而她创业的起点是一名印刷工人。这个比我小十余岁的年轻的公司女老总，会念生意经，也会闯世界，挣下钱财又去学校为贫困孩子助学，去寺庙里布施……她是个苗条淑女，却无色相诱人，与她结为师兄，不知是哪一世的缘分。

地藏殿（2014 年 8 月 31 日）

晨起欲诵经时，师兄神仙鱼来电话，江城诗社在兜率寺搞活动，问我去不去，我立刻说前往。

地藏店主持成一法师，带我们拜佛诵地藏经，她手敲木鱼，我随她念，声音在大殿里回荡。念完上部，法师说休息一会儿，休息时法师讲起得人身不易，就像一个海底乌龟，一百年从海底出来，刚好碰到一个孔。又如高天上落一根针尖大的苗，正好下面有草芥接住了。法师说经书最好听，读了经书，其他书都是“糠皮”。

去吃斋饭的路上，师兄忽见台阶上爬一条花蛇，唤我去看时，蛇已被寺里的师傅用网袋网住，蛇肚好大，刚吞吃了一只老鼠。

下午接着诵《地藏经》的中部和下部，诵毕出寺，大门上有对联一副，是圆霖法师写的：“竹影扫街尘不动，月穿潭底水无痕”。

这时，遇上了我在上海浦东干部学院学习时的同学、南京市“五个一”人才李强，他是著名画家。成一法师说他经常到寺里来，大殿里的十八罗汉像就是李强的夫人吴涛画的，吴涛也来了，李强随之给大家作了介绍。他在江浦也买了房子，但不常住。

中秋节一日（2014 年农历 8 月 15 日）

师兄说农历八月十五要去观音寺赏月，那里的法师会做饼，好吃极了。早听说观音寺离我家不远，但至今未去过。早晨在超市买了一袋米、一桶油，师兄开车带我进了观音寺，在一个靠近审计学院的巷子里，我问起法师通缘出家的原因，她说十几岁的时候看到两个男人打架，动了刀子，不久就决定出家了，后来又把她的母亲也度出家了。法师讲了一个小故事，说有个目不识丁的老妇，每天念“嗡嘛呢叭咪吽”，把“吽”念成了“牛”，没有佛珠，就用黄豆，每念一句就从右口袋掏一粒黄豆放进左口袋，时间久了，随着她念经的节奏，左口袋的黄豆就自动跳回右口袋里。后来，她到寺庙去请教法师，法师说“吽”不念“牛”，念“HONG”。她回去按法师的意思念，左右口袋的黄豆再也不会自动跳了。

敬过香，我去殿里抽了签，签云："炎炎烈火临烧天，焰里还生一朵莲，到底永成根不坏，依然生叶色新鲜。"这时，一个矮个居士问我想问什么事？我说都想问问。她立刻说，"你这也问那也问，还把菩萨弄颠倒了呢"。

大殿里，通缘师在给一位年轻的女人皈依，女人与其夫都来求子，法师让她戒烟。

我对这位吸烟女人的经历颇感兴趣，询问得知她是某化妆品公司的中层CEO，年薪近百万。她在做CEO时被人称为男人婆，没人敢与之恋爱，其夫曾是她的下属，别人说这样的女人你也敢惹，其夫言那我就惹惹看。两人结婚六年，没有小孩，公婆都八九十岁了，很盼望抱孙子。眼下年轻的女人已辞去工作，只想怀孕生子。

晚上在观音寺吃斋饭供月，通缘法师做的饼果然好吃，她还把素鸡裹上紫菜做成鱼。

供月时，安徽来的小尼姑在撞钟，她诵经时的声音宛如天籁，我站在一边听几乎要流下泪来。有人介绍说她家境很好，父亲是医生，母亲在邮局，哥哥做生意。她从小通灵，邻居们打井时，都请她去看地下有没有水。她能看见地下的事情，知道地狱之门。后来，她的左眼近视1200度，另一只眼几乎失明，她不再说自己能看到什么，怕伤身体。

这时，寺里的鼓声响起来，一位在寺里住了几年又还俗的女子在击鼓，待我举起手机欲拍时，鼓声已停。

通缘法师带大伙做了供月仪式，我请了两盏莲花灯。孔明灯没有放，担心落在不该落的地方引发火灾。

晚九点时，寺里开始摸彩，我对此无兴趣，催促师兄开车回家。进了家门，又望了一眼天上，天色阴沉沉，时而还下小雨，未看到十五的月亮，真可谓"八月十五云遮月"呢。

"草圣"传人林筱之

数年前，我因写作以江浦为背景的长篇小说《天墨》，驱车到乌江采访了林散之的长子林筱之。当时林散之故居正在修缮之中，政府没有投资，要林筱之自筹经费，林筱之靠自己的书画在市场的价位修缮林散之故居，其竭诚打造故居的精神令人赞叹，而许多故居当时的情景已被我写入长篇小说《天墨》之中。

林筱之又名昌午，江浦林山（现为浦口区乌江镇）人，浙美毕业（中国美术学院前身），和其父同为黄宾虹入门弟子。林筱之三岁识字，五岁从父学画，得其教导和熏陶，经过60年的学习，画临黄子久、渐江、石涛诸家，书学王羲之、王献之、颜真卿、李北海，乙瑛碑、曹全诸碑，均有涉猎，后书风颇似其父，气势平稳，书风秀逸，笔间枯藤，内含灵气。其执笔亦使"钩手"法，悬腕中锋，得其父遗韵，使人观之，确显一家风骨。五十岁后潜移默化接近其父画风。其青绿山水于平稳秀逸之中，又见潇洒酣畅，墨色多变，苍浑淋漓。作品多次入选国内外书法展览，并在各大有影响的报刊发表。历为中国书法家协会会员、黄宾虹研究会会员、中国楹联协会名誉会长。

数年后，当我完成了这部作品，再度拜访林筱之的时候，林散之故居大规模扩建工程已经完工，故居前高耸的古典式石牌坊以及它一侧的退思亭，还有新盖起来的房屋，都令人耳目一新且由衷感慨，如此浩大的工程，居然靠林筱之字画的资金来源就能完成，可见市场对其字画的认可程度。在此可以肯定地说，林筱之字画得其父亲林散之的真传，名不虚传。

林筱之今年已经八十多岁，但看上去身板硬朗，精气神十足，说话思维敏捷，谈吐风趣幽默。落座后，我将长篇小说《天墨》出版和在京开研讨会的情况作了简单介绍，并把事先准备好的书翻到有关他的章节展示，他认真地看后说："此书我不发表任何意见，不是我授意让你写的。"我笑道："您这种态度最好了，小说是野史，难免虚构和夸张，否则很难吊起读者的胃口。"

这时，有几个人走了进来，林筱之让他们坐下等一会儿。林筱之很无奈地说："我这里每天要来二三十人，真是把人折磨死啊！"

到他府上来的人想必都与林散之和林筱之的字画有关吧，要么求购林筱之的字画，要么鉴定林散之字画的真伪，人们来自四面八方，外省慕名而来者居多。众所周知王羲之的儿子王献之，其书法作品的价位已成天价，尽管"唯有一点像羲之"，而这"一点"却是骨与血的真传。我们虽不能把当代草圣林散之与王羲之相提并论，但林筱之的字画得其父真传却是铁的事实，历史与现实往往有极其相似的巧合。

这时，来人站起身打开一幅画，一位老僧敞怀大笑，身旁的酒壶流淌着酒浆。林筱之打量几眼稍加思考，提笔在宽阔的空白处题诗道："痴呆一老僧，望我发酣笑，笑我乃凡人，有言不能道。"

林筱之出口成诗，谁能否认不是得了其父林散之"诗书画三绝"的真传？

大家正在兴头上，又来了一拨人拜访林筱之，我只好起身告辞。林筱之送我画册两本，有近日上海朵云轩出版社为其出版的书法精品集，有他儿子林小康的画册。

林筱之已经不轻易给人写字，业内人士断定他的字画将来很可能也像他父亲的字画一样有广阔的市场空间。

其实，这已经是不争的事实。林散之的字七十六岁入境，自成体系，大家气派。林筱之的字画也早已入境了，书画家八十多岁正是事业的巅峰期，且修缮林散之故居成了他的使命和责任，一个怀揣着使命和责任的书画家，他的字画必须要市场给力。

提笔写此文的时候，我想起此行林筱之说过的话："当年老爷子曾被国民党要员请去当官，他拒绝了；又曾被某大学聘去当教授，也拒绝了。老爷子只想隐居。"

“草圣”传人林筱之

大凡真正的艺术家，都喜欢大隐隐于市。

林筱之曾自作诗云：

“我乃乌江一小知，未承家学负所期；
不求显达不随俗，但避锋芒但避奇。
窗下闲临潭渡画，灯前偶读香山诗；
锥沙欲透张张纸，满目残阳铺水时。”

江苏《文化新世纪广场》

森林中的巨树

数年前在浦口区某个文化长廊里，曾看到一幅画，画面内容丰富，有树有花有草有岩石……岩石周围的树干上栖着一只鸟，神情冷峻而孤独，颇有八大山人之风韵。我站在画面上的鸟跟前打量很久，越看越觉得此鸟有神韵，将画家内心的情感表达出来了，于是忍不住跟身边的人说："这画不错，有八大山人之韵。"身边的人立刻说："这是吴国亭先生的画，大画家！"我这才将目光移向画外，看到作者是吴国亭先生，但我并不熟悉他，于是又跟身边的人说："能不能去拜访他一下？"身边的人笑道："此画家非常有个性，不轻易见人。"我只好放弃这个心思了。

又过一年，求雨山文化园展出吴国亭先生的画作，据说开展那天人山人海，我是在沸腾的人潮过后去观画的，偌大个展厅，近百幅画，吴先生将祖国的山川大地藏于胸中，怀着一腔的大爱，让山脉河流、树木花草、鸟鸣蝶舞都鲜活灵动起来，使人随着他多彩的笔墨步入一个雄浑博大的世界、一个广袤无垠的天空大地，山啊海啊河啊树啊花啊草啊鸟啊蝶啊……都在观者凝眸的瞬间呈现出独具的个性，于是你看到山有势水有柔树婆娑花弄影鸟飞蝶舞……一派山川自在胸的多彩画面。

这次观画，看不到鸟的孤独了，画面的色彩似跳跃着述说大自然的本色，我内心感觉吴先生的画风在发生着深刻的变化。我对画可说是一窍不通，只凭自己的喜好认定画的好坏，喜欢的就说好，不喜欢的也就沉默起嘴巴，更不看有名还是无名。但吴国亭先生此次的画展我敢肯定是高水准的养人眼的，一个画风发生重大变化的画家，其画一定是有灵魂的，而有灵魂的画才是画中的上品。我内心忽然强烈地渴望见到吴先生，但这需要机缘，机缘是要等待的。

2018年春天的一个下午，在浦口汤泉南京德承公艺文化旅游有限公司见到了吴国亭先生，这家公司的老总张思斌是明正统七年进士、刑部主事张瑄的后人，当他向我介绍吴先生时，我首先是被他那一张爱憎分明的脸吸引，接着就看到了他不与世俗同流合污的神情。出乎意料的是，吴先生与我相谈甚欢，他博学多识，酷爱文学，出口成章，所涉都是书画以外的学识学问，这让我一下子明白他画风发生变化且达到上品的根源了，他是一位学者型画家，在当下中国，通晓各类知识的画家不多，而酷爱文学的画家更是凤毛麟角，我仅知画坛大师吴冠中先生和黄永玉先生。

我的内心与吴先生立刻零距离了，谈笑之中又听先生讲述画坛久远的趣事，说某某被称为大师的人，先把自己的画拿给郭沫若题字，再请专家研讨，专家看到郭老的题字说：我们还能说什么呢？……吴先生由趣事又说到当下的画坛之风，他的忧国忧民，足见一个学者画家的风骨。

据说，水是画家的难度，能驾驶水的难度就一定有画的高度。吴先生有一本画册专示水的姿态，他笔下的水有飞瀑流泉、静水深流……大约一百幅，将水的千姿百态跃然纸上，俨然一部水的大千世界。浦口本土一位识货的商人，将吴先生的这一百幅画以重金包揽，可说是持有了一份画家的潜力股，那是商人弄潮大半生的慧眼独具，凭吴国亭先生的阅历和画风，他的画在这个价位上只是“万里长征的第一步”。

吴先生1935年生于南京，1959年毕业于浙江美术学院，后留校任教，1981年调入江苏美术馆任专职画家，现为国家一级画师，中国书画研究会名誉副主席，江苏省对外文化交流中心理事，苏浙皖国画家联谊会主席，美国波士顿中华文化中心艺术顾问。他擅版画、油画、水粉画、水彩画、连环画、文学插图、素描、速写、瓷版画和中国画等多画种，花鸟、山水、人物是其强项，作品在全国报刊发表百余幅，他的彩色画集《中国名贵花卉》分别用英、法和西班牙三国文字出版，行销欧美各国。吴先生文学的才华在赏析画作上真派上了大用场,他所著《中国写意花鸟画技法》、《当代写意花鸟画佳作赏析》和《当代山水画佳作赏析》,可说是画坛不可多得的理论之大成,从中可看出一个美学学养深厚、知识渊博、文字畅达的美术大师。而出版的《吴国亭画集》《吴国亭绘画精品》等,又可看出吴先生尊重传统、吸纳外来美术营养的新现实主义绘画观。有权威人士认为他的画拓展了新国画的视野,而我以为他的画是一次继承与突破的立体呈现,被誉为新派国画宗师算是实至名归了。如果把画坛比喻为森林,吴先生就是这森林中的巨树吧。

吴先生一头白发,那是岁月沧桑的明证,这沧桑里有他绘画的杰出成就,也有他育儿的智慧,他的女儿吴蛮是著名琵琶演奏家,现为美国著名的中国传统音乐大使,她也是吴先生生命的杰作。

吴先生隐居浦口数十年,先人自天津迁来浦口龙虎巷,创造和见证了浦镇车辆厂业绩的辉煌,生于河北承德的我与他堪称半个老乡,"老乡见老乡,两眼泪汪汪",我为拥有这大师级的画家老乡而骄傲自豪。

2018年4月10下午写就

“金陵十二钗”新韵

清代伟大的小说家曹雪芹无论如何也想不到，他的鸿篇巨制《红楼梦》经过四百个春夏秋冬的风云变幻，依然被现实世界的人们所热捧和追逐，这部经典被若干所大学研究，亦被若干个学会研究，更被影视行业作为大投资大制作的题材反复拍摄，说句直白的话，此书为多少后人找到了生存的饭碗，而曹雪芹当年撰写此书时一定没想过可能给后人带来的文化产业，可它偏偏成就了一种文化产业——红学产业，且不说研究此书的学会和学院，单说以生花妙笔描绘“红楼十二钗”的画家就遍布神州大地，墨客们从各种角度以各色笔墨描绘着十二钗的神韵，这些有才有韵的古典美女立刻被抢为化妆品、香烟、玩具等一系列消费品的商标广告，而大凡以此作商标的产品都会因其深厚的文化内韵大夺消费者的眼球，从而给产品带来商机，“金陵佳丽地”现象尤甚。

职业画家刘普红八岁开始就喜欢描绘侍女，对《红楼梦》里的“十二钗”情有独钟，她虽出生于老山脚下的江浦县城，却生长于书香之家，从长江北岸遥望南岸的金陵古都，她有着许许多多关于色彩的梦想，而这些梦想每天在她一笔一画的涂抹中实现着，若干年后，当她真的涂抹出一本画册时，狮子岭的圆霖法师以九十二岁的高龄为她欣然题写《普红画选》，谁都知道圆霖的菩萨画已达炉火纯青的技艺，他亲笔题写的画册是对普红画作的肯定，尤其是对她所擅长的侍女画的肯定。业界的人都知道，画人物难，画侍女更难，普红的侍女画是写意，她对各阶层不同女性的观察和把握，使其笔墨逐渐从形似走向神似。这里特别要说的是她笔下的“金陵十二钗”，如果她没有读透《红楼梦》，就不可能有如此完美的构思，在一片广阔无边的荷花池畔，山石、花草、树木烘托出栩栩如生的“十二钗”，林黛玉、薛宝钗、惜春、探春、史湘云、秦可卿……大观园的才女们，三人一群两人一伙地在观奕、吟诗、抚琴，她们的一颦一笑、一举一动，无不流露出各自内心的生存法则，无不昭示着悲喜交集的无常人生，刘普红显然在以多彩的画面诠释“一部《红楼梦》，半部金陵史”。她在江苏省美术馆和南京市美术馆的展出，以既形似又神似的画面吸引了无数的观者，她的“金陵十二钗”很快被南京卷烟厂选为礼品盒的封面，随后又成为中国邮政局发行、南京邮政局出品的限量版礼盒装明信片，成为市政府对外交流的高档礼品。如今她的“金陵十二钗”跃上南京奥体新城一条街马路两侧的灯箱，随后其画作又在日本早稻田大学展出，向世人展示古都金陵的文化神韵。清代伟大的小说家曹雪芹怎么也想不到，四百年后他的“红楼十二钗”在中国南京青奥会期间所起的文化作用。

应该说刘普红成功了，她的作品相继被张大千纪念馆、南京民俗馆、孙中山纪念馆以及海内外的收藏家收藏。今年刚跻入五十岁的她已经有了众多的社会职务和名誉，中国红学会原副会长胡文彬曾为她题字：“普照天地，红遍全球。”可刘普红却是一脸的淡定，她说：“我刚刚从江浦到南京数年，虽有了自己的画室，创作也产生了飞跃，但‘金陵十二钗’只能作为我起步的台阶，上了台阶之后我的创作会进入更加炽烈的喷发期。”

刘普红要绘出“金陵十二钗”的新韵，成为“红楼梦”文化产业的组成部分。

《金陵瞭望》2012 年

纵墨者

我江北的书房里，悬挂了一幅《般若波罗蜜多心经》，精美的隶书小楷，使每一位面对它的客人都要为之感慨：这字写得不错！再问字出自何人之手，我答黄之金先生。

这名字在书坛似乎还没有响遏行云，但在南京，特别是江北浦口，只要提起黄之金的名字，但凡喜欢书法且与笔墨有缘的人，都会默认和赞许黄先生这几年在书法上的成就，他进步之快，练笔之勤奋，连资深书法家都不得不佩服。而我的书房里能悬挂黄先生的隶书小楷《般若波罗蜜多心经》，实在是一种缘分。

若干年前，我在本地的一个内部刊物上认识了黄先生，在被誉为文化浦口的南京江北，书法艺术的底蕴极其丰厚，上至政府官员，下至平民百姓，只要稍识文字，大多会与笔墨结缘，这或许是沾了求雨山文化园的灵气吧，当代草圣林散之潜移默化地影响着这方土地的芸芸众生，倘若夸张地作个比喻，这地方的书法家竟如满天星斗光灿灿地在求雨山的上空闪烁。

我阅读和欣赏这本内部刊物的同时，首先被黄之金笔墨的气势所征服，后来又发现了他字体的多变，而从照片上看，他是一个极为认真的人，那挥毫的架势是将全部的神思凝注于笔端，我判断这样的专注一定可成大器。

通过简介上的文字，找到他当时供职的单位南京浦口广电局，又问到他的电话，一个朴实的声音促使我匆匆前往采访。在黄先生的办公室里，看到他刚刚出版的书法作品集，草书、隶书、楷书……眼花缭乱令我目不暇接，半天不敢说出话来，我对书法艺术实在是门外汉，大多的评价只有两个字“好”和“不好”。而真正面对一个精心研究书法又颇有造诣且将来很可能成为大家的人，我不好妄加评断，深知说一些外行的话会很跌份。

闲聊中得知黄之金先生已研习书法多年，师从言恭达、管峻、周玉峰等书法大师，与南艺、南师的一些书法研究生也成了交流艺术的益友，他从《圣教序》《兰亭序》《张猛龙碑》《乙瑛帖》《张迁碑》《草书十七帖》等书法摹本中寻找书写的法度和深度，在古人的艺术中吸取艺术的营养，使自己的书法技艺不断地超越以往而又不断地呈现一种新的姿态。这让江苏省的几位老师惊呼黄之金的书法进步太快，有点要抢专业人员的饭碗了。

黄先生或许从没想过去抢专业人员的饭碗，他只把书法作为工作之余的快乐之事来做着，越是这样越会应验那句古话：无心插柳柳成荫。大凡成功的事业，都在快乐的心态中成就，因为快乐体现了一种精神的投入，没有全神贯注的精神投入，何来事业的峰巅呢。

时年黄先生有众多公务缠身，他是江苏省书法家协会会员，江苏省书法家协会培训基地（林馆）主任，南京浦口区文联副主席、书协主席，浦口区广电局局长。这位为人朴实严谨的书坛新人，既对工作保持着高度的责任感，又对艺术持有天真的激情，曾听他讲过一些为政为官的经历，那些让心灵永难忘记的苦难历程后来都成了“玉汝于成”的艺术营养，他书法艺术的快速进步谁能说与这些为官为政的经历无关呢。人生阅历的丰富一定会成就厚重的艺术，相信黄先生会在人生多重的负荷中达到更高的书法艺术境界。

黄之金始终信奉一句话：“当官一张纸，做人一辈子。”在官场，他从不巴结奉迎；对同事朋友，他又极其讲义气。他的豪侠正义一定融进了他的笔墨之中，常言说，“文如其人”，正是由于他的正义和精神的操守，才使他的书艺突飞猛进，并于今年初加入了中国书法家协会，成为中国书协一名正式的会员。这无论对他个人还是对南京浦口区来说都是一种荣耀。自当代草圣林散之以后，黄之金是土生土长于浦口并在此长期工作而加入中国书协的第一人。如今他的大字气势恢宏，大有逼迫名家之势，他有三个证书很抢眼，均为南京市委台湾工作办公室颁发，一为南京市某副市长率经贸考察团赴台访问，特向著名书法家黄之金征集书法作品两幅“道养天下”“百川归海”，作为南京市赴台经贸考察团向台湾佛光山星云法师和台北市贸中心王志刚董事长赠送的礼物，时间是 2010 年 6 月 10 日；一为中共南京市委政党交流访问团赴台参访，向黄之金先生征集“唯德是辅明德惟馨”“气境无穷”两幅作品，作为市委政党交流访问团向中国国民党蒋孝严副主席和中国国民党朱立伦副主席赠送的礼物，时间为 2009 年 9 月 29 日；一为南京市人民政府经贸交流团赴台参访，特向黄之金征集书法“清风明月”一幅，作为南京市人民政府经贸交流团向台北县政府洪孟启秘书长赠送的礼物。

世人皆知，南京曾为中华民国首都，台湾与大陆是一奶同胞的亲兄弟，同为儒家文化熏染，书法是国粹，大陆同胞的书法没有一定之功，是很难拿到台湾当礼品的。而这些可标榜自己书法身价的荣誉，黄之金从未向外张扬，如果不是我偶然听人讲起，并亲眼目睹了荣誉证书，我也不敢相信“大家”就在眼前。我同时还看到，2008 年中国书协开展的“中国书法进万家”活动中，黄之金被选为“先进个人”的证书。除了书法，黄之金还会在木板上刻字，所刻作品分别在中国书协及中国书协刻字研究会举办的第八届全国刻字艺术展和第十二届国际刻字艺术展交流大展中入展并收藏。

他是一个纵墨者，一个让黑色墨汁在白色纸章上幻化出韵致世界的人。

文章写到这里仍有言犹未尽之感，回望书房墙壁上悬挂的《般若波罗蜜多心经》，精美的隶书让我不由想起黄之金先生与毛祖宾两位书法家，曾于 2006 年初秋陪我去老山狮子岭拜望圆霖大法师，求得观音菩萨简笔肖像一幅，不久又得到黄先生所赠《般若波罗蜜多心经》，真乃大缘分。

《散文百家》2011 年 3 期

静凤女史

李静凤是南京浦口的才女，同时也是美女。她的美不同于当代时尚类的年轻女子，穿着低腰的牛仔裤，袒胸露背于喧闹的街市，她是那种藏在深闺中的古典美人，丹凤眼、瓜子脸、苗条身材，集古典诗词和昆曲雅韵于一身的江南美女。她生于扬州，长于南京六合，盛产雨花石的地方，一定把雨花石的美妙也纳于人的风骨之中了吧。

若干年前，一个偶然的机会，她惠赐一本诗文合著的《散花集》，大致翻翻，并未真正放在心上，那时她所在的区位尚为江浦县。真正了解静凤是我到江浦深入生活以后，心在这里沉潜下来，又要写一部以江浦为背景的长篇小说，寻找搜集素材是必须的，这时才得知她已是中华诗词学会的常务理事，浦口区文联副主席，后来又当选为中国金融戏剧家协会副主席，其诗词得到当代著名作家、书画家俞律老先生的赞赏。而她所从事的职业则是江浦工商银行办公室主任，吟风弄月全部是业余之事。

想通过她了解一些当地的情况，有天兴之所至到了她府上，她住在高高的七楼，屋内一派雅居的陈设，书、字画、古筝，她以一双纤纤玉手为我弹了一曲《高山流水》，知音少，弦未绝，但她对自己所言甚少，看来我们的友谊还未到火候。

下午的阳光将七楼的阳台照得晃眼，有数盆花在阳光下伸着懒腰，静凤走过来指着窗外的凤凰阁说："我每天都可以看到凤凰阁，这阁仿佛是为我建的。"她的陶醉，让我想到其诗兴大约就是由这窗外幽绿的山影和古色古香的仿唐建筑引发的吧。

静凤告诉我，她从小就显得与时尚格格不入，喜欢古典的诗词，喜欢画画，后来又喜欢了昆曲，并去省昆院学习。现在她朱唇水袖地在台上轻歌一曲，想必会获得台下千万的掌声叫好，数不清的异性目光集中在她的身上，那是对中国古典神韵的向往还是对一个古典美女的探究和好奇？

我曾在《浦口文艺》认真读过她的散文《腊梅》，并将其抄录于笔记本上，文曰："我生在冬月，家中又植一株腊梅，故而曾暗将此花视作本命花。腊梅本不是梅，梅花隶属蔷薇科，而腊梅则属梅科；梅花所倚者多为姿、色，而腊梅决胜之处却在其'香'，品梅花只须观色，鉴腊梅却要论'心'；梅花已在宋时嫁与那个梅妻鹤子的孤山林和靖，而腊梅至今仍待字闺中，实为女儿之花。"

读罢此文，我忽发奇想，何不设计一位姓梅的才女在我的长篇小说之中，她被有志男士暗恋，却因自己所坚守的传统而不越雷池一步，她的情与性只在自己约定的范围之内，她越是有操守越被男人惦记。我为她取名"梅暗香"。我把自己的想法与她电话沟通，她当即笑嗔："这名字未免落俗，像红尘中的下作女。"我一惊，觉她有理，遂改为"梅心仪"。这个梅心仪既出现在我已完成的长篇小说《领导班子》中，又现身于我正着手的以江浦为背景的第二部长篇小说《天墨》里，这个古典美人会永远在我所编织的文字中闪光，它预示着中国古典文化的长盛不衰。

静风曾来我的梦屋小坐，回去用手机发来了一副嵌名对联："高卧山中晶莹雪，静看墙外冷清梅"，句中用高晶雪静四个字嵌入，营造出一个孤高绝尘的氛围。可能感觉我一个人居在江浦未免太冷清孤独了吧，而我恰恰是以冷清孤独为乐事的人，在这样的氛围里我才能超常发挥自己的脑细胞，挥洒一部又一部的作品。曾见过作家贾平凹题为《孤独地走向未来》的作文语画，画面一只神鸟，走在荒芜的沙漠之中，旁边是一棵大树，天空悬挂着一颗燃烧的太阳，上写道："尘世并不会轻易让一个人孤独的，群居需要一种平衡，嫉妒而引发的诽谤、扼杀、羞辱，打击和迫害，你若不再脱颖，你将平凡，你若继续走，走，终于使众生无法追赶了，众生就会向你欢呼和崇拜，尊你是神圣。神圣是真正的孤独，走向孤独的人难以接受怜悯和同情。”显然，静凤是欣赏这段话的，她曾在我的梦屋里认真地看着我说：“你应该把我视为知己，我也喜欢孤独和冷清。”我又言：“人本孤独生，当作孤独想，享尽孤独味，安然孤独死。”二人遂欢笑击掌。

因为各自的忙碌，虽然近在咫尺，却难得相见一面，几次电话相约请她来我梦屋打牙祭，竟一直都未兑现。她曾答应要为我画一幅画，她的仕女画很有灵性，但至今也不见这仕女画挂在我家的墙上，想必我们彼此都忙得难以清闲地践行诺言吧，那就在忙碌中尽情地发挥创造属于我们的艺术幻境吧，“闭门读书真岁月，挥毫落纸如云烟（林散之语）”。

《南京作家》2011 年 2 期

片云阁主

江浦如今已是南京浦口区的一个街道了，而数年前它曾是一个县，中国当代画坛有二杰出自江浦县，一为林散之，一为山僧圆霖。如今这两位大师都仙逝和圆寂了，后起之秀多如天上的繁星，号称两位大师徒弟的人不少，此文只写王宠浒，即片云阁主，也是圆霖的大弟子成慧居士。

认识片云阁主是在江浦一位古典女诗人家中，她家里挂了“梅兰竹菊”四条屏，每幅画面都题诗一首，与梅兰竹菊的品相吻合，便引起了我对画者的兴趣，“梅，百花退避唯君丌，头顶冰霜引春来。无心了却群芳议，一笑淡然舒襟怀。兰，深谷难得见幽兰，却向闹市居豪堂。问君何守君子节，本性自然吐芬芳。竹，老干已枯立一旁，新篁三日窜上墙。来年仍有新生者，摆摆摇摇争春光。菊，秋落寒霜我开花，平生最爱是酒家。陶令黄巢今何在，沧桑是非任随他。”后来又看了一些江浦的人文资料，得知画者是山僧圆霖的大弟子，刚好自己手里正写着以当地墨宝为背景的长篇小说，内心便有一种采访片云阁主的冲动，并在不久后，让这冲动变成了现实。

王宠浒住在距江浦要一个小时车程的桥林镇，房子是一个有阁楼的顶楼，与片云阁的名字相吻合，阁楼是他的画室，供奉着山僧圆霖的画像，画像出自他的手笔，成于上世纪八九十年代，那时山僧圆霖已回到老山兜率寺做住持，而王宠浒拜其为师的时候，他尚在老山林场接受劳动改造。

述说往事是十分辛酸的，王宠浒在他的片云阁沏了壶清茶，像整理翔实的历史资料似的，让一段又一段往事展开，重现沧桑的云烟。

他的祖上是高邮人，20代前家人都住在高邮，家族中的大才子王引之、王念孙是清乾隆年间的礼部尚书，曾写奏章参倒了大贪官和珅，据说是训诂学鼻祖。太平天国年间，洪秀全造反，家人在高邮难以生存，有一支逃到江浦，到了江浦，已是第五代。高邮天官墓至今依然存在。王宠浒的父亲六岁时，爷爷去世了，奶奶带着父亲靠祖上的田地维持生计。父亲长大后，潇洒漂亮，解放前曾做过江浦的副保长，1949年后又做过江浦商会的会长，开相馆维持生计，王宠浒兄妹七个，家庭生活相当困苦，书只读到初中就难以为继了。九岁时，王宠浒喜欢上了连环画，刻苦学习素描，14岁时，南京有个画烫画的老头儿叫李文汉，来到江浦为人画像。父亲让王宠浒跟李文汉学画像，他只好拎包跟随李文汉走街串巷学习画像，只用了两年不到的时间，王宠浒就能替人画像刻章，自谋生路了。16岁时，到了江浦的社办企业工作，苦难中王宠浒练就了一身的本领，瓦工木工的活计都会做，1970年他进了珠江镇木器厂，31岁的时候提拔为厂长，1983年调到珠江镇政府当了城管工作人员，40岁时生了一场大病，提前病退了。

片云阁美术工艺社就是这个时候创办的，这名字来自于圆霖法师。

王宠浒文革中就听说圆霖法师也被打成牛鬼蛇神，下放到老山林场接受劳动改造。他早有拜访的意愿，却难成行。县外贸有个经理曾将圆霖的画当作项目带到广交会，很受欢迎，回来跟王宠浒把这事讲了，王宠浒立刻让其带着拜访圆霖，两人行走了几十里路赶到青石岗，只见圆霖住在一间很破旧的房子里，外边又搭了半间，住着他的老母亲，床是细竹竿编的，上面铺着稻草，用土坯支撑，桌子是用葵花秆编的，圆霖画画时就打坐在这张桌子前。门后挂了一张观音像，圆霖用极其精妙的笔法将观音大士慈祥而庄严的神态，如菩萨真身显相眼前，王宠浒惊呆无语，大气不敢出，生怕口中浊气将画腐蚀，就这样虔诚而恭敬地肃立画前良久，真可谓佩服得五体投地。王宠浒回到江浦，一夜未眠，第二天一早，借了辆自行车，顺着老山一路骑行到汤泉又到青石岗，山路弯弯数十里，当王宠浒满头大汗出现在圆霖面前时，圆霖惊讶地问："你怎么又来了？"王说："我要拜您为师。"圆霖说："拜我为师，第一要信佛。"王答："我家有佛缘，我父亲的奶奶长年吃斋念佛。"于是王宠浒跪在佛像前皈依，取法号成慧。这天，云淡风轻，王宠浒要圆霖师傅给自己的工艺美术社取个名字，圆霖望望天空，四周晴空万里，唯头顶一片祥云，圆霖说："就叫片云阁吧，事事如云，一阵风刮来有，一阵风刮来又没有，虽然是一小片云，但说不定就能遮住一片土地。"

两年后，圆霖迁至老山岔路口居住，山上没水，吃水要到山下的中学去挑，王宠浒经常为师傅挑水，一挑就是几大缸，木工出身的他，又亲自为师傅打橱柜，橱柜有七八十斤重，他一个人背到岔路口老山顶，路上累得喘不过气来差点扔掉，后来到了山跟前，将橱柜顶在墙上喊师傅，圆霖急跑出来卸下橱柜，以后就在此橱柜上作画。那时没人敢接近圆霖，很多人也看不起他。王宠浒经常接圆霖到江浦自己的家中居住，最长住半个月，带他洗澡洗脚，圆霖将其绝招工笔水墨人像传授给他，王宠浒将师傅的画送人，一天要送二十几幅，让江浦人了解圆霖的画艺。时逢落实政策，王宠浒又带着圆霖奔走于南京佛教协会、统战部等部门，使圆霖最终回到了老山狮子岭兜率寺。

圆霖曾跟王宠浒说："你出家多好，将来接我的班。"

王宠浒说："我还有小孩和家。"

圆霖说："你孽缘未了。夫妻是缘，有善缘有恶缘无缘不聚；儿女是债，有讨债有还债无债不来。家字是什么？宝盖头里面一头猪，家就是猪圈。"

圆霖又问："名是什么？"

王答："夕阳的夕下边一个口字。"

圆霖说："名是大学问，口上一把刀，刀刃的刃出头了，出头的刀刃是名，要你出名也能要你死。"

王宠浒决心做一个心里知道、眼睛看到的明白人，不坑人不害人，让圆霖师傅的一首诗成为自己人生的座右铭："诵经戒斋总成空，何必参禅枉费工，堪叹名山奔走客，不知佛在己心中。"

多年来，王宠浒正是以一颗佛心从事他的书法绘画艺术，采访结束的时候，他送给我一本书画集《片云点墨》，里面有一张中国书画名家联谊卡，上写："王宠浒，号成慧居士，片云阁主人，1950 年生于南京，10 岁起习书画，27 岁受业于圆霖法师。历代先贤字贴画谱多有临习，基础扎实，功力深厚。山水、花鸟、人物皆能；巨制、小品皆工。书法多种字体，大字古朴雄浑，小字典雅秀丽。尤擅金粉书画，为独具特色。作品多次入选省、市、全国展赛，多有获奖并入编典集。为人低调，隐居小镇，潜心研习创作。江苏省国画院特聘书法家、中国国画院花鸟画创作委员会委员。"

《金陵瞭望》2011 年第 4 期

葫芦园记

葫芦园是南京求雨山文化园中的另类景观，在林散之纪念馆的左侧，沿蜿蜒小径走入园内，看园中的盆景、花卉、池中的小龟，听四周竹海风声，鸟雀唱鸣，就像亲临一片世外桃源，再看园中用竹竿搭建的简易茅棚，棚里悬挂着林散之、萧娴的画像以及园主张志耀的书法，方知这不是一个普通的园子，可视为江浦民间的世外桃源。

十几年前，这里曾是一片五亩左右的乱草地，地势低凹，长满了藤本植物野红豆。豆荚秋后裂开，两粒豆子一边一颗悬在豆荚边。那时园主张志耀已从林散之纪念馆馆长的位子退休，作为林散之的弟子，他难舍老师传道之情，也难舍求雨山的竹海和书香，于是签下合同承包了这片凹地。头一年雇附近生产队的人锄草清理割杂树，四周围上篱笆，又盖了简易茅棚，一下子就是几万元的投入。园中养了一千多棵盆景坯子，大都是比较名贵的品种，有小叶罗汉松、枷椤木、黄杨、龟叶冬青等，所养三百多盆松柏类盆景，最早的一盆五针松已有四十多年了，但张志耀一直舍不得出售，他想让葫芦园的绿意更盎然。

林散之纪念馆里的墨池水蜿蜒而入葫芦园，形成了一个小墨池，池中养了长江金线龟和黄缘龟，现有一百多只金线龟，一千只小龟。张志耀介绍说这是地道的中国品种，不像巴西龟那样凶猛，吞吃本地龟。

园中还植了上百棵橘树，地道的浙江黄岩密橘，上百株腊梅，二十几棵牡丹花，每棵牡丹花即是一个品种。

小小葫芦园已成为江浦文人墨客谈天说地的会所，上至天文地理、下至鸡毛蒜皮。特别是春天，园主张志耀以蝇头小楷书写《邀友人品茗书》:“今春多雨连月未断近日初晴气候宜人雨山中虽梅香已然独有桃红可数且新竹挺翠红枫翩翩似撩人情思佳茗已置清水正沸若偕一二好友品茗谈心得人生半日之闲更有何奢求哉虽则清茶一杯其淡如水然情意甚诚若得闲暇可命驾矣。老幺顿首携此免费喝茶一次。”于是,每周二和周五成了约定俗成的聚集日,每年还有两个园庆日,一是煮腊八粥,二是观牡丹花,每逢这两个节日,江浦的文人墨客就汇聚园中,吟诗作赋,把酒临风,好一派悠闲的“田园居”。牡丹花会这天,众人还在园子里架起炉子烤火烧,烤火烧的师傅曾是部队的炊事员,给当过军委副主席的李德生烤过桥林火烧,如今他退役在江浦,又让桥林火烧的香味飘满了葫芦园。人们一边品尝原生态火烧,一边为盛开的牡丹花赋诗,张志耀的夫人,扬剧演员陈晓云,顺嘴就溜出了佳句:“可叹柳絮迎风舞,怎及牡丹半瓣香。”

葫芦园四周竹林环绕,高深茂密,数不清的野雀藏身其中,有山雀、白头翁、野画眉、楝雀、寿带、灰喜鹊,野八哥……每逢黄昏,万只野雀激情地在林中上下盘旋,浓密密如一片乌云掠过,带着夺耳的叫声,忽上忽下,待你静观时,却又寂然无声了,而当你再沉浸于园中的安静时,野雀又呼啦啦凌空而起,展翅于竹林之中,此起彼伏地鸣唱,如原生态的大自然交响乐,兴奋着人们的耳朵。园主张志耀曾吟诗曰:“兴起奋飞漫舞急,九天散落万千花。”

葫芦园真可谓是民间藏隐的好风景,如今在江浦乃至南京都已有相当的名气。园主张志耀 1962 年师从当代草圣林散之研习书法,其楷书令人拍案叫绝,当年林散之曾评价张志耀的楷书:“用笔圆而能健,转折分明,已得柳诚悬笔法。苟能长此苦练,不难成功,志耀其勉之可也。”弟子张志耀未辜负林老的期望,如今其楷书曾参加第六届全运会书画捐赠拍卖,并多次参加省市展出且获奖,现为江苏省书法家协会会员,江苏省侨联书画协会理事,南京市楹联协会副主席,浦口区书协副主席。张志耀早年还师从南京博物院王敦化老先生学习篆刻,许多书画家同道的印章都出自他之手。1998 年,日本前首相海部俊树到林散之纪念馆参观,其时张志耀为林散之纪念馆馆长,特为海部俊树和日本书道家稻垣菘圃刻章相赠,日本友人非常高兴,拉着张志耀单独合影留念。一向为人低调的张志耀,并未将自己的书法和篆刻向外张扬,只在葫芦园专心习书,就像一坛深藏于巷子中的老酒,虽不吆喝,却香气弥盛。

葫芦园并非以种葫芦为名,因园主笔名老幺,而幺字的篆书颇似葫芦,遂起名小园为葫芦园。园主张志耀曾吟诗云:"任他葫芦满枝头,小园清幽好个秋。一湾流水千竿竹,再无闲情上层楼。"

《金陵瞭望》2011 年 11 期

画布上的激情

初春的一个下午，我的眼前被色彩和光笼罩，这些色彩和光构成天空、树木、河流、老街、炊烟、古寺、纳西的女人……我被一幅又一幅画面所感染，情绪始终处在对油画艺术的激动之中，当我冷静下来，面对这油画的主人时，我忽然发现在油画界并不太出名的杨飙，已默默无声在江浦工作了40年，他曾为县文化馆馆长和文联常务副主席，在长达四十年的行政生涯中，举办了诸多的培训班，其中著名的油画家陈丹青和书法家孙晓云就曾是培训班的学员。如今经过数十年风霜雨雪的打磨，他在画布上的激情终于光芒四溢了。

我不懂油画，可我知道油画最重要的是色彩与光的运用，眼前的这幅《神奇的九寨》，让我想到印象派大师莫奈的《落日》，而其色和光的明丽又跳出了莫奈的窠臼，在似与不似之间，形成了独特的风格——杨飙风格。还有《炊烟》，深灰色天幕的背景下，白色的炊烟、劈柴的老人、两条吠叫的狗、浅灰色的房顶上褐红色的茅草、院周围的栅栏及栅栏外高耸的树，在这幅画中画家将色彩与光的运用达到了极致。令我赞叹的是画家以第二故乡江浦风光为背景创作的系列油画，在他不大的画室里，他将一幅又一幅美丽的油画展开来给我看，我从中看到了老山的万只白鹭、珍珠泉的波光潋滟和凤凰阁的古朴典雅，让我尤为称奇的是《郁郁葱葱愈千年》的古银杏树，黄绿相间的树叶显示着千年的沧桑，杨先生指着画面的树叶跟我说，这些叶子都是用油画刀剡上去的，说着拿来油画刀要我看。尖尖的油画刀，让我突然生出对油画艺术的敬畏。而纵观他的每一幅画作，不都是色彩与光的诗吗？

杨飙1945出生于江苏如皋，1966年毕业于南京师范大学美术学院，在美院师从吕斯百、秦宣夫、黄显之、尉天池、徐明华、范保文等著名导师。1966 年毕业后分配到江浦县文化馆，正逢轰轰烈烈的文革，美术组要绘制一幅巨幅领袖画像，向毛主席献忠心，几位老师迟迟不敢下笔，初生牛犊不怕虎的杨飙，凭着自己扎实的油画功底，爬上高高的脚手架，数天时间就用色彩和光绘出了神采奕奕的毛泽东，从此一举扬名，几乎人人都知道了江浦文化馆有个画油画的年轻人。

对艺术的酷爱，使他懂得艺术人才的难能可贵，当代著名油画家陈丹青在江浦农村下放期间，曾参加过杨飙举办的培训班，杨飙发现了他的绘画才华，努力帮他调至县文化馆，在经济极其困难的情况下，文化馆还开了他三年工资。如今陈丹青早已是蜚声画坛的美术大师了，昔日陈丹青为杨飙画的肖像就挂在杨先生的画室里，那么真实地再现了他青春的风华正茂。

艺术的顶峰从来是人品、才品、激情、灵感的和谐统一，经过 40 年的沧桑历练，已退休在家的杨飙终于要在今年的 5 月于求雨山文化园举办他的油画展了，这无疑是一次色彩与光的诗，相信杨飙画布上的激情会光芒四溢。

《金陵晚报》2008 年 3 月 16 日副刊

凤朝阳

都说猴子是老鼠的朋友，可猴年的岁末我却连续两次被病魔击倒，第一次从医院出来，是元旦的前一天；第二次从医院出来是年二十九，春节的前一天。

出院后休息在家，每天玩微信听音乐在网上看电影在枕边读书。如今手机微信的信息量真是太大了，你可以在上面翻找到所有的内容，有一首唢呐吹奏曲《百鸟朝凤》，后面带了许多美图，都是艳丽的孔雀开屏之类。我这人自幼喜欢色彩，忽发奇想欲请人画一张《凤朝阳》。第一个人就想到了高久凯，他近年在书画上的成就斐然，虽以牡丹主笔，飞鸟虫鱼小动物也都画得神似，又学过动物解剖，且是浦口本土人，常称我为高门同姓的姐姐。于是一条微信发给了他，他也立刻回了信，并将他画的孔雀图传给了我数幅，我都未看中，不是他的画技不好，而是不合我心愿。我的老祖宗是满人叶赫娜拉，我心中的《凤朝阳》一定是引颈向上，傲视群凤的，而他的孔雀图却毫无霸气，好像每只孔雀都怕伤着同类。这也很符合高久凯的处事风格，温和谦逊低调。我把自己的想法在微信里与他沟通后，他顿时表现出为难情绪，但还是画了几幅草图传我，均被我毫不留情地否决了。然后我将在微信上看到的一幅孔雀图传他，告诉他就照这个样子画。两天后，他果然传给我一幅草图，图上的孔雀有了我希望的神情和姿态。他可以继续画下去了。

一天晚上，天气很冷，他在外边给我打了个电话，说是在跑步。我问孔雀图，他说刚去南京找了颜料回来，这画真是考验我的画技呢。他说的没错，以我个人的思想来左右一个画家的风格，对画家来说当属难事了。我在他的微信中看到，他说晚上失眠了，生怕画不好。我强调说这也许是你画技的一次重大突破，一定下决心画好。又过几天，孔雀图成型了，边上还画了几朵牡丹，牡丹的颜色都是红的，我要求他画几朵蓝色的，他说那就成杂色了，又讲了画面对颜色的要求，只好随他了。

半月以后，一幅《凤朝阳》传到了我的微信中，让我的眼睛为之一亮，这正是我需要的凤朝阳，色彩艳丽，孤傲而行，却又拥着如此众多的富贵牡丹，简直就是我心境的写照，不管别人怎么评价这幅画，反正我是由衷喜欢着它，并将其装裱挂在我乡宅中。这幅画同时也让我思考了一个问题，人大多喜欢在一种习惯的体制中工作和生活，不愿意打破自己的旧有体制，其实一旦打破了，那就是一种质的突破和飞跃，我敢说这幅《凤朝阳》就是高久凯画的一次质的飞跃。

《金陵晚报》2017 年 2 月 19 日副刊

玉成人生

2018年南京下了两场大雪，沸沸扬扬的大雪将天地染个洁白，路面上的铲雪机不停地工作着，刚把这边的雪铲净，那边的雪又是厚厚的一层了。大雪中，浦口区文化产业联合会迎春年会正在一家酒店热闹地进行着，围桌而坐的人中有一位穿铁锈红颜色毛衣的中年男士，身材笔挺，戴一副黑框眼镜，颇有三十年代上海滩男人的气质，交谈中得知他是南京浦泉玉成文化发展有限公司董事长杨贡成先生，会后他盛邀各方人士赴宴，我有幸位列其中。

因刚从东欧回来，席间我大谈欧洲男人的绅士风度，他们如何礼让女人，如何在进出电梯时女士优先，不管年长还是年幼……我喋喋不休，全不顾周围人的反应。杨先生一直沉默不语，偶尔戏言：大姐喝多了吧？……晚宴后，走出酒店，只见夜幕下的浦口，大雪沸沸扬扬，雪在路灯光下飞舞，如一只又一只精灵。马路上的雪厚得没过脚裸，车子少见，偶尔开过一辆竟如老太一样小心翼翼。正忧心如何回家，杨先生说用车送我，在等司机的时候，他向漫天大雪中冲去，在雪地里用手机录视频，并不停地跑动叫喊，那是一种对雪的欢喜，也是性情中人情感的真实流露。不一会儿，车来了，杨先生走到车前拉开车门让我坐进去。我忽然想起饭桌上对欧洲男人的赞美，脸不由红起来，难怪杨先生说我喝多了，他的绅士风度不亚于欧洲男人，改革开放数十年，中国人的精神气质应该发生了深刻的变化，情商高的男人如杨贡成者已层出不穷了。

南京浦泉玉成文化发展有限公司位于汤泉街道滴水珠，我每乘公交车去乡下种菜都要经过那里，因为与主人有过一面之缘，便忍不住透过车窗多望几眼，想寻一个机会去公司里看看，与杨先生谈天说地。这机会在春天时,真的来了。

杨先生的办公室在公司的四楼,站在窗前远眺,老山上的植被清晰可见。山风拥着满眼的绿色,窗下的一池春水被山风吹皱又荡平。我将目光移到房间,注意到他书橱里的一幅金猴照片,方知他属猴,正值人生的壮年。

访谈在一杯清茶中开始,杨先生从人生最初的奋斗讲起。一步一个脚印的奋斗,收藏着人生的波澜,那是怎样引人入胜的故事啊!杨先生却不愿意多谈,告诉我当初自己还是应该选择去读书。

杨先生是本土人,高中毕业后考入南京师范专科学校,毕业后要当老师,他对当老师没兴趣,喜欢做生意,于是就放弃了读书深造的机会,在江浦县城租了一间小门脸,开始做服装生意。那是八十年代末期,年轻力壮的他江南江北购货,两年跑下来,赚了笔小钱成家过日子。接着又做煤炭生意,与哥哥一起搞装饰工程,三年后自立门户独闯天下。

2013年,杨贡成人生的风向标发生了根本性的变化,他特别想对本土文化产业和发展做一番贡献,于是酬建了南京浦泉玉成文化发展有限公司,销售中华传统文化产品,玉。玉有五德:仁、义、智、勇、洁,他喜欢的就是玉的品质,所以公司也就称为"玉成文化"。生意场是社会的风向标,当社会的需求发生变化时,汤泉惠济寺给了他心灵重要的启迪,善心善念善举,受朗明法师点化,他策划了"惠济天下即佛心"的书画募集拍卖活动,省内外重要的画家都捐献了自己的作品。拍卖是重要的环节,名家字画卖给谁,如何酬得义款,却是颇费思量的一件事情。许多名气很大的书画家,市场价格标得很高,但大多是有价无市的。面对名家书画,有钱人的犹豫彷徨、惜金如命,让他看到了人性在金钱面前的黑暗。他只好动用自己方方面面的关系,四处求人,总算为惠济寺募得300万义款,而公司分文未取。此活动虽令他身心俱倦,却是他一生难忘之事。

南京浦泉玉成文化发展有限公司近几年拍了数部弘扬中华文化价值观的微电影,杨先生成为中视协第四届亚洲微电影节十佳出品人,《面馆》获中宣部宣教局二等奖,网上点击140万人次,还有《幸福花开》、《江浦好人》等。今年又完成了微电影《回归》的制作。

杨贡成现如今的社会荣誉很多，江苏省2016年度十大自主创新人物，江苏省企业家联盟常务理事，南京市公共外交协会理事，南京市浦口区家长教育中心理事长，南京市浦口区文化产业联合会副会长，浦口新阶层人士联谊会副会长。而他最看重并投入大量精力的是现代家长教育中心，并已推出了公众号：一个全国家长共有、共享、共建的精神家园，一个全国家长共同成长的大学校。

中国家长"棍棒出孝子"的俗世理论误导了一代又一代人。杨先生看到了这一点，并借现代家长教育中心引导家长们对孩子的教育方式，他显然有世界的眼光，并潜移默化影响正在成长的孩子们。他希望在自己60岁的时候，让家长教育活动真正走向社会。

离开公司时，杨先生看着外面的绿树说，微电影《江浦好人》准备开机时，外面大雪纷飞，根本无法拍摄，想不到第二天阳光明媚，阳光下的雪景非常美丽，简直是天赐良机。

我笑言：你种过福田，福报大呀。

2018年4月12日凌晨12时草就

仙界来墨

中国人以南北论相，喝黄河水的人粗黑，属北人；喝长江水的人细白，属南人。初秋的一个上午，我在南京江浦精武馆偶遇一年轻书法家，身削面白、明眸皓齿，我断定其为南人也，叙聊间方知他来自河南，喝的是黄河水，属北人，于是立刻纠正我的误判，不由想起一句俚语："北人南相，洪福无量。"

本人以文为生，常与墨客打交道，天南地北，男女老少，擅写会画的墨客相识近百，形神各异。官场出道的书法家，虽泥中藕白，却难脱多年养成的和谐之气；军界出道的书法家，不着戎装也自带英武之气；商界出道的书法家，穿着乞丐衣也携带着一掷千金的炫富气……而我面前这个年轻的书法家竟带着斯文和雅气，在这红尘滚滚、为钱奔命的世俗社会，他的斯文雅气，没有书房水墨的长期濡染，没有悬梁刺股的操笔苦练，没有抛却世俗的孤独寂寞，是难能集于一身的，可谓艰难困苦，玉汝于成。而一个发了宏愿的有志者，只要抵达"事竟成"的彼岸，无论春夏秋冬如何变幻，他都会一如既往、"山至高处我为峰"。不用说，他是吃了大苦、下了大力气的书法家，他在这么年轻的时候，就把自己的书法弄得风生水起，四面掌声，八方叫好，绝不是靠字外功的投机钻营，而是靠他内心对书法事业的敬畏和憧憬。他曾在中医路上止步，以一生只为书法的横心，终于走上被同行赞誉并屡次获奖的中国书法家会员的平台上。

兴之所至，他欣然为我挥洒"润荷听雨"四字，这四字就像一幅美妙的画，能看出无尽的层次、无边的意韵，该肥则肥，肥时如牡丹盛开，雍容华贵；该瘦则瘦，瘦时如绿柳抚地，婀娜多姿；张扬时像起舞，起舞时又张扬，从容不迫，无造作之忧，堪称境界。

欣赏笔墨之余看其微信，知其墨宝已上了紫砂壶，并得知他家小院的果木已成熟，想必他的小院是“清风明月我自多”的世外桃源吧。

他来自河南省周口市郸城县，现居北京，一个为书法艺术献身的奋斗者，一个超凡脱俗的仙界来墨者——邢怀章。

画　兰

我对书画的热爱是做了江浦的移民之后产生的，发现凡是到我寒舍交谈的人，抑或是我登门拜访的人，大都会写字作画，甚而吟诗作赋，使我这个来自金陵的码字工常常自愧不如，于是一种想用书画与人交流的欲望油然而生，便兴之所至购来笔墨，欲拜某个本土人为师，最终发现个个都是匆匆忙客，书画不过是工作之余陶冶情操之举，并无大块的时间辅导我研习书画，于是只好独自翻看清初名士李笠翁的《芥子园画谱》，想从最简单的天地之物画起。

我的老祖宗叶赫娜拉一生酷爱兰花和玉器，从历史留存的照片上能领略她当年的嗜好。既然老祖宗喜欢兰花，我这个满族后裔也就继承其遗钵，从兰花入手研习笔墨。画兰全在于叶，以叶为先，叶虽数笔，其风韵飘飘，如霞裾月珮，翩翩自由，无一点俗尘气，且以喜画兰，以怒画竹。我铺开纸笔，调匀墨汁，翻到《芥子园画谱》的“兰谱”一章，琢磨起手第一笔的“撇叶式”和起手第二笔的“交凤眼”，眼盯着图谱，手照着图谱上的兰花叶下笔，一笔两笔三笔，一次两次三次……我怎么也无法将“撇叶式”和“交凤眼”画出图谱上的模样，本以为寥寥数笔的兰花，涂抹了数小时，仍未见兰的真实模样，忽然佩服起会画画的那些人，尤其是既是作家又是画家的“双栖明星”，用汉文字表现了世界，又纵笔将世界画出色彩，如文坛宿将冯骥才、贾平凹、关仁山……看着自己的拙笔，又忽然明白世上最简单的东西也许是最复杂最难描绘的。于是继续翻看《芥子园画谱》，上写：“写兰之妙，气韵为先，墨须精品，水必新泉，先分四叶，长短为元……”原来我是未得要领就欣然下笔，必然胡乱涂鸦一场啊。

我画兰已有多日了，至今未画出兰的应有气韵，但我并未退缩，且相信只要持之以恒，定会“妙笔生兰”。

《金陵晚报》“雨花石”副刊

铜都之旅

铜陵是我国的铜都，国家大企业一冶和二冶都在那里，对这样一个工业气息较浓的地方，我如果没有一定的因由，恐怕一生都不会光顾。可今年的“十·一”长假，接到在那里工作的朋友的电话，她盛邀我去玩，于是我想也没想就答应下来，买了火车票就带上孩子去了。

我的朋友金是我在安徽蚌埠生活时的“闺密”，那是上世纪80年代末90年代初，我在郊区区委宣传部当宣传干事，家住很远，中午只好在办公室休息，我的休息时间大都是看书写作，因刚刚调到蚌埠，一切都不熟悉，又因生了孩子，大块的灵感都被孩子夺去了，只剩下给当地报纸写豆腐块文章的激情，还不能在上班的时候表现，于是午休就成了我绝对的私人空间，我不喜欢跟任何人交往，关在办公室里一人独钓一江秋。

金是郊区广播站的新闻记者，长相出众，正是风华正茂的年龄，爱打扮会化妆，当时化妆还不是十分普及，金每日都靓丽地出场。她的性格热情好客，喜欢和各色人等打交道，也许是职业的关系，尽管我在机关工作，却没有她这个事业单位的人社交活络，认识的人多。

我记不起彼此是怎么认识的，宣传部在三楼，广播站在六楼，有时候她上楼时会到我的办公室转一圈，笑一笑；有时候，中午在食堂吃过饭，她会到我的办公室闲聊，天南地北。聊多了听多了，自然没有了新鲜感，于是我心生厌倦，对她的每日闲坐冷淡起来，常常是她坐在我的对面时，我铺开纸写稿子，弄得她无聊而走，有一次她走到门口，拉开门的时候竟回头说：“耽误你挣钱了。”她说的挣钱就是稿费，给报纸写小稿子的稿费只有十几块钱，但对当时收入并不高的机关干部来说，也足以眼红了，毕竟是外快。我无言，能留给我清静最好。

金果然一个多月都没来，这一个多月的时间，当我写完稿子无事可做的时候，又隐隐地想她，可我是个不主动联络情感的人，就在我想她的时候，她突然从天而降，这让我喜出望外，那天我们俩到门口的小饭店吃了牛肉煎包，梅雨季节到了，外边下着雨，我们说着女人的话题，她谈恋爱了，丈夫是银行职员，家在铜陵，她说婚后她有可能到铜陵去。

我内心一阵怅惘，每日争吵的婚姻让我对婚姻本身心存恐惧，不管别人面临婚姻时有多么喜悦，我都不置一词，并且想告诉她，幸福要靠自己的双手创造。

后来，我调到了南京某杂志社当编辑，她婚后随丈夫调到了铜陵县，进了机关当了公务员，先在计生委，现又在文化局当副局长，想必她的工作有声有色，她热情好客的性格在官场应该是游刃有余的。2000年我离婚的时候，她带着孩子来过南京，显然是特意来看我的，我虽住在刚刚装修过的一套旧房子里，可仍有人去屋空的凄凉，这之前我一直没有房子住，因前夫是部队的普通干部，无论是官职还是论资排辈，能分到成套的房子都是奢望，我住过马厩住过废旧的礼堂，好不容易住进了成套的旧楼房，尽管面积只有五十多平方米，但毕竟是楼房了，然而我们没有共同享受这楼房，因为生活的种种不快，我们分手了，那年我刚好四十岁。一个四十岁的无姿色的女人，刚刚闯入可说是非常陌生的大都市里，跟剥光了她青春的男人离婚了，以后漫长的再也不会蓬勃旺盛的生命岁月，她很可能会带着一个孩子慢慢度过，这在常人看起来或许是残酷的。金一定私下里想过这些，并多次与家人谈论过，于是她带着孩子来南京看我，那天我去车站接她，她穿了一身淡粉色的套装，皮肤比原来黑且粗糙，人也微胖，脸上没有化妆的痕迹，大约机关里是不主张女干部涂脂抹粉的。

她中午抵达，晚上就走了，我也没执意留她，怕深谈离婚这桩令人伤感的事情，但在我家里小坐的时间，她还是不理解我为什么要离婚。我当时一个劲地回答："没有爱的婚姻是不道德的。"

一晃十年过去了，她又打来了电话，让我带孩子去她家玩，说她已经住进一百多平方米的大房子里了，最近又买了一套大房子。她喜悦的声音显然是日子过好的一种表现，而这十年我过得也不差，我的独身生活成就了写作的事业，我已出版和再版十二部长篇小说，获得文学创作一级职称，在长江的北岸买了一百多平方米的房子，我家距当代草圣林散之纪念馆只有500米，虽然远离主城南京，但马上通车的过江隧道会大大缩短与主城区的距离。

我带着孩子欣然前往，坐在火车上，与对面的人闲聊，得知他们都是铜陵人，并且告诉我，铜陵没有什么好玩的地方，只有一个新造的天井湖，城市空气污染严重，二氧化硫的指数超标。还有生姜很不错，此地的人拿生姜当茶点。

金穿了一件连衣裙在车站接我们，我一眼就认出她来了，这次看上去显然苗条多了，皮肤也细腻起来，她脸上五官的轮廓很像女作家三毛，也很像歌星张暴默，而我觉得她更像香港民歌皇后奚秀兰。

铜陵的确切概念是铜陵市和铜陵县两部分，县市之间只隔一条马路，城市规模不大，现仅有七十万人口，居民在安徽的消费水平却排在第三位，可见靠铜生存的铜陵人是知道应该怎样生活的。金住在铜陵县，天井湖也在铜陵县，位于五松山脚下，湖面阔八十公顷，两条曲曲折折的长堤将湖分为东湖、南湖、北湖三湖。山峦环之，湖光水色，映衬着安静的铜陵县城。到了晚上，湖上的灯光就璀璨起来了，争先恐后与天上的繁星争辉，以致你弄不清到底是天上的星星多还是天井湖上的灯多。据说，此湖依据湖中一个岛上的天井而得名，井水终年高于湖面两米多，湖水涨则井水涨，相传井水由天而来，供过往神仙小憩品茶之用。这里还有两则美丽的传说，一是讲很久以前，一位仙界窃贼到铜官山盗窃镇山之宝，船行至天井湖，被守山老神发现，遂学鸡鸣，一时四野雄鸡纷纷引吭啼叫，贼神情慌张急忙逃避，一篙撑穿船底，成为天井。另一种说法是，东海龙王小女，一日偷偷出游，避开江海，取道天井，在湖面畅游时见一憨厚打鱼郎，顿起爱心，遂变成美丽的海螺，被打鱼郎网住后，打鱼郎不忍将其卖钱换米奉养瞎眼老母，于是放养缸中。自此家中出现奇事，缸里不缺米，灶间有柴烧，小伙子早出晚归，锅里总有香喷喷的热饭热菜。一日，打鱼郎中午突然归来，见一位年轻貌美的女子正操持家务，谜底至此揭开，两人从此相亲相爱。正当一对情人恩恩爱爱之时，龙王派遣恶龙寻找小女，得知真相，遂用暴力胁迫小女回龙宫，小女不从，拼力反抗，恶龙仗势行凶，想吸干湖水，旱死禾苗，擒住龙女，龙女遂变成一只巨大的海螺，从天井倒吸海水，决心“不作仙界金玉叶，誓保人间活命泉”，于是力竭身亡，化作铜陵市区的一座螺丝山。唐代大诗人李白两次来游，感怀高吟，写下了“我爱铜官乐，千年未拟还。要须回舞袖，拂尽五松山。”等赞美铜陵的不朽诗篇 11 首。如今天井上筑了一座美丽的亭子，名为“通天阁”，阁里射出两道夺目的彩光直扑天宇，像是仙女挥下的彩练，又像连接九天的通衢。当地人开玩笑说：“东南北湖都在铜陵，只有西湖跑到杭州去了”。天井湖虽比不得西湖的名气，但对铜陵来说，无疑改变了这里的生态，来时听说这里的空气污浊，到后并没感到呼吸不畅，特别是晚上，行走在湖中的小路上，与树影花草灯光为伍，看着天上明亮的月亮，你根本想不到这是铜都铜陵，而以为置身于江南水乡之中，湖上灯的造型奇特，忽见一群鸽子展翅欲飞，忽又见一片蝴蝶翩翩飞来。

金介绍说：“我们这里有个房地产开发商，虽然只有小学文化，但起点相当高，所开发的项目都是大手笔，他手下用了一批高人，他准备借着湖水的优势，把天井湖这片区域打造成江南第一园，你看那边正在拆迁呢。”顺着她的手指往湖边的马路上看，果然见到一幢正在拆除的楼房。金说：“五年后你再来，这里又不一样了。”

说话之间就走到了铜陵市政府广场，市政府的办公大楼像一座博士帽，设计别致。广场上，孩子们在放灯，这也是铜陵夜晚的一大奇观，夜幕降临后，天上不时飘动着一团火，像星星又没有星星的高远，我问那是什么，我的孩子说：“你连孔明灯都不知道，真是孤陋寡闻,还当作家呢。"我真是第一次看到能在天上飘飞的灯,而且叫孔明灯,是诸葛亮发明的。当年诸葛亮被司马懿围困于平阳,无法派兵出城求救,诸葛亮算准风向,制成会飘浮的纸灯笼,系上求救的讯息,后来果然脱险。于是后世就称这种灯笼为孔明灯。现代人放孔明灯多为祈福之用,男女老少亲手写下祝福的心愿,但愿幸福年年。金立刻买了两个孔明灯,给我的儿子一个,她的女儿一个,周围不时有人点燃了孔明灯,灯借风势飞上天去,一群一群的与星星比光,看谁更亮。我看了一下这灯的构造,只是把一张与棉布差不多的纸张围成灯笼状,里面是一点点易燃的酒精,点燃后在风的吹拂下它就飘然升天了,而且越飞越高,直至像星星一样在天空中若隐若现。点灯之前,要对着灯许愿,只见儿子在心里默念愿望,不知究竟这愿望是什么。因为操作不当,火居然将灯纸烧掉了一角,本以为此灯废了,却不料它竟在空中借着风的臂力摇摇晃晃飞了起来,而且越飞越高,与其他的孔明灯汇成了浩浩荡荡的灯河,将天井湖上的夜空映衬得更亮了。

在铜陵待了一天,住了两晚,两个晚上都在湖边行走,尽赏湖光山色。金介绍铜陵要打造成世界第一铜生产基地,城内还有一块湿地也准备开发成湖。我立刻说:"那铜陵就要变成重工业基地的生态城,吸引各地的人来居住,人口突破一百万。"

第二天坐汽车回来,方知如今铜陵到南京很方便,公交大巴是循环车,每半个小时一趟,到南京只要两个半小时,而火车却要三个半小时,每天有两趟火车通往那里。

世界真是越来越小了。

天下常熟

渴望去常熟是因为看了池莉写幸福寺的一篇文章，说这个寺是多么地安静。世上的寺本应该是安静的，但因为近年来世人利用佛之心太切，求财求官求艳事，佛门便成了热闹的场所。于是安静的寺特别被我的心灵渴望。

沙溪文友胡子郎立刻引荐了常熟才女赵丽娜，并介绍她是台湾女作家，后来我得知她嫁给了一个台湾企业家，生了两个孩子，生活得很幸福。

在幸福寺门口，赵丽娜从自驾车上走出来，灰色的衣裙配一个蓝印花长披肩，一头乌发，学者风度，见面就送给我一本她刚刚出版的书《天下常熟》，然后引我到寺里喝茶谈天，我这才发现这个寺叫兴福寺，而不是幸福寺，兴与幸两字相差甚远，不知是我记忆有误还是池莉的笔误。

坐在米芾题字的石碑前，摆一张木桌，两把藤椅，我跟赵丽娜就成了相知相熟的文友，谈到读书和行走的关系，我说我喜欢行走，也喜欢读书，两者需要兼得，否则人总在一个地方会闷得发呆，赵丽娜立刻语出惊人地回应："人总在一个地方，会自高自大，而到了一个新地方会感到自己很渺小，什么都不懂，什么都需要学习。"

我为她的话鼓掌，她说到了行走的点子上，走万里路也就是向陌生学习，学习那里的人文环境地理环境，然后充实自己封闭的内心。

茶是碧螺春，十分地道，难怪主人要卖到十元钱一杯，茶喝到两三遍时才喝出茶味，沁人心脾的茶香让彼此无话不谈，从文学谈到女性的婚姻，谈到婚姻外的情感，谈到宗教，我忽然感觉女人的心是相通的，天下文友的心也是相通的。

寺里有一棵树，赵丽娜指给我看的时候告诉我这树是钱谦益种的，名妓柳如是曾为钱谦益的生死之交，钱谦益在寺里种了一棵树想必是对红尘的一种解脱和无奈吧。

中午吃的斋饭，菜里的油太多了，影响了我们的胃口，想起南京鸡鸣寺的素食，那真是天下第一的美食，便邀赵丽娜来南京，我一定请客鸡鸣寺的素食。

在寺里，赵丽娜始终没有烧香，她说早晨吃了荤，烧香有点不敬。我心里佩服着她，感觉她的信佛是内心的真诚。

饭后赵丽娜驾车带我去尚湖，我又开始佩服她的车技，她谦虚说是傻瓜车自动挡，不用费脑子的。可就这样的自动挡车我仍然不敢开，交了三千多元的学费，居然领取了驾照。

尚湖在虞山脚下，常熟依山而建，老城的文化韵味被山紧紧搂抱，坐在湖边看安静的湖水，感叹这样的人文城市在江苏真是有幸，老话说：近山而仁近水而慧。有山有水的常熟不出赵丽娜这样的才女真会枉费了这一方水土。它甚至应该出十百千个赵丽娜。

在尚湖边坐了一会儿，我提出去看常熟的老街，路上赵丽娜提起晚清小说《孽海花》，提到作者曾朴，说曾朴园还是值得看看，我们立刻驱车去曾朴园，而后我在常熟逗留的所有时间都给了这个古典园林，可最终还是余兴未尽地离开了，园子的外边曾是清光绪年间户部尚书、书法艺术家翁同和的老宅，如今已成了寻常人家的居所。赵丽娜在送我去汽车站的路上，又特意让车驰过方塔街，果然是现代闹市区的古典。只可惜没有时间细细品味，赵丽娜说台湾人很喜欢常熟，想不到中国还有这样有特色的城市。

我插问一句：台湾女人与大陆女人的区别在哪里？

赵丽娜脱口而出："台湾女人穿戴讲究，首饰披肩都是必备的，大多都是老公送的，不一定贵，但证明老公时时想着你。"说着拎起自己脖颈上的项链给我看，说是老公在法国给她买的。果然不同凡响。

回到南京的夜晚，立刻翻看赵丽娜的《天下常熟》，结构和语言都很学术，又很可读，我不会看错，她是一位学者型的女作家。

风水宝地淮安

淮安是风水宝地，奔流千年的京杭大运河与淮河在此交汇，元明清三代朝廷在这里设立了京杭大运河的最高管理机构漕运总督府。另有众多美丽的湖泊分布于此，“一城古迹半城湖”就成了百姓对淮安的印象，城内有月湖、萧湖、勺湖；城外有绿草荡、白马湖。水是财智的象征，柔水环绕的淮安自然而然就成了出名人出名著的风水宝地。

伟人周恩来诞生在淮安，12 岁之前淮安的水和米使其强身健骨，淮安的风土人情、诗书画卷启蒙了他的心智，这个美男经过艰苦卓绝的努力成为中华人民共和国的总理，其智慧让全世界折服、钦佩、敬仰。还有冷兵器时代的大军事家韩信、抗金女英雄梁红玉、民族英雄关天培，皆出于淮安这块风水宝地。

淮安的风水是正的，名人都是英雄豪杰，名著也都千古流芳。

吴承恩的《西游记》家喻户晓，孙悟空、猪八戒、唐僧已成为芸芸众生“人以群分”的标志，能人懒人是非不辨之人……吴承恩不汲取淮安湖水的营养，何以有“孙猴子再能也跳不出如来佛手掌心”的妙笔。还有刘鹗的《老残游记》，以行走江湖的医生活动为线索，记述了笔者游历各地时所涉的三教九流、妓女赌场，展示了晚清黑暗腐败的社会生态。

我这里最想说的是清代长篇弹词名作《笔生花》，女作家邱心如，清道光咸丰时人，家原望族，世为儒官。在这个家庭里，她受到很严格的正统教育和文化教育，以文墨为缘过着才女式的生活，而所嫁的丈夫张某，碌碌无为，学业不就，穷愁潦倒，邱心如从此过着“薄产一区为活计，千钧重负压枯骸”的贫苦生活。在这穷愁困苦之中，她把写作《笔生花》当作生活的最大乐趣，以此消解她的愁闷，忘记生活的困苦，她用了三十年的时间，终于完成了这部百万字的巨制。全书表现了封建社会广大妇女的不幸命运，控诉了对造成妇女屈辱地位的黑暗势力，从多方面表现了妇女的不幸。比如十三岁失去父母的步静娥，因为生为女子，被剥夺了财产继承权，致使家产被继兄霸占，自己反倒寄人篱下，精神和肉体备受摧残，自己的终身大事也只能任他人摆布，她更怕夫家势利心重，这样嫁去，一世受尽欺凌，于是"静娥坐靠妆台畔，想后思前泪满腮"。那么大家闺秀的生活又怎样呢？谢军门的女儿雪仙，学道、飞升，好似成了正果，但这条路决不是她愿意走的，她在改装学道之前经历了激烈的思想斗争："卧倒床中已两天，不茶不饭不开言。有时独自孜孜笑，看他那，神气分明半是颠。一任你，万语千言为解劝，如风吹去半边天。"

女作家的文采，分明得益于淮安风水宝地的滋养，这样的文采，非淮安莫属。

淮安在 2010 年 7 月成立了邱心如女子文学研究会，会长是当地的女作家季玉。此次江苏著名女作家行走淮安采风活动就是邱心如女子文学会承办的。在下榻的酒店，我一眼看到季玉，想不到她竟是会长，惊讶的同时又为她的成长高兴。

十几年前，她曾在青春杂志发表小说，我是她的责编，她梳着短发、穿着布衣，朴素的气质给人踏实之感，她来自淮安乡下，好像在一个文化站任职，现已记不清了。我被她的努力感动，还有她富有感染力的文字。一晃十几年过去，荏苒的时光让她迅速成长，至今她已出版五六部长篇作品，系江苏省作协会员，文学创作二级职称。她在写作的同时，又不忘社会公益。

邱心如研究会现有会员近百名，有省作协会员，也有市作协会员，20 多人在国家级刊物发表文学作品，6 人出版个人专著，创办《桐园》报，以《桐园》报为阵地，定期举办采风活动，走进农村、学校、企业，用文学的眼睛体察当代生活，同时先后对 10 多个贫困家庭施以援手，以桐园女性的正能量传递文学的温暖。

这正是：妙笔生花邱心如，女子文学在桐园。

文学的原生态

江洋才让是我在鲁院高研班学习期间的同学，一个来自青海玉树的藏族小伙儿，相貌不俗又谦虚，在班里总是礼貌地称年长的女同学为大姐，我对他的好印象就是源自见面的时候总可以在他的嘴里听到一句虔敬的尊称“高大姐”。

真正认识江洋才让的文字是在一个午后，我正在房间里读书，门被轻轻叩响，打开门，江洋才让托着他写的一摞作品走进来，请我指教，当时我担任南京青春杂志社的副主编，发现优秀的作品是我职业的必须。跟江洋才让闲聊了几句，然后将其作品留下来细读，发现了散文《寻羊小记》，后来我带回南京刊发在青春杂志上，获得了读者接连不断的好评，从这篇稿子开始，我真正认识了江洋才让，断定他独特的叙述和奇诡的构思一定会写出令读者心服口服的作品。

果然，一年以后，当我们结束了鲁院高研班的学习，各自回到自己工作忙碌的家园，仅靠电话信件问候，甚至连电话信件问候的时间都没有的时候，我接到了江洋才让的两篇小说，一篇为《风事墟村》，另一篇为《闪电雕塑》，两篇小说都有构思奇特内蕴深刻之处，但我更喜欢《风事墟村》。

这简直就是一篇让我难以概括出完整主题的小说，看似描写了一群为治理风沙忙碌的人，而它的思想内涵绝不单单是环保，也绝不单单是那些形式主义的治沙，我们的人类在生存的哪个环节上出现了致命的问题，以至于当我们殚精竭虑地想重新治理改造它的时候，我们才发现人类的力量与大自然相比是多么地微不足道。“天行有常，不为尧存，不为舜亡。”古人早已总结出来的规律，却被进入高度物质文明的人类给抛却了，于是沙尘暴肆虐，于是洪水肆虐，于是良田旱得要冒烟，森林为之而熊熊燃烧。

江洋才让在《风事墟村》的开始就无奈地写道："你说风，风就来了……"这是可怕的风，有杀伤力的风，可以让沙尘给人类的生存空间带来灾难的风。这风不听人类的指挥，想刮到哪里就刮到哪里，它就像被上帝施了魔法，在地球渐渐消失的资源空间，大规模地带着自己的集束炸弹轰炸，然后它看着没有智性的人类用很多钱去安抚它，然而它的胃口太大了，就像无视人类的存在一样，年年种树不见树，年年治沙而沙尘肆虐。我们的人类是不是太急功近利了一点？是不是太不为子孙后代着想了一点？是不是贪图物质的享乐以致让大自然发威发怒不已？

文学是民族精神的火炬，作家是人类灵魂的工程师，中华民族是诗教民族，我们在文学形象中认知真善美，认知荣辱，认知忧患，一个不关注社会的作家难以有社会的共鸣，难以有广大读者的认可。藏族青年作家江洋才让因为具有悲天悯人的情怀，才能够写出《风事墟村》这样的作品，感谢他对我刊的信任，在我刚刚担任执行主编期间能够支持青春杂志这么一篇厚实的作品，它是文学的原生态，相信会像全国青歌大赛的原生态唱法一样引起观众的兴趣。同时也感谢中华文学选刊的编者，是你们的慧眼使《风事墟村》得以呈现给更多的读者。

《中华文学选刊》2006 年 11 期

一个民族要有自己的精神追求
——写在《旗袍》出版之际

长篇小说《旗袍》近日由作家出版社出版了，这部由中国作家协会重点扶持的作品历经两年的创作时间，直到与读者见面的今天，我才真正想告诉人们小说的主题是在表现一种不屈不挠的民族精神，一种宁折不弯的高尚气节，是作家跳出小我的创作天地而面向社会的觉醒，是作家挑战市场的又一次果敢选择。

写作这部长篇小说的最初动意，萌发于鲁院高研班一次有关民族文学发展的论文，来自五十六个民族的同学从各自不同的角度谈到民族文学在中国现当代文学中的位置，谈到世界经济一体化必然使民族文化愈发彰显其特色，而我作为高研班的同学，在讨论中受到了极大的启发，我们满族自祖先开始，就骁勇善战不屈不挠，既有康乾盛世的荣耀，也有八国联军践踏的耻辱，其永不言败的民族精神体现在各个方面，而旗袍作为国服可以说是民族特色和民族精神的延续。于是我很想以旗袍为题写一部长篇小说，有了这样的想法，内心便不断地在孕育和寻找。

在鲁院毕业返程的路上，偶然在火车上看到一张别人扔掉的报纸，有这样一篇报道引起了我的浓厚兴趣，江南某城市的一座古老建筑在准备拆迁的时候，突然从韩国来了一位八旬老人，指认这座古老的建筑曾是抗战时期日军的慰安馆。我的眼睛突然一亮，灵感立刻来了，面对一座抗战时期曾做过慰安馆的古老建筑，是拆是留，当权者、商人、媒体记者陷入了一场旷日持久的争论之中，慰安馆是民族的耻辱，当权者认为要抹掉耻辱，房地产开发商直觉此地有商机可谋，便在当权者的决策中利用种种卑劣的手段推波助澜，而媒体记者认定一个忘记耻辱的民族是不可能奋进的，慰安馆应当作为文物保留，让人们牢记外敌入侵的耻辱。

故事由此展开，我给它这样定位，这是一部具有少数民族创作风格，强调民族文化、弘扬爱国主义情怀的长篇小说。旗袍是满族人的服饰，今天已成为中国女性的国服。旗袍自诞生之日起，就见证着女人的华丽荣辱，全书以旗袍为线，三条线索在小说中并行成叙述的轨道，慰安妇叶玉儿当年备受摧残，这个旗人的后裔被掠进慰安馆后，宁死不脱旗袍，更不穿日本人的和服，表现了民族精神在万般无奈中的坚守，同时揭露了日本军国主义骇人听闻的性暴行；第二条线索，开发商叶奕雄为拿到慰安馆地块采取了种种卑劣手段，先是跟自己的同学城建局长赵宗平套近乎，继而又勾引分管城建的副市长孙鹏跃的再婚夫人李璐，最后又发动同仁不在报纸上做房地产广告；第三条线索，曾是叶奕雄情人的媒体记者郭婧为保留慰安馆而不惜牺牲个人情感所做的不屈不挠的努力。三条线索构成一幅纷繁的当代社会生活画卷，小说背景的宏大和涉及面的广阔以及故事的精彩将读者带进了欲罢不能的阅读状态。

一个民族要有自己的精神追求，一座城市的建筑要有自己的风格追求，千篇一律千楼一面的建筑，是开发商极功近利的表现，对构建城市特色无益，对历史无益，对后人更无益。正如小说中的女记者郭婧所言："一座城市，所以厚重，是因为它的历史，历史不光是英雄史也包括耻辱史，一个民族敢于正视自己的历史，才能崛起和创新。"

《文艺报》2007 年 1 月 30 日

文学应给人积极向上的力量

——写在长篇小说《夫人们》出版之际

近日，我的长篇小说《夫人们》由作家出版社出版了，这是我的第十一部长篇小说，仍是现实题材，女性为主角。但我写了一个特殊阶层的女性，那就是官场的夫人们，以省委副书记夫人祁有音、市委副书记夫人郝从容、副县长夫人邢小美三位女性的生活故事展开人物命运的轴线，从而撩开了官场商场情场真实又荒诞、高尚又卑下、善良又邪恶的最耐人寻味的面纱。

写作这部长篇小说之初，正是我的另一部长篇《旗袍》出版半年以后，作为中国作协重扶作品，由中国作协重扶办出资在京召开了作品讨论会，专家们对作品给予高度肯定的同时又指出了作品存在的缺憾，这对我的创作是一次莫大的鼓舞，同时也使我对自己下一部长篇小说的创作进行了思想深度上的调整和艺术上的重新架构。商品社会，看似男人们在无硝烟的战场拼搏，无论官场还是商场都留下了他们风雷激荡的足迹，而使他们如此马不停歇的动力是什么呢？我感觉有部分原因来自女人，女人包括夫人情人亲人，女人们在后方的欲望支使着男人们不停地为满足她们的欲望而奋斗，有权的女人想钱，有钱的女人想权，又有权又有钱的女人想感情，于是世界处在一种被女人操控着的错乱的需求之中，长篇小说《夫人们》的大体构思就这样产生了。

同为大学哲学系毕业的三位女性，又在同一座城市生活，当她们步入中年，彻底丧失青春的时候，各自不由为自己今后的岁月忧虑起来。在这佳人倍出、婚姻动荡的社会，她们最担心的是失去丈夫的爱，进而失去一个完整的家庭，而她们的青春岁月早已为丈夫为孩子为家庭而庸碌地付出，她们再也拣不回丢失的青春了。当她们领悟到世上任何钱财都不能将青春换回，而因为她们丢失了青春很可能又将丢失丈夫的爱时，她们慌乱起来了，脚步在生活的方寸中不知究竟该迈向哪里。于是便有了邢小美在丈夫当了副县长后的贪欲无边，她对珠宝首饰钱财的渴望胜过对丈夫许鹏展的关心，当她发现丈夫有了外遇时，又试图以赌博使其戒色，那么等待丈夫的最终归宿应该说是夫人邢小美为之设计的深渊；郝从容是市委副书记吴启正的再婚夫人，婚后她放弃了十几年的记者生涯而成为作协一位自由自在的作家，她很珍惜自己的夫人位置，当她与年轻的油画家斑点马去小桥流水景区采风时，夜色之下郊野之中，那么好的爱之天地，她却拒绝了"一夜情"而保持了一个夫人的节操，可当她返城发现丈夫吴启正与年轻的歌唱家方菊早已醇酒美人时，她再也不甘于保持操守了，她以策划斑点马的画展为由，交易性地投入了这个年轻油画家的怀抱，但郝从容毕竟是有见识的夫人，"金风玉露一相逢"之后，她敏感地意识到保住夫人位置的要紧，而后一系列戏剧性计谋的实施，使她仍稳操胜券地掌控着吴启正；祁有音是三位女性中最值得敬佩的一个人，她相夫教子冰清玉洁，"世人皆醉我独醒"，在对身为省委副书记的丈夫周建业的猜疑被识破后，丈夫劝她"追求社会理想"使其茅塞顿开，她立刻跳出人生的"小我"而追寻人生的"大我"，身为省妇联的干部，她热衷于慈善事业，为老区的小学校募捐，为白血病患儿募捐，对自己大学时代的初恋情人杨亮试图通过周建业的关系申请的产品专利毫不客气，公事公办地闯过了一关又一关的试验，使杨亮最终感动得去老区的小学校捐资。祁有音没有接受杨亮在温泉城给予她的婚外艳情，被杨亮由衷地赞为当今时代的"圣女"，她的人生可说是特权的人生，她稍稍伸手就可以得到想要得到的一切，但她没有这么做，她生在干部家庭，从小到大的家教不允许她这么做，丈夫周建业的身份不允许她这么做，她作为省妇联干部的职业要求也不允许她这么做，她的行为不仅感动着老同学杨亮，也感动着郝从容和邢小美以及身边所有的人。

文学有娱乐功能，同时也有很重要的教育功能，生活中既需要郝从容、邢小美那种“玫瑰玫瑰处处开”的婉约，也需要祁有音这种“大爱至奉献”的高亢旋律。当我们的眼睛总是看到那些浮在生活表面的灰暗现象时，我们一定要再深入到生活的纵深处寻找“花明又一村”的美好，这样作为一个作家才能写出使读者精神为之振奋的作品。

《金陵晚报》2007 年 12 月 4 日副刊，《作家文摘》2008 年 1 月 8 日转载

女人的理想在现实的海滩搁浅

——我为什么写《粉领儿》

一直想写一部商界的小说，特别是商界女性奋斗的小说。中国改革开放三十年了，社会主义市场经济正在一步一步走向正轨，在这循序渐进的过程中，有多少豪杰人物血洒商场，又有多少精英人物泪别商场，商场如战场早已成为不争的事实，而这无硝烟的战场在金钱的角逐和竞争中自有它酷烈的格局和过程的惊心动魄。我曾听过和在媒体看过许多商界女性奋斗崛起的故事，也曾为之惊喜和哭泣，尽管这是一个提倡男女平等的社会，但古老的传统文化仍然让女人们在奋斗中备尝艰辛，当我们尽情赞赏和羡慕金领和白领的风光时，有谁知道那风光背后的辛酸故事，而这带有色彩的故事恰可成为小说的原始素材。

我从来认为女人是应该有姿色的，女人因为姿色而有别于男人，姿色是上帝给予的，是女人争强好胜也难以企及的。很多女人顺从天意，她们靠自己的姿色乖巧地活在男人主宰的物质世界里，她们幸福着，无忧无虑地生活着，享受着男人所提供的物质，心安理得，问心无愧，反正是以自己的姿色换取的。但当她们年老色衰，在男人主宰的世界失宠时，她们忽然发现男人是靠不住的，男人也是物质，只要是物质就会灰飞烟灭，于是一腔幽怨化为无奈的泪水。另有一些女人天生没有姿色，上帝造她的时候就给了她一副肉眼凡胎，她知道自己是不被男人喜欢的，因而一辈子默默吃苦，纵然粉碎了自己仍是不能被男人们喜欢，于是男人们永远会去姿色的乐园招蜂引蝶。还有一类女人是姿色和才华并举的，她们既有男人喜欢的姿色又有令男人望而生畏的才华，这类女人巧妙地周旋于男人的世界，靠姿色成就事业，靠才华横闯世界，于是市场经济的舞台上就有了招人眼目的金领白领们，她们奋斗不息的精神造就了一系列不平凡的女性，打动着每一个怀揣理想的女人的心灵。

我早就想写一部有关中国当代女性励志的长篇小说，将其圈定在无硝烟的商战之中，但构思了很长时间，仍想不出一个别出心裁的故事。偶然在一个晚上看电视，纪实频道正在讲述一个案子，南方某城市星级酒店的女经理居然是一个杀人犯，当真相大白的时候，她身边的工作人员都不相信如此敬业能干的女经理会有命案在身。灵感突然而至，我立刻构思了这样一个小说框架：一个在爱情上不成功的某公司营销部女经理李棉蛉，阴差阳错地再度陷入滚滚红尘之中，她被小自己七岁的推销员王宏建强暴后成婚，终因忍受不了性的虐待而将王宏建失手杀死，而后开始了传奇性的逃跑，历尽艰辛在南方某海滨城市落脚，更名改姓为尹霏霏，她以出色的管理能力被唐老板看中，让她担任负债累累的海滩酒店经理，从此开始了四处讨债的生涯。于是在一波三折的讨债过程中，她不停地与唐老板、柳行长、瞎眼厂长及浑身充满诗情且拥有一座汽车城的金邦等男士周旋，她不想再陷入情感的泥沼，只想靠自己的奋斗而成为白领或金领，但她终归摆脱不了红尘之羁，当她的事业即将成功时，高深莫测的唐老板又把警方的镣铐送给了她。我为小说这样定位：扑朔迷离的商界故事，令读者产生阅读快感的都市时尚小说，在灯红酒绿的繁华背后，潜伏着怎样的人生玄机。

小说写作进展顺利，快结束的时候，我接到了前卫时尚的女朋友的电话，问我最近在写什么？我说正写一部女性励志小说。她大笑，告诉我，在这及时行乐已被广泛认同的时代，谁还喜欢看女人苦难的奋斗史呢？又说，金领白领已经不被人羡慕了，她们没有自己的时间，是赚钱的机器。粉领儿才是当下时尚女子特有的称谓，她们提前过起了法国风味的生活，这是一种真实美好令人艳羡的生活，穿华服、吃美食，在与男人不经意的玩耍间赚钱。我忽然想起小说中活跃在尹霏霏身边的几位女性，不都是粉领儿吗？陈鱼儿、甘丽、刘梅芳，她们靠自己的姿色周旋于男人之间，轻取物质，竟被社会上的许多人认同。

世界难道真的被粉领儿们所颠覆？女人奋斗的理想莫非真的在现实的海滩搁浅？

《江苏作家》2008 年 2 期、《金陵晚报》2008 年 6 月 28 日副刊

作家要有自己独立的生活空间

记者:从早期的《梦屋》到《夫人们》《粉领儿》,你的长篇小说描写了一批身份各异、不同年龄层的女性形象。是什么让你对女性题材如此关注?仅仅因为你是"女作家"吗?

答:也许是吧。因为性别的原因,我更喜欢站在女性的角度设定作品中的人物关系,其实世界是由男女组成的,写女性的同时也注定了要写男性。但我笔下的男性大都站在主要角色的后台,也就是女主角的后台,因而我的作品也就大都以女性为主了。我觉得中国的女性很不容易,特别是想干一番事业的女性,要牺牲很多世俗生活的欢乐,她们的成功是自己苦出来的,而不是被男性托举出来的,大凡事业成功的女人都要承担许多非事业之外的东西,相夫教子,忍受世俗的冷落和白眼,没有胆略才识的女人在这个社会是很难成功的,并不是社会物质发达丰富了,女人自由的空间就越大了,绝不是的,社会永远由男性主宰着,你想成功,必须在他那里留下"买路钱"。我创作的大部分小说都来自于现实生活,我有很多聊家常的女朋友,各行各业,官场商场情场,我能从她们的嘴里获得第一手材料,她们几乎跟我无话不谈,但面对她们生活中的磨难,我大多束手无策甚而陪着流泪,最好的办法也就是写成文章。所以我的作品中男性都不崇高,而女性则伟大。当然也并非一概而论,最近中国华侨出版社出版了我的新长篇《匿名信》,就是以两个男性为主角的,他们在大千世界中,表现出有为而不可为的万般无奈。

记者:你曾表示一种观点,女人的理想在男人的海滩搁浅。女性在职场和情场中周旋,但在命运浮沉的背后显现生存危机,她们也难逃情感失败的噩运。对于女人两性关系中的命运,你是否有点悲观，男人是女人不幸的根源吗？

答：很悲观，我是一个情感上很失败的女人，因为我过于理想化，把生活理想化，把爱情理想化，当这一切都被活生生的现实粉碎的时候，我选择了特立独行。因此我并不认为男人是女人唯一幸福的源泉，如果女人经济上很独立，精神上又很强大，是可以生活得很好的，最起码人生所享有的自由空间很大。但这仅仅是我一个人的感受，很多女人还是渴望找到自己理想的另一半，包括一些特别成功的女人。好像女人最终的归宿就是嫁给一个好男人。这世上的确有不少好男人，但我没有碰上，所以也就不再把幸福寄托在男人身上，我始终认为幸福是要靠女人自己创造的。当然，如果女人把寻找理想的男性伴侣作为生活中的唯一幸福，那男人肯定会成为她不幸的根源。

记者：在你的作品中，有没有写过较理想的男性形象？作为一个女作家，你对女性自身有何反思？

答：我理想中的男性应该是顶天立地、善解人意、敢于担当的人，但目前我的作品中还没有出现过这样光辉的男性形象。以后也许会写，但必须在生活中有所发现并被感动。

作为一个女作家，我觉得女人自身是有局限的，这个世界真正聪明的人是男性，世界上很多伟大的发明都来自于男性，很多伟大的作品也出自男性作家之手。女人跟男人相比，偏感性一些，凡事喜欢冲动，喜欢从琐碎细小的角度考虑问题，男人就是她们的情感世界，所以是依附型的。而男性属理性的思维，往往从大的方面把握全局，女人不是他们的唯一，征服了世界，自然也就征服了女人。所以男人是主宰型的。我很喜欢西蒙娜·波伏娃的《第二性》，她的许多观点我都赞同。

记者：《旗袍》通过一名女记者努力探寻发生在一名“慰安妇”身上的历史真相，将历史与现实对照。这部作品出版后引起较多关注，获得不少赞誉。关于“慰安妇”题材的文学作品目前国内还很少。这部小说的创作灵感是否来自你居住的南京城的历史？在把握这类大题材时，你遇到的最大困难是什么，你是怎么跨越的？

答:长篇小说《旗袍》是2005年中国作家协会重点扶持作品,2006年10月由作家出版社出版后,上了新浪网的热门评书评论榜,读者点击47000000多人次,国内多家媒体报道,2007年5月9日由中国作协重扶办出资在北京召开了研讨会,认为这是一部爱国主义题旨的作品,中国作协副主席陈建功还写了《雪静一个人的"抗战"》的评论,为这部长篇小说叫好。书稿写好后,中国华侨出版社、花城出版社和作家出版社都准备出版这部作品,最终我选择了作家出版社,因为我当时还未在作家出版社出过长篇。

写这部长篇很偶然,江苏省作协搞重点扶持项目,黄蓓佳副主席打电话动员我申报,因为当时我已出版六七部长篇小说了,为了能申报成功,有天下午我坐在家中用两三个小时的时间构思完成了三千多字的大纲,当时看到了南京的一则新闻,韩国一位年迈的慰安妇在某地点面对一座老旧的建筑号啕大哭,原来此建筑竟是二战期间的慰安馆,而上面已经写了"拆"字。于是我忽发奇想,历史与现实交织,正义与邪恶较量,追求真理的永不妥协与粉饰太平的文过饰非,全部在这部作品中集中,战场、官场、商场——人性兽性野性——情欲贪欲兽欲,凝聚成一部好看而穿越历史时空的长篇小说。从而提醒人们一个民族要有自己的精神追求,一个不忘国耻的民族才是最有希望的民族。大纲写好后,送到江苏省作协,分管此项目的阎海燕老师建议我往中国作协申报,说那里也有重扶项目,于是经江苏省作协推荐,我的这个大纲又在中国作协重扶项目审批中由专家投票通过了。当我看到这个意外的消息时,长篇小说《旗袍》还没写出一个字呢,于是压力就变成了动力,开始着手写这部对我来说难度很大的长篇小说。这真是一次很大的考验,想象力的考验:性想象、战争想象、对日本人的想象、对韩国人的想象,兽性的想象、贪欲的想象……总之,人性的种种想象都要合乎其生活本身的逻辑。我写作有个习惯,不喜欢看任何资料,基本进入一种全封闭的状态。但写作这部书时,我发现自己的"性想象"太贫乏了,战争时期的"性"与和平时期的"性"一定有着本质上的区别,于是写不下去的时候,只好跑到书店,找了一本美国人写的小册子《慰安妇》,看后被战争中人性的残酷所震惊，多日失眠，很担心自己患上忧郁症。后来索性扔了书，凭自己的想象发挥，便写成了现在的这个样子。由此我知道，作家的想象力就是作家的智力，想象力发达的作家一定会写出宏大的作品，我期待着我想象力的发达。小说《旗袍》是我创作的里程碑，现已改编成电影剧本，但至今没有开机，听说考虑中日关系，颇有阻滞。那么我想问问，日本在二战期间对我们民族进行蹂躏的时候怎么没考虑过日中关系呢？我们的民族在这个问题上是不是太温良恭俭了一点？

记者：从2001年开始创作长篇小说至今，你出版了十部长篇，可以说是多产作家。你如何保持这种创作状态的？目前有什么创作打算？

答：作家一定要保持自己独立的精神空间，有了独立的精神空间你就完全生活在自己的想象中了。我是一个特别喜欢独处的人，应该说是一个享受孤独的人，用自己的眼睛看世界，用自己的思想考虑问题，不媚俗，宁肯放弃许多世俗的利益，也不肯与世俗同流合污。正因为如此，我保持了一个比较好的创作状态。读书、写作、看碟片，是我生活中最主要的内容，逛书店是我的休闲，写作已经成了我生命中最重要的部分，我几乎嫁给了文学，并且始终如一热爱着她，迷恋着她，不管现实生活多么残酷，我都不会背叛对她的追求。可喜的是她也爱上了我，我的书都能顺利出版，尽管还未形成特别大的影响。我常想要是没有了文学，我靠什么活着呢，还会活得有滋有味吗？目前我正在写一部以男性为主角的长篇小说，题目叫《领导班子》，涉及官场、人际，对我又是一次十分艰巨的考验。我1960年出生，今年已50岁了，不知我的想象力是否会延伸到60岁，伟大的作家巴尔扎克一生写了人间悲喜剧六十卷，我能不能拥有写三十卷的幸运？

《文学报》2009年6月25日第五版“人物”

为官的姿态

——写在长篇小说《领导班子》出版之际

我深入生活的地方曾经是一座县城，如今已变成了南京跨江发展的承载区，一条过江隧道拉近了此地与主城的距离，而每逢当地的百姓沾沾自喜于今天的城市化进程时，都会不约而同地提到一个县委书记的名字，当年如果不是这位县委书记带着党政一班人大刀阔斧搞城建，彻底改变一座县城的面貌，此地不可能融入主城区。群众议论的这个县委书记我认识，若干年前他在此地为官时，因撰写反映开放搞活的应景报告文学，我认认真真采访过他，并交出了令他满意的答卷。如今行走在已划为城区的大街上，穿过隧道往返于主城与跨江发展的承载区之间，往事如烟，令我心潮澎湃。当年那个领导集体的一班人早已各奔东西，有的退休，有的升官，唯有美丽的县城以城区的面孔留在了人们的视野之中，令后人津津乐道。我想大凡为官的人都是有政绩故事的，为官者所做的政绩可谓人性的正常光芒，这光芒遇到慧眼的伯乐上司会使有政绩的官员像牛市的股票一样一路走高，而遇到武大郎式的、生怕下属功高盖主的上司，持有政绩的官员很可能又像熊市的股票一样一路走低了，这是人性的暗夜。官场好比一场赌博，当人性的正常光芒遭遇到非正常的暗夜时，为官者的姿态就显现出来了，或失意、委屈、一蹶不振；或不失定律地泰然处之，“任尔东西南北风”，“我自岿然不动”。我忽发奇想，何不写写为官者的姿态，就以这个地方的旧城改造为背景，将自己个人化的官场感悟融于其中，于是一股写作的冲动油然而升，在一个漫长的暗夜，面对乡村漆黑的夜晚，我打开电脑，将“领导班子”四个字打在屏幕上，算是我为这部长篇小说定的调子。

进一步构思的时候，我发现自己又找了个大麻烦，如今再写开放搞活那些事，哪个读者要看？那么如今的读者想看什么呢？读者一定想看官场隐埋着的更深层次的人性，干事的人不一定会当官，当官的人不一定能干事，复杂的官场人际和转型期的社会形态，需要有心理资本的潜伏者，既会当官也会做事，谁的心理资本雄厚，谁就会在官位到来的时候呼之欲出谋官有位。

我大体设计了这样几个人，成为长篇小说《领导班子》的主要人物。

县委书记卢天宝，一个敢想敢干、敢作敢为的政府官员，尽管年近五旬，却以过人的胆识和气魄在秋江县经济十分窘困的情况下，带领党政一班人大刀阔斧搞城建，他的“想干事就有钱，不想干事就没钱”的理念无疑是一剂强心针，成为调解矛盾挑战困难的定音鼓。当文化与经济发生冲突的时候，他力排众议拍板建造了当代草圣木月文纪念馆二期工程、支持开发了含有二十多种对人体有益的矿物质的温泉，把秋江县打造成“城在林中，林在楼中，人在绿中”的旅游圣地。然而他却是一个不懂政治的人，尽管他人生的多半时光都在政治的宦海中浮沉，他竟不知道权在手官在位的时候，第一要义是编织自己的人际体系，建立自己上行下效的关系网。政治是什么？政治就是团结一切可以团结的人，让朋友越来越多，对立面越来越少。但他为了约定俗成的组织原则，对身边尽职尽则忠诚于自己的干部，在提拔使用的关键时刻因异己的反对而放弃最终的关怀，试想笑里藏刀、有你没我的官场，谁不在乎同行的提拔，你的提拔就是他的原地踏步，即便是朋友，在这关键时刻也难有宽容和大度吧。到了后来，跟随卢天宝的人大多都没在他的权力范围内谋到合适的官位，以致他退休后，在六十五岁生日这天，攀爬老鹰山想找一个朋友聊天都无同行者，只有风声，凄婉而孤独的风声在他的耳畔吹拂不已。

县长黄如峰年方三十岁，怀着一颗雄心壮志主动申请到基层锻炼，很想有所作为，可他不知工作的重点在哪里，对县委书记卢天宝带着党政一班人大搞新城建设不以为然，他每天下乡去做社会调查，却对农村发生的颇为棘手的矛盾没有能力去解决，是个虽有工作热情但缺少基层工作经验的年轻干部。在防汛抗洪的关键时刻，因“麻包堤事件”被媒体曝光，使县委书记卢天宝在全市防汛抗洪大会上大煞风光，继而他又在卢天宝去日本考察温泉之际，让县财政局长郭银留用财政周转金搞办公现代化，郭银感觉不妥，便没按他的指示行事，他恼羞成怒紧急召开常委扩大会责令郭银停职检查……他的所作所为是因为与卢天宝的思维方式大相径庭而引发的，一个领导集体，倘若一二把手的思维理念不同，干劲肯定是拧不到一起去的，于是上级组织决定将县长黄如峰调往秋江市的某个区任区长。黄如峰走的时候，心情非常矛盾和困惑，不是他不想干事，而是他想有所为却不能为，他至今都不明白自己究竟错在了哪里，黄昏中，他在秋江县郊外的田野上踩死了一只乌鸦，他听着它的怪叫，就像自己悲凉的心情。

常务副县长李介之是小说中的“杯具”人物，他满腹韬讳却因锋芒太露以及遇人不淑而官场失意，在县委书记卢天宝来秋江县之前，前任县委书记见他颇有工作才干，就推荐他到政府这边当了常务副县长，因为当时的县长快到退休的年龄了，前任县委书记许诺等县长退休时一定力荐他当县长，结果县长退休后，上边又调来了新任县长，李介之因为工作出色而被同行妒忌，被认定是“爱出风头”之人。那位许诺过他的前任县委书记也因调到秋江市工作而对他的安排不了了之，他仍旧蹲在常务副县长的位置上原地踏步，挫折和教训使他变得聪明起来了，他不停地往下边跑，到各个乡镇检查指导工作，在办公室闲坐的时候就研究木月文书帖，开常委会时再也不发言，凡事不出头，他是彻底潜伏起来了。可卢天宝的到来又将他从潜伏的状态激活了，不出头也得出头。因为卢天宝与年轻的县长工作思路的大相径庭，李介之几乎成了卢天宝工作的左膀右臂，卢天宝多次许诺要推荐他当县长，但黄县长调走后，最终因为同行的反对票，他还是没有在秋江县长的位置上落脚，这下他是彻底伤心绝望了，他的夫人提醒他走为上策，他动用了自己所有的关系，调进秋江市某局谋了个相应的职务，也算是对自己政治前程的一种交待了。

方明向是秋江县土生土长的年轻干部，他曾在县委办公室作机要秘书，怀揣着当一名科幻作家的梦想，业余时间写过大量的科幻小说，尽管没投出去一篇，但科幻作家的梦想却让他对任何新鲜事物都抱着极大的兴趣，他是县委办公室第一个研究电脑的人，后来能够到秋江镇当镇党委书记也与他积极向上的工作姿态是分不开的，在秋江镇他又是第一个引进招商项目的人，他卓越的工作才干很快被卢天宝发现，在旧城改造新城建设时，他被卢天宝任命为城建指挥部副总指挥，又因为他妥当地处理了当时的一些矛盾，在县长黄如峰调离秋江县后，他众望所归当了县长。方明向应该是小说中着力表现的一位新型官员，他思维敏捷，头脑清醒，凡事不张扬，只努力去做，并做得更好，他属于那种真正有心理资本的官员，既不激进冒险也不缩手缩脚，巧妙机智地斡旋于各种矛盾之中，大处化小、险处化夷，谋人谋权都在不经意之间，而我们这个复杂多变的时代最缺少的就是这种具有现代感、凡事举重若轻的官员吧。

财政局长郭银身上最可贵之处就是敢于越级向上边反映问题，他被县长黄如峰勒令停止检查后，内心颇感委屈，便一封接一封给秋江市委组织部写信反映自己的问题，他相信组织不会无端地冤枉一个好干部，信写到第七封的时候，卢天宝从日本回来了，郭银的错误处理很快得到了纠正。笔者给郭银的灵魂注入了“凡事较真”的可贵精神，认真就是有序，就是讲原则，就是以正压邪，这是政府官员最起码的良知。如果政府官员凡事马虎得过且过，当一天和尚撞一天钟，那么上行下效，整个社会风气就会是一片苟且偷安。

《领导班子》中还塑造了几个女性形象，有官场夫人，有暗隐的情人，有红颜知己，在这里就不一一细说了，总之感谢生活让我有了一系列文学形象的积累。我的责编贺平有天在电话里跟我说：“你的这部作品要比《旗袍》《夫人们》都成熟，你的笔在一个男性的权力世界游走，却驾驭得如此从容不迫……”我听后十分欣慰，但又一想究竟是我成熟了，还是生活提供给我的素材本身就足够丰富？但愿喜欢《旗袍》和《夫人们》的读者以惯常的热情喜欢着《领导班子》这部书，在这里你们会看到一个别开生面的人性与官性相交织的权力世界。

《江苏法制报》2011 年 8 月 29 日

祥者丹增

中国作家协会杭州创作之家位于灵隐寺的后门，与北高峰遥相对应，站在北高峰顶，领略“杭州一望空”的时候，会清晰地看到掩映在绿色中的古典小别墅，这就是中国作协杭州创作之家，据说这幢别墅是上世纪五十年代中国作协的领导花两千多元从当地一位富商的手里购来的，叫“梦庄”，现在看来，当年的领导是多么富有市场投资眼光。

本人承蒙江苏省作协的特别关照，于 2008 年 10 月 21 日至 30 日有幸在这里小住十天，每天与同行们攀爬北高峰，焚香于灵隐、永福、灵顺等名寺，回来在安静的房间读书写作，享受厨师刀下的美味，听窗外绿树上的鸟叫及草地上的虫鸣，真仿佛到了人间仙境，临别之时依依不舍在留言簿上写下“此地真好”！忽然又觉语句太直白，但纵便翻找万千的语言，也难以描述这里的美妙。

更妙的是 10 月 27 日这天，就在疗养快结束的时候，一天黄昏，我与同行们一道在创作之家的门前散步，无意间抬头，竟看见万里蓝天之上有一条蜈蚣样的红色彩云，立刻指给同行看，正看着，又见彩云的右上方出现了一朵像鸡头一样的云，我自语“鸡要吃蜈蚣了”。这时创作中心的两位主任走了出来，我指给他们看天上的云，他们说：“这是龙凤啊，不知谁把吉祥带到创作之家来了。”到底是他们的眼界宽阔，竟把像蜈蚣样的彩云看成龙，把像鸡样的彩云看成凤，我定睛再看，真的是龙凤云，不由想起民间俗语：“神龙见尾不见首，神凤见首不见尾。”这两条像龙和凤一样的彩云，只显了龙身和凤首，这样的吉祥之云实在罕见。我急忙跑回房间，拿来相机拍照，对准天空咔嚓一声，我的相机竟没电了。

早晨翻看《钱塘晚报》，头版刊登了一大幅照片，一边的标题大意是“请看昨日黄昏杭州天空出现了什么云”？照片上的云彩极其绚丽好看，却没有杭州创作之家门前天空的那两朵龙凤云更具象，那是此地独有的云景啊！

上午，我正在房间写作新长篇，忽听窗外有人说话，好像是几个人，站起身探头一看，一位身材高大、面容慈祥、戴着花格小帽的长者正在窗外的绿草坪上跟几个人说话，我看他的时候，我们的目光正好对视，吓得我急忙缩回了头，没敢打招呼，早听说中国文联副主席和中国作协副主席丹增要来杭州创作之家，莫非眼前这位长者就是？

曾在媒体看过有关云南旅游文化产业的报道，亦早听说过丹增在云南省任副书记期间，如何大手笔大眼界大开示把全国文坛名流纷纷请到云南，每人挥毫泼墨书写云南神奇而秀丽的山河，使丽江、大理、西双版纳这些大美之地成为世界闻名的风景名胜，从而拉动了一个地区的旅游经济，并成为了云南的支柱产业，这是一个“酒香需要人吆喝”的时代，这样的智慧独具大概非丹增莫属吧。

又过了两日，有天傍晚我到大厅翻看报纸，丹增主席恰好在此，跟他随便聊了几句，他身边的一位中年男士听说我是满族作家，写过长篇小说《旗袍》，立刻邀我陪同丹增主席去赴宴，路上得知他是浙江横店影视城老总杨夷平，拥有上亿资产，他却闭口不谈资产，而谈他所喜欢的俄罗斯文学，并从手包里掏出了一本俄罗斯作家索尔仁尼琴的作品，作家的名字让我感到他阅读的深刻和广泛，内心立刻对有钱的读书人生出敬意，在我印象中大凡有钱人都不读书的，钱足可以支撑他的一切。

宴席在西湖边上，具体什么酒家已经记不清，一位女银行家做东，开饭之前，我发现摆在我面前的小碗里爬了一只蜘蛛，不由惊喜地喊：“快看，要有喜事了，喜蛛来了。”我一喊，服务生立刻走了过来，帮我换碗，我叮嘱要放生蜘蛛。正说着，一只蛾子从窗外飞了进来，围着日光灯飞转，服务生欲打，丹增主席急忙阻止，“把它放走就行了，千万别打死它”。

席间，丹增主席谈了许多做人的道理，他说："人就是要正直善良，其实人一辈子不必去做官，能把自己的家管好相当不容易，能当好省长的人未必能把家管好，省长可以坑蒙拐骗，而家不能骗，你也骗不了。如果以官场的标准来衡量家庭，那所有人都不对了，丈夫也不像丈夫，老婆也不像老婆了，做人很要紧……"

听着他智慧的话语，我内心深受启发，丹增长者现为中国文联副主席和中国作协副主席，同时又是国家发展与改革委员会国际合作中心研究员，北京大学文化创意产业发展研究中心顾问，美国路易斯安那州佩敦罗治市荣誉市长，印度亚洲电影俱乐部终身会员，在此之前他还担任过云南省委副书记，可谓高官与学者集于一身，但他却有着普通人的情怀，大凡智慧就是因这样的情怀而生吧。忽然想起那天杭州创作之家天空出现的"龙凤云"，是丹增主席把吉祥如意带来了吧，他真是我们的"活佛"呢。

《散文百家》2009 年 3 期

慧眼"观自在"

最初认识范小青的时候，大约是上世纪八十年代，中央电视台颇具观众缘的节目《正大综艺》，某期嘉宾中有个身材修长、梳披肩长发、穿红褐色套裙的年轻女子，无论现场答题还是做游戏，她都准确无误，记忆中就是苏州的范小青。此时她以长篇小说《裤裆巷风流》而轰动文坛，是全国当红的年轻女作家。那时我刚毕业，分配在河北承德平泉县文化馆创作组，对电视里年轻漂亮的才女充满了钦佩，羡慕她生活在人间天堂苏州。但从未想过若干年后，我居然在南京生活，而范小青是当下江苏文坛的领导。

再次认识范小青的时候，是上世纪九十年代初期，我在安徽蚌埠《太阳》杂志社当编辑，编辑部主任吴立智与江苏省作协一大批美女作家多有编读往来，并将这些美女作家的联系方式告诉了我，让我主动写信打电话约稿，那时还没有网络的流行。我就分别写信给江苏的美女作家们，自然得到了她们的慷慨支持。记得范小青曾给我一篇千字短文，是写清洁工的，文章虽不长，写得却认真。编稿的时候忍不住与吴立智赞叹江苏美女作家们细腻温婉的写作风格。

真正认识范小青的时候，是在上世纪九十年代中期，我已调入南京青春杂志社工作，分管小说栏目，杂志社要求组一些名家稿件，我立刻找出范小青的电话和地址，邀她为我刊写一篇短篇小说。不久，就收到了她的短篇小说《规迹》，这显然是一篇高出一般作者水平的作品，主题很有深度。稿子到了终审，题目却改成了《轨迹》，意思完全变了，且删节多处。范小青当时已是全国知名度很高的作家，我担心她会像许多作家一样介意自己的稿子被乱删而撤回去不发，作家出手的作品往往都是经过深思熟虑的。我在电话里把此事一说，她只淡淡地强调小说的题目是《规迹》，但小说最终仍以《轨迹》为题且删节多处发了。此事我心里是不愉快的，因为没有按着作家的主题深度发稿，恰恰把作家的思想脉络弄拧了。可我身为一个小编辑又很无奈，只能望稿兴叹。可贵的是范小青居然对此事未再谈论，不久又向我推荐了一个大学生写的稿子，也是压了很长时间，且终审又删得乱七八糟，但总算是发出来了。

数年后，我策划担纲了一个栏目《当代女作家谈艺录》，访谈前我必须阅读采访对象的作品，然后再拟出题目，传至其邮箱，被访者范小青回答得极其认真，使我从中学习了不少东西。

长篇小说《女同志》是范小青创作的转折点和里程碑，媒体好评如潮，她曾从苏州邮寄我两本书，一部是《百日阳光》，一部是《女同志》，两部书我都读了，她驾驭生活的能力令我佩服。我尤其喜欢《女同志》，因我在机关宣传部工作过多年，她对机关女同志心理的准确把握令人叫绝，文中说某个女同志没什么城府，喜怒哀乐都表现在脸上，我觉得好像说的就是“我”。恰逢小妹来南京，进门没说几句话，就躺床上翻看《女同志》，小妹是高中政治老师，后来又把书带走了。随着网络的快速发展，读者上网阅读渐成时尚，有天上网搜索《女同志》，竟有六千多万人次的点击率。

跟范小青只是编稿之缘，她是名人，给我刊稿子算是惠赐编辑很大的面子，印象中也未见过她几次，偶尔参加省作协会议见到她，也只是点头笑笑而已。记得《雨花》杂志在某地开会，我有幸被邀，当晚去卡拉 OK，我拿着话筒旁若无人地唱了半天，范小青居然坐在一旁静听，她当时已是省作协副主席，什么样的歌没听过，什么样的场面没见过呢？还有一次是我刊在太仓沙溪开笔会，邀请嘉宾的名单中有范小青，由沙溪作家姚国红通知，因太仓属苏州管辖。准备出发的前一天，范小青主动打电话问我什么时候抵沙溪，她从苏州直接出发。放下电话，我心里很感动，想不到她竟如此“礼贤下士”，纵使她摆个架子不去，也会有万千个理由。

让我对范小青心生敬佩，是她当了江苏省作协党组书记和主席以后，我以为如此繁重的行政工作，应付各类会议，她或许会休息调整一段时间，不再写作，她已获得全国“五个一”工程奖、鲁迅文学奖等多种奖项，写了一千多万字，年龄也是奔五奔六了，但她仍醉心于文学，拎得清什么是她生命中最重要的，一边“抓革命”一边“促生产”，连续发表几个中短篇《嫁入豪门》《接头地点》《我们都在服务区》《生于清晨或黄昏》等，读后我发现她的文风有了相当大的改变，一种超越自身的力量使她在诙谐幽默的文字叙述中，以传统相声抖包袱式的曲折故事，成就着小说的完美构思，让人感到现实生活的错综复杂和当今社会人处其中的莫可奈何，有一种厚重苍茫的立体感。

近年她刊发在《人民文学》上的长篇小说《香火》，读后吓了我一跳，感觉这是我至今读到的有关佛禅的小说里最有深度又最好看的作品，也是我读过的范小青小说中的峰巅之作（当下），我已完全不认识她了，她把故事放在荒诞的文革背景中，通过敲菩萨、拆寺庙、掘祖坟等一系列我们民族独有的离奇举动，以独特的视觉，绝妙的细节，塑造了一系列活灵活现的乡村人物，是一幅浓墨重彩的世俗生活画卷，其小说结构中既有寻找亲生孩子的悬疑，又有当下网络文学中阴阳两界的穿越，还有话本小说中古典式粗线条描绘的“话说”“且说”……而所有文学元素的总动员使得《香火》超出了一般的文学作品，或许可以说是一部可传世的经典读本。

一部小说的成功是人物塑造的成功，而人物的成功塑造靠的是独特的细节，《香火》中有许多让人看后感觉扎骨头的细节，诸如“吞吃墓里的青娃”“画家贿人的画作竟是虎屁股”“香火追逐蝴蝶穿越了阴界见到了女鬼知青”等等，足见作家扎实的写作功底。纵观中国经典名著，哪一部不是靠人物抵达读者内心，而人物塑造成功的第一要素就是独特的细节。

涉及宗教的题材作家大多会避开，因为有所忌讳。而范小青却迎难而上，围绕寺庙塑造了一系列的众生相，让人看到原本清静修心的佛门在文革的背景中竟成了可随意诋毁的世俗之门，众生的烧香祈福也不过是为了满足个体的各种贪欲，于是圣洁的寺庙便在世俗的各类运动中被“随波逐流”，最终“香火”的寺庙理所当然开发成了商业性地块……人心本应是有所禁忌和敬畏的，当人心无往而不胜的时候，世界自然会乱象不断。在此，作家对民族劣根性的讥讽不亚于鲁迅先生对国民性的深刻批判，只不过彼此运用语言的方式不同而已。

优秀的文学作品应该具有批判性，《香火》显然给了读者“优秀作品”的感觉，同时它让我意识到一个作家最难的不是超越别人，而是超越自己，对自己的超越才是别人所望尘莫及的真正超越。如果说范小青从前的小说别人尽可以模仿，那么《香火》应该是她独树一帜的作品，这是“姑苏城外寒山寺”的“唯我独尊”，没有佛禅之大境，是很难在此题材领域下笔有神的。应该说这是一部能代表苏州地域文化的当代经典文学读本。在此，范小青显然突破了固有思维的限制，将自己的心，化作星光、冰雪、雨滴、长风、远云，与万物驰逐，直至融入浩瀚的宇宙，当时间、空间、喜怒、哀乐不再成为她的羁绊时，她的精神真正进入了清静自由的佛境，以慧眼“观自在”，结晶出不灭的《香火》。

2017 年 6 月修改

佳人月中来

在中国文坛，可称为美人的女作家不少，江苏的黄蓓佳算是很出众的一个。她不仅是美人，更是佳人，这一说法来自中国书协原办公室主任、著名书法家吴震启先生。

大约是2005年的秋天，我经省作协推荐参加鲁院第四届全国少数民族中青年作家高研班，吴震启先生是我承德的老乡，有天被请吃饭，席间谈到他喜欢的一部小说《请和我同行》，还有里面引用的一首诗：“我希望她和我一样，胸中有血，心头有伤，不要什么花好月圆，不要什么笛短箫长。要穷，穷得像茶，苦中一缕清香。要傲，傲得像兰，高挂一脸秋霜……”小说作者是黄蓓佳，他说他很崇拜这个作家，想见见，问我跟她有没有联系。我当时有黄蓓佳的电话，但与之无深交，至多是编读往来，不知能不能请动她。见吴先生心切，我只好当着他的面拨通黄蓓佳电话，黄蓓佳说她近日正准备来京，与舒婷一道出访。于是，吴先生立刻说请吃饭，并择定了日子和吃饭地点。

吴先生安排的饭店是北京某大饭店，席间还有广西人表演节目。饭前吴先生先请黄蓓佳到他的工作室北京古玩城九华茶社喝茶，茶社里挂了多幅名人字画，我只记住了电影明星张金铃画的荷花。吴先生当即为黄蓓佳挥毫了一幅书法：佳人月中来。吴先生的书法是童子功，本人又会写古体诗，在书坛颇有影响，书法应属上品，别人求之不得。黄蓓佳却未喜出望外，脸上一副淡定的表情，而且墨宝也未随手带回，而是待到年底，吴先生将写给她的墨宝装裱成轴，由我从北京带回送到她家中，她仍是一副淡定的表情。后来我在阅读她的长篇小说《新乱世佳人》时，方知她祖上在江苏如皋拥有半条街的财富，文革中焚烧了大捆大捆的字画，那一定都是精品啊。她对字画的不以为然莫非都来自曾经的伤心?

黄蓓佳与生俱来一种贵族气质，而且浑身充满了激情。我刚来南京时，读过她的小说《这一瞬间如此辉煌》，不仅被她文字的质感打动，更被小说的氛围打动，那种令人向往的高贵的生活，是任何心灵都难以拒绝并想入非非的。她的作品可以把人带入一种妙境，让读者在这妙境里徘徊而不舍。我有幸得到她馈赠的多部大作，《新乱世佳人》是吸引我入境之作，白天上班，晚上回来坐在沙发上爱不释手地捧读，那个叫董心碧的女人令我至今难忘。前几年又读到她的小说《没有名字的身体》和《所有的》，恰是我对生活心灰意懒、吃斋念佛修心之日，此小说让我重燃对生活的欲望，忍不住给她打了个电话，她在电话那边说:“那就赶快行动吧。”

我的行动除了育儿成长就是写作了，黄蓓佳在担任省作协副主席期间，对我的创作给予了许多关心，她不光关心我，也同样关心别的女作者，被女作者私下称为黄姐姐。她曾主持给南京四位女作者开过作品讨论会，分别是鲁敏、姚鄂梅、修白和我，此会的召开证明她当年的慧眼识珠，成长最快的女作家鲁敏已功成名就，姚鄂梅当了上海作协的专业作家，修白也将自己的作品折腾得风生水起，而我的长篇小说《旗袍》写作的最初动意，就来自黄蓓佳的电话动员，有天她打电话说省里在申报重大项目，你已写了那么多长篇小说，不妨申报一下。接到她的电话，我立刻行动，一个下午坐在电脑前打了三千字左右的大纲递交省作协，又被省作协报至中国作协，想不到居然获批为中国作协重点扶持作品，小说经作家出版社出版后，中国作协重扶办出资在北京召开了作品研讨会，且在读者中有不俗的反响，新浪读书频道读者点击率达四千七百多万人次，全国多家晚报连载，且售出电影和话剧版权。

黄蓓佳还是一位多栖作家，她的儿童文学极具影响力，可称得上是大腕，《做个好孩子》《余宝的世界》《童眸》等作品深受小朋友欢迎，再版了又再版，获国内多种大奖，特别是新出版的《童眸》，各种奖项拿得她胳膊腕都酸了吧。她的小说大多改编成了电影和电视剧,《派克式左轮》《新乱世佳人》《余宝的世界》等早已家喻户晓。

这个既是美人又是佳人的大腕女作家,同时也是慈善之人。有年四川汶川发生地震,听说她一下子就捐了5万元,那可是爬格子的辛苦钱啊。至于她捐书助学之事,可能经常有。她的喜施舍,不仅表现在深明大义上,还表现在点滴小事上。前几年,我偶尔去她家小坐,顺手带点江浦的土特产,都是不值钱的东西,临走时她一定会将高档美容品以及澳洲饼干等美食相赠,回来一盘算,我还赚大发了呢。自此心有不安,再不敢去了。

黄蓓佳因创作成就担任省作协专职副主席多年,每逢开会都可见她在台上的美丽倩影。有年开会,在主席台上不见她美丽的倩影了,电话一问,她说已经退休了,且全身而退。但她退休后,文学创作的光芒越发耀眼,让我继续当她的"铁粉"。

2017年5月16日草就,6月7日改毕

童心未泯

我接到《不和妈妈说再见》这本书的时候，在微信上得知作者赵锐已远赴法国学习，她是南京市“五个一”人才，我便开始断断续续地读她写的这本书，此书成了我的枕边书，每天睡觉前读一章，今天总算读完了，心里好像有话要说，就唠叨几句吧。

这是一本关于孩子成长的书，同时也是一本教家长怎么抚慰孩子心灵的书，湉湉的妈妈因患抑郁症自杀离世，这对一个家庭来说是一场突如其来的灾难，是让孩子知情还是隐瞒真相？最终家长选择了隐瞒真相，让孩子在成长的过程中心灵不受影响，于是家长和老师想尽一切办法让湉湉愉快，她在善意的谎言中与妈妈的照片说话，给出远门的妈妈写信……当她从小伙伴嘴里得知妈妈已不在人世的消息时，湉湉的心灵似已能坚强地面对曾经发生的不幸，她拍拍爸爸的脑门说：“行啦，小可爱，别装了！”

赵锐是有才情的作家，看了她写的儿童文学，感觉她内心深处有不泯的童趣，那些养猫的细节，那些对四季的准确描写（以儿童的视角），还有孩子们之间的生动对话……如果作者没有一颗童心，是难以捕捉这些情景的。我与赵锐相识多年，她是七〇后，总觉得她的年龄往回长，每次开会见面，都感觉她比上一次见到还年轻，精神状态也好，人也越来越漂亮……现在想想，是她的进取心使然。她是写成人文学起步的，出版过《林昭传》《魏特琳》等长篇传记文学作品，在这些书中我们看到赵锐一颗追求真理的善良正义之心，她为社会失去人性时的焦虑、她为人类泯灭人性时的担忧……她是一个有所担当且有社会责任感的作家。她的新书《不和妈妈说再见》，我又当作成人文学来读，书中提醒中国家长，当人生面临无常时，家长们要思考怎样让孩子走出阴影，而不是让孩子与家长一道共赴苦难。

童年是人的一生中最重要的成长环节，也是孩子的性格形成的重要阶段，但中国绝少有家长意识到这一点，孩子不过是家长养儿防老、传宗接代的工具，至于孩子们将来幸福不幸福，家长们是少有问津的，于是就出现了留守儿童、虐童等令人惊心的社会现象，而在看似完整的家庭中，孩子很占分量的也是少数，父母往往各忙各的，与孩子在一起甚至是陪孩子的时间少而又少，孩子大多是在自己的小天地悄悄成长着，他们从小就缺少疼爱、缺少心理辅导，缺少情感教育……以致于长大后社会上就多了暴力和冲突，人群中也就弥漫着让社会不安宁的戾气，人和人之间冷漠不相往来。家长们在缺失对孩子的爱中去赚取钱财，而且心安理得，奶奶爷爷、外婆外公成了孩子成长中最重要的亲人，他们对孩子的爱是封闭的、保守的、落后的。这种情况近几年也许有所改观，但仅限于一部分家长。中国的父母被狠狠教育了一下，大约是习大大彭麻麻访美，奥巴马夫人米歇尔因为陪孩子而婉拒见他们，此事上了新闻联播，让中国的爸爸妈妈们忽然意识到陪孩子比见国家主席及夫人还重要。

美国曾有一部书《穷爸爸富爸爸》，书中有这样一句话："所谓成功就是有时间照顾自己的小孩。"在你不能确定可以给孩子足够的时间陪伴时，就不要草率地生下孩子。这也就是说生育是一种责任，负责任就要承担着教育和抚育，让孩子在童年就快乐成长，而不是与家长们共患难。赵锐的长篇小说《不和妈妈说再见》就给家长们提供了可参照的理念。

《文艺报》2016 年 2 月 22 日

俗眼看欧洲

怀抱鲜花的巴黎

巴黎让我眼花缭乱，不仅因为它古老的建筑，从路易十四至路易十六时期的建筑都一圈一圈地完整保存着，也不仅是凡尔赛宫和卢浮宫的豪华壮美，更不只是埃菲尔铁塔和凯旋门的凝固艺术，而是市民们那种悠闲自在的生活方式，特别是居民楼的阳台上，每家每户悬吊的各色草本鲜花，让人感觉巴黎正怀抱鲜花迎接四面八方的宾客，而这种情调的营造自然使人流连忘返，并永远记住巴黎。

记不得哪位作家说过这样一句话："法国就像一只浑身披满了华丽羽毛的大公鸡，站在一个高坡上，嗷嗷高叫着，可并没有人理睬它。"

这位作家一定是特别了解法兰西这个民族，才有感而发，说出如此形象的比喻。据说法国人只说法语，从不说其他语言，他们认为法语是世界上最美丽动听的语言，如果你用英语跟法国人交谈，他们最初还礼貌地回应几句，但紧跟着就会问你会法语吗？如果你仍用英语和其他语言与之交谈，他会很快用法语回答你，不管你听懂还是听不懂。法兰西民族因此被世界公认为是最高傲的民族。

法国人的高傲不仅表现在他们对自己语言的钟情上，更表现在他们生活的情调上，法国人是很会生活的民族，工作就是为了休闲和度假，每年七八月份，是法国人度假的黄金时期，如果这个时候谁不出去度假，法国人会莫名其妙地问："这是为什么呀，为什么不去度假呢？"于是，不出去度假的人就会感到自己很没面子。在法国每年七八月的黄金度假期，有钱的人会选择去亚洲或拉丁美洲等较远的地方度假，中等生活水平的人会在欧洲境内度假，而经济不景气的人也会在法国境内的城市度假，于是房车便成了法国人生活的必需，当你坐在公交大巴上穿越公路时，会不时看到一辆又一辆的房车，在你的眼前一闪而过，有的房车后面还带着自行车，那是一家人在某个国家某座城市住下来时，以自行车代步慢慢欣赏风景的交通工具。在房车里还有狗舍，一个方方正正的铁笼子，狗在自己的狗舍里安然休息，它似已成为这个家庭中的一员，主人必须像对待自己的家庭成员一样让狗舒适。

法国是不追求速度的民族，一座楼盘要五年的时间才能盖好，也许是慢工出细活吧，你很少听说巴黎的某座楼房倒塌了，更不要说砸死人了，因此它的建筑千百年屹立于此，从路易十四一直到路易十六时期，所有的建筑都完好地保存着，二战期间为了保护巴黎这座美丽的城市，当时的政府不得不向希特勒屈辱地投降。

2009 年在埃菲尔铁塔上拍摄的巴黎

最耐人寻味的是巴黎的夜晚，据说全世界最美的夜景在巴黎，可世界著名的建筑埃菲尔铁塔夜晚的灯光只闪烁五分钟，于是为了看这五分钟的闪烁，巴黎的青年男女带着饮料和零食三五成群地坐在铁塔前的广场上，嬉闹着交谈着，享受着天然酒吧的无拘无束，我曾亲眼看到一位青年男性偷偷地用手搔一个青年女性光裸的脚底板，青年女性脸上的愠怒是轻松的嗔而无怪的。我想巴黎的青年男女一定是不寂寞的，有每天晚上天然酒吧的交流，他们的不悦情绪随之荡尽。

这要感谢埃菲尔铁塔所提供的方便，而这样美丽又别具一格的建筑当年在法国并不是人人都称赞的，法国著名的现实主义作家莫泊桑就坚决反对过这座建筑，认为埃菲尔铁塔与巴黎整体的建筑风格不相配，他曾多次提出抗议，并在报纸上发表文章，反对建造埃菲尔铁塔，但文人的抗议是无力的，铁塔还是如期建造起来了，并成为世界建筑奇观。据说，莫泊桑后来经常到埃菲尔铁塔二层的酒吧里闲坐，熟悉他的人不解地问："这是为什么？"莫泊桑回答："我只有坐在这里才会看不见它。"

2009 年摄入我镜头的塞纳河

巴黎的美丽和丰富难以一一细数，离开那里已经两个多月了，我眼前仍不时出现街头居民楼阳台上的鲜花，常想要是我们的市民也在阳台上栽种鲜花多好，可惜我们阳台上的风景经常被棉絮和内衣之类的东西所占据，难道我们真是一个不会浪漫只讲生存实际的民族？

《新华日报》2017 年 5 月 3 日"新潮"副刊

优美瑞士

未进瑞士之前，就听说瑞士的风光十分优美，优美到何种程度，实在是猜不出来，巴黎的美足以让我惊赞了，莫非瑞士比巴黎还要美？

进了瑞士境内，路经一个叫琉森的小城市，宁静安详整洁的气氛一下子镇住了我的情绪，城中一条河，河上建了一座木结构的桥，两侧盛开着鲜花，叫花桥，城市因这花桥而显出生活的情调，想想我们国内许多有河流穿越的小城市，别说是在河上建一座花桥，能把污浊的河水治理干净就算是相当不错了。我在花桥上慢慢走着，从不同的角度拍着照片，不遗余力地把美收尽镜头。忽然悟出：瑞士的美是安详宁静的。这种安详宁静靠国家的富裕得来。瑞士一向是个中立国家，只闷头发展自己的经济，瑞士的经济靠银行业和旅游业支撑，还有瑞士手表。国家的富裕使人的生活追求完美，瑞士的早餐比其他国家要丰富得多，白水煮熟的鸡蛋是彩色的，黄绿红三色涂在蛋壳上，让我怀疑这是天然生成，试想想有谁会把从鸡屁股里下出的蛋再染一遍？这一方面是费功夫花时间，另一方面也不环保，色素对人体总是有害的。我托着彩壳鸡蛋好奇地问：“这彩壳蛋一定是天然的吧？不可能染出来，在特别讲究环保的瑞士，怎么可能用色素染鸡蛋呢？是不是有一种彩毛鸡下出了彩壳蛋？”

我的话引起了周围人的共鸣，他们也认为是天然所致。导游听见了，笑说：“谁的想象力这么丰富啊，这是染出来的，瑞士这个国家追求完美，在鸡场里就把鸡蛋染了。”有位同行的学生游客立刻说：“以此推断，白鸡下白蛋，黑鸡下黑蛋，完鸡下完蛋。”逗得人直笑。

去瑞士的主要目的是登铁力士雪山，说是攀登，其实是坐缆车上去，对铁力士雪山我没有太多的恭维，我曾看过我们国家的玉龙雪山和梅里雪山，记忆中总是这两座雪山的芳容，以后再有好的雪山也嵌不进眼睛里去了。倒是去铁力士雪山一路上的风光让

我惊赞，这风光不是自然山川，而是民居别墅，一家一家的别墅，里里外外开满了鲜花，别墅大多是木质结构，让我想到童话故事里那些住着灰姑娘和英俊王子的小木屋，羡慕着这份宁静安详整洁的生存空间。导游介绍说："瑞士人很有钱，这些小别墅都是私人旅馆，冬天时全世界许多有钱人都集聚到铁力士雪山滑雪，这些小别墅届时都会住满，从现在开始就要预订房间了。"

我算算时间，现在只是七月中旬，要提前半年的时间订房间，可见滑雪是多么热门。

在铁力士山顶，有一家卖手表的商铺，营业员大多是中国人，如今欧洲发达国家的许多商店都配有中国的营业员，因为中国出境的游客越来越多，而且购买力极强。

我所站定的柜台前是一位中国年轻的女营业员，她见到故乡的人感到特别亲切，闲聊中得知她来自上海，在瑞士留学四年嫁给了瑞士人，生了两个孩子，已经四十岁了，但我没识出她的年龄，依我的推断，她只有三十出头，也许正是瑞士的安详宁静让她变得年轻。可她给我的信息是当下非常想回国生活，特别是想回上海，她说上海一点也不比这里差，她的先生正学中文，她一定要回到上海去，在瑞士太寂寞太想家了。说着眼泪竟在眼眶里转起来。后来我得知她每天要开车四十五分钟从家里赶到铁力士雪山下，再坐缆车到山顶去站柜台卖手表，想想留学四年只为了站在铁力士雪山顶上的商店里卖手表，似乎真没什么意义。华人是很能吃苦的，华人的吃苦让很多外国人惊赞。

从铁力士雪山下来，就奔往意大利了，沿途是阿尔卑斯山脉风景，瑞士的优美渐渐远去，脑海中总是出现那位上海年轻女子的身影，不由想起一句俗语：金窝银窝不如自己的草窝。

浪漫意大利

意大利人是浪漫的，他们无疑具有欧洲人的所有特性，爱休闲讲情调在威尼斯水城随处可见。抵达威尼斯的当天，正赶上欧洲传统的烟花节，路上的车况显然拥挤起来，到了水城，已看到海上各种各样的花船，导游说他们从欧洲各地涌向这里，就为了观看晚上 12 点的烟花，因为欧洲很少见烟花，欣赏烟花只能在意大利烟花节这天，一向喜欢玩的欧洲人自然不会放弃这样的机会。

这天，威尼斯的游船都被租光了，富有的欧洲人为了避免无船的尴尬，便带来了私家游艇，气派而堂皇地穿行于威尼斯海上，这时你会偶尔看到在我们国家不常见的风景，一个驾驶私人游艇的女孩全身光裸着在海上遨游，不在乎任何人的目光，使你不得不钦佩她的胆大妄为和无所顾忌。广场上，由小提琴、手风琴组成的各色乐队自由自在地吹拉弹唱，一家酒吧门前摆放的钢琴，任何会弹的人都可以挥动手指弹上一曲。当我坐在贡多拉小船上，看着古老的威尼斯水城被艺术氛围所包围的时候，不由高歌起《我的太阳》，这首被意大利歌唱家帕瓦罗蒂唱红的歌曲，经我的嗓子放出，我以为会引起意大利人的共鸣，环顾四周却发现并没有人在意我的歌声，也许是懂中文的人太少，也许是我的歌声不高亢，也许是周围的喜庆气氛淹没了我的歌声，这个架在木桩上的城市，让我感受着生活的浪漫和情调。这时我又发现，意大利的男人长相特别俊美，高挺的鼻子和艺术气质，让女人们忍不住多看他们几眼。后来得知，给我们开车的司机就是意大利人，名叫奥古斯都，他就是个美男。导游介绍说，奥古斯都有两个小孩，从前跟妻子开一个小型的酒吧，生意特别兴隆，几年就赚够了买别墅的钱，而后就把酒吧关掉不干了，欧洲人就是这样，只要赚够了钱就不再拼命。

回国后翻看《世界史》，得知意大利人原是希腊人用木马计攻陷了特洛伊城时那些侥幸逃脱出来的人，他们坐船漂流到意大利半岛上，这些崇尚武力、凶恶好斗的男人来到罗马后，本想在这里好好生活，可他们的恶名声使得周围的部落都不愿把姑娘们嫁到这儿来。于是为首的就想了一条计谋，向周围的部落发出邀请，说罗马城要

2009 年在游历欧洲时
所见到的装有风扇的运猪车

举行一场盛大的节庆，请大家来参加。就在人们又吃又喝的时候，罗马的男人突然大批冲进玩乐的人群中，每人抓住他们早已看中的萨宾姑娘，抢了就跑。萨宾人怒不可遏，一年后尚武的萨宾人终于向罗马发动了进攻。就在双方军队马上就要刀枪相见的时候，从山冈上冲下一群萨宾妇女，她们泪流满面，怀抱着刚吃奶的孩子，苦苦哀求双方不要相互残杀，不管哪一方得胜，她们都是受害者，或失去父亲兄弟，或失去丈夫。在女人的哭声中，双方军队终于扔下手中的刀箭。原来意大利男性的美丽得益于白皙美貌的萨宾姑娘，可见异族通婚对后代还是益处多多的，就如杂交稻，产量疯长。

难忘的记忆
——中国浦东干部学院培训学习心得

我五十岁的时候，因为写作的缘由，经市文联的推荐，成为南京市“五个一”人才，这是我一生的幸事，任何关怀都抵不过组织的关怀。随之而来的就是在中国浦东干部学院的学习培训，尽管只有短短的二十天时间，但所学所听所看所感，可说是人生难忘的知识积累和记忆，对于我这样一个酷爱读书、视知识为生命的人来说，学习新东西是一生最为重要的事情，假如还能有新的学习机会，那一定又是让我思维飞跃的时刻。

我听课喜欢自己记笔记，此次学习用尽了三支自来水笔，又跟同窗舍的陈华借了一支，记在本子上的东西就像刻在心灵中一样，闲暇时我会翻看笔记，哪些重要的地方需要在思维的深处消化，哪些别开生面的讲述是我从前所没有触及过的，还有哪些活生生的事例可以作为我正在写着的长篇小说里的素材和细节，我白天听课，晚上将听课的内容细看一遍，有些东西就在我修改小说的过程中成为作品的营养，这营养使我作品中的人物渐渐丰满起来，从而让我深切地感受到自己的思维往往是单线的，如果放在宏大的社会背景中去感受新的知识，其作品一定会增添深度的光芒。

我们的第一课是《领导干部心理素质的重要性》，我首次听这样的课，感到特别新鲜，全神贯注于老师的每一句话，从而知道领导干部要有坚定执着、乐观自信、沉稳平和、奋发有为等良好的精神状态，一个领导者所处的职位越高，承担的责任越大，心理素质是干部的本钱。同时还通过问卷的形式，对每个学员都进行了心理测评。当晚，又在老师的引领下，进行了心理测试游戏，全班分成三个队，每个队自取其名，我是“神经队”成员，我们这个团队在频频落后的情况下，经过大家的努力，终于获得了“亚军”，而在角逐的艰难过程中，我们队的优秀男生呼明虎、叶风、姜雷、晓乐等总是有好点子抛出来，让我感到团队合作的重要性。

我们的第二课是叶皓部长讲授《重读南京》，我了解到中国没有哪一座城市可以与南京比文化，南京是一个与中华文明的命运紧紧连在一起的城市，中华文明由长江和黄河两大板块组成，长江起到救亡图存、薪火相传的作用，南京素以“六朝古都”“十朝都会”名世，从宏观的角度重读南京，放到国家民族的历史长河里去探寻南京，我们就会发现，它承载着的更多是救亡图存、繁荣文化、走向复兴的责任和使命。听完叶部长的课，我立刻有一种写“甘家大院”的冲动，返宁一周后，我的同班同学、南京民俗博物馆馆长郑孝清利用双休日陪我在甘家大院认真游走了一遍，并对我的写作想法大力支持。

很多课程的设计都是相当不错的，因为字数的限制，我难以一一例举，比如《马克思主义哲学的当代意义》，通过这一课程的讲授，使我认识到一种思想有没有意义不是从时间上来看的，对人类一千年影响最大的思想家就是马克思，马克思主义哲学是对现代性的有原则高度的批判，现代社会发展产生的矛盾只有通过充分的发展才能出现解决矛盾的可能性，中国是当今世界最有活力的民族，一个文明最重要的就是充满活力。还有朱鸿召教授讲的《后 GDP 时代的文化建设》，我从中知道了狗的眼睛是二维成像的，鸟的眼睛是四维成像的，而人的眼睛是三维成像的，这说明还有一个丰富的世界人是看不见的，人的认知世界是一种中间状态，只相信眼睛看得见摸得着的东西，处理人与人、人与自然的关系时，一定是洪水猛兽，构成人生命的肉身四周还有生命的场……文化可进行科学的分析，但文化所面对的世界是生命的世界，而生命是无限的，科学、文字、语言都是有限的。文化的参与程度决定了事物的本质和质量，文化是人性的有效的传递，如果文化观念不改变，还把文化认为是文化宣传战线的人必干的活，我们的文化是不能改变的，必须所有的人都要参与，支持城市兴衰的根底是文化，要用本土资源构建独特的与其他城市不同的文化。

“娘子军”中的党代表叶军处长

有关文化产业的课程给我留下了特别深的印象，尤其是对上海文化创意产业园的参观，上海人观念的转变和行动之快，是国内其他城市所不及的。“文化改革是继中国的经济、科技、教育、卫生之后的改革，原有文化体制与不断发展的市场经济不相适应，习惯于用计划经济的体制来管文化和办文化，把经营性混同于公益性，本应是市场主导的却长期依赖政府，大量民营文化企业的出现使国有文化体制单位长期边缘化。党近八十年来，无论在任何艰难困苦的情况下，从来都高举旗帜，但旗帜很高，跟的人不多，老百姓在市场里，文化在计划里，那种党组织发通知，群众来看的现象已经不可能存在了，体制问题使竞争活力太差，党中央讲的最重要的是中国文化安全，即与经济发展相适应。中国共产党人做的文化，要从正确性来讲毋庸置疑，但吸引力不行，如果不能吸引群众，这种正确就是放空，降低社会主义先进文化的声望，文艺工作者花人民的钱做事情却做不好，太对不起人民群众了。”上海市委宣传部改革办主任王锦萍的讲课，让我深深感到文化改革势在必行，不可阻挡，要使文化得到有序的扩展,没有产业的支撑是不可能的。上海的经验值得借鉴,但其中也要考虑南京文化的特殊性,南京有自己的本土文化,而上海是外来文化的有机土壤。凡事不可盲目一刀切,政府公益性的扶持还是非常必要的,像市越剧团、杂技团、民乐团、话剧团以及青春文学杂志社,这些公益性的文化单位眼下没有政府的扶持,显然是不行的,公益性的文化单位要在政府的引导下,向市场经营靠近,完全依赖市场当下似乎没有那么成熟的条件,一个单位的消失很容易,而一个单位的恢复就不太容易了。中华民族不是宗教民族,而是一个诗教民族,我们在文艺作品里感受真善美,中国共产党靠着自己独特的文艺取得抗日战争和解放战争的胜利,在经济建设发展的今天,也应该拥有自己独特的文艺被全民族唱响,执政党有义务培养中华民族的文学艺术情趣,提高中华民族的审美艺术水平。

在浦东学习期间,恰逢世博会,市委宣传部干部处叶军副处长利用双休日带领同学去看世博,在排了四个多小时的沙特阿拉伯馆外,我们经历着天空的阴晴不定,一会儿风一会雨,幸而叶处长带了一把大伞,及时为同行的学员遮蔽风雨,让我们无时无刻不在感受着"党的温暖"。从世博园归来,已是夜里十点,腿像灌了铅一样难以行进,叶处长又及时地从校园唤来电瓶车接我们这些"残兵败将"回宿舍,从一个小小的细节里让我们感到服务意识已经深入到南京市普通干部的内心,当好人民的公仆正在被身体力行地实践着。

结业的当晚,南京市委宣传部张俊副部长及省委组织部和市委组织部干部处的领导与同学们一起共进晚餐,同学们自编自排了颇夺人眼球的文艺节目,美女扈楠和美男叶风的主持,呼明虎压轴的三句半,杨凤英的越剧清唱,毛炳南的笛子独奏,志勇与浦东干部学院张云老师的歌伴舞,王晓乐的杂技,小红花老师的独舞,戴音指挥的合唱……欢声笑语化为一句话:南京市的"五个一"人才要为南京的文化建设尽心出力,无愧于中国浦东干部学院的培训学习,无愧于南京市委宣传部和各级组织领导的关怀培养。

2010 年 6 月 10 日写于南京

法兰西文化之旅

2012年11月25日

飞机抵巴黎是晚7:20分，南京与巴黎时差七个小时。过关时，法国人将每个人的护照反复打量翻看，令人焦虑心烦，等提了行李走出机场时，又过了许多时间了。

导游是一位年轻的中国小伙子，跟随他走到一辆大巴车前，装行李、上车。车开动后，他开始介绍自己的姓名，法兰西文化之旅由他全程陪同，他的手机号是多少，中国驻巴黎使馆号是多少，特别提醒巴黎小偷多，专偷中国游客，因为中国游客喜欢带现金，又外露钱财，并且举了许多中国游客被偷的例子。说中国一位高层女领导在巴黎被抢，幸而她周围有几个保镖，上前将小偷按住了。又说，昨晚在酒店又有一位中国女游客被抢，女游客在推酒店门时，一个小偷主动上前帮她拉开门，瞬间将她的手包抢去……他的讲述让我回忆起三年前，我随旅行团来巴黎游玩，导游首先跟我们介绍的也是同样的话题，看来素有时尚之都的巴黎，连贼也与时俱进了。

车快抵达酒店时，导游安排我们进了中国餐馆，里面坐了许多外国人。有一桌外国人正好坐在对面，看样子是一个大家庭，男女老幼，其中两个青年人不时朝我这里张望，用手指比画着什么，两个人的脸上都留有大胡子，我警惕到他们在议论我左手无名指上的戒指，十八K金镶嵌着一颗苹果绿色的翠宝石，在国内这本来是不太值钱的东西，特别是我手上戴的翠宝石戒面，来自朝天宫地摊，我花十元人民币淘来，又在沿街打首饰的店铺配了十八K金的戒指，成本一共两百多元，刚戴上的时候，翠石也不绿，经过几年与手指的肌肤相亲，翠宝石居然变成了招人眼目的苹果绿色。尤其在远离家乡的巴黎，让我分外担心。不由把左手插进口袋里，好在吃饭搛菜都用右手。菜饭下肚后，我们下榻在距市区较远的酒店，很小的单间房，桌上摆了小袋咖啡和小袋红茶，浴间有浴液，房间有烧热水的电壶，来之前旅行社特意叮嘱自带电水壶，法国人不饮开水。看样子电水壶是白带了。近年来中国游客大量赴欧洲旅游并疯狂购买高档奢侈品，给法国带来了可观的经济利益，他们从利益出发也要考虑到中国人的热饮习惯吧。

洗浴后，打量桌子上的饮品，不知是自费还是免费的，不懂法语和英语，未敢动。十二点后我入睡，四点钟又醒了，时差还在颠倒之中。又似睡非睡了一会儿，六点半起床翻看了古代幼学启蒙经典《杂字、俗读》，这本小册子我在杨公井古藉书店淘得，一直没时间看，这次带上阅读，作为一个摆弄汉字的中国作家，身处法兰西的欧洲文化语境中，仍然怀揣着泱泱五千年的中国文化。

2012 年 11 月 26 日

早餐在零楼，法国的楼层都从零层开始。餐厅不大，一个年轻的黑人女郎作侍应，她蜂腰厚唇凸眼，身高在 1.70 米以上，是非洲的美女。法国的黑人很多，女性大多从事服务业。

早餐是牛奶、咖啡、果汁、面包、果酱、黄油、烤肠、酸奶等食品，面包是法国的长棍和牛角包，牛奶和果汁都是冷的，法国人习惯吃冷食。我拣了一小盒蜜蜂抹在面包上，蜂蜜色淡黄、味纯正，一定是蜜蜂采集大自然中的百花酿就出来的，不会像国内某些造假的蜂蜜是用陈旧的大米调和而成，还有酸奶，也不会是用臭皮鞋做的。法国人的生活品质从早餐的细节中就可以看出端倪。

早餐后乘大巴车到巴黎市区，导游说今天的行程安排是上午在巴黎市区走马观花，下午 4 时去法国的拉加代尔集团参观交流。

大巴车路经拉雪兹公墓和巴黎公社墙。

拉雪兹神父公墓的名字来源于路易十四的忏悔神父，他所住的房子是 1682 年耶稣会在过去一座小教堂的位置上重建的。1804 年巴黎市买下了这个地方，将它改建为公墓。

拉雪兹公墓

拿破仑开设了这个公墓。公墓开设后由于离当时的市区比较远，很少有人愿意到这里安葬。为了改变这个情况，1804年让·德·拉封丹和莫里哀的遗体在一次盛大仪式中被改葬到拉雪兹神父公墓。1817年彼得·阿伯拉和爱洛依丝的墓也在盛大仪式中被迁到这里。这个宣传活动获得了其希望达到的效果，许多人希望与著名的市民葬在一起，数年内拉雪兹神父公墓的永久墓葬就从十多个增加到了3.3万个。今天这里葬有30多万人，更多被火葬的人的骨灰陈列在骨灰安置所内。

巴黎公社社员墙(法语:Mur des Fédérés)也位于拉雪兹神父公墓内，1871年5月28日巴黎公社的最后147名社员在这里被杀。巴黎公社(法语:La Commune de Paris)是一个在1871年3月18日(正式成立的日期为同年的3月28日)到5月28日期间短暂统治巴黎的政府。由于评价者意识形态的不同，对它的描述也存在很大分歧，有人认为它是无政府主义；也有人认为它是社会主义的早期实验；更有人认为它是当代世界政治左翼运动崛起的光辉里程碑，影响广大深远。马克思认为它是对他的共产主义理论的一个有力证明，他指出:“公社的真正秘密就在于，它实质上是工人阶级的政府。”

巴黎公社失败后，欧仁·鲍狄埃用他战斗的笔，写出了震撼寰宇的宏伟诗篇《国际》，正式宣告向敌人“开火”。

1887年，他在贫困中与世长辞，巴黎的群众为他举行了隆重的葬礼。在他逝世后的第二年，法国工人作曲家比尔·狄盖特以满腔的激情为《国际》谱写了曲子。从此，它便成了全世界无产者最喜爱的歌，从法国越过千山万水，传遍全球，1890年出现了西班牙译文的《国际歌》，1899年被译成了挪威文，1901年出现了德文、英文、意大利文的《国际歌》，1906年正式传入了俄国，为了便于传唱，翻译这首歌的俄国布尔什维克党党员柯茨只选择了六段歌词中的一、二、六三段，1923年瞿秋白将它从俄文翻译成了中文，因此我国所唱的《国际歌》也只有三段。

列宁在为纪念鲍狄埃逝世二十五周年而作的《欧仁·鲍狄埃》一文中写道："一个有觉悟的工人，不管他来到哪个国家，不管命运把他抛到哪里，不管他怎样感到自己是异邦人，言语不通，举目无亲，远离祖国——他都可以凭《国际歌》的熟悉的曲调，给自己找到同志和朋友。"

据说国内官方团体到了巴黎都会到拉雪兹公墓献花。

巴黎公社社员墙

我想起《共产党宣言》的开篇："一个幽灵，共产主义的幽灵，在欧洲徘徊……"

我又想起前不久央视热播剧《我的法兰西岁月》。

中国共产党早期领导人都有旅欧经历：周恩来、邓小平、蔡和森、赵世炎、王若飞、李富春、陈毅、聂荣臻、蔡畅、陈延年、李立三、李维汉、徐特立、何长工……而且，他们大都是在上世纪初的那场留法勤工俭学运动中走出国门的，当时大多不过二十出头的年龄。这批风华正茂的中国青年，在欧洲这个马克思主义的发源地，接受着有关革命的新思想、新理论，也接触着真实的资本主义社会。这段经历，对他们后来确立信仰、选择道路，起到了不容忽视的作用。1921年春，周恩来、赵世炎等人在巴黎成立了由留学生中先进分子组成的共产党早期组织。翌年6月，旅欧中国少年共产党(简称"少共")在巴黎成立。其后，在欧洲大陆诞生了中国共产党和中国共青团最早的海外支部。

巴黎歌剧院

大巴车进入巴黎市区后，在巴黎歌剧院附近停住了。巴黎歌剧院（法语：Opéra de Paris），是一座拥有 2200 个座位的歌剧院，也是世界上最大的抒情剧场，总面积 11237 平方米。歌剧院由查尔斯·加尼叶于 1861 年设计，其建筑将古希腊罗马式柱廊、巴洛克等几种建筑形式完美地结合在一起，规模宏大，金碧辉煌，堪称是一座绘画、大理石和金饰交相辉映的剧院，给人以极大的视觉享受。是拿破仑三世典型的建筑之一。

据说想买这座歌剧院好座位的票非常难，而一般的票倒容易买。巴黎有钱的人多。

我被这座精美绝伦的建筑抢夺了眼球，兴奋地驻足拍照，周围的一切似都被忽视了，世界各色行人匆匆穿行于巴黎的大街上，体味着这个文化与时尚之都的千种风韵。我的步子开始放慢，视线专门扫射那些穿高跟鞋透明丝袜的女人。巴黎的冬天严寒，零下 4 度。裘皮大衣不仅仅是时髦的装饰而且实实在在地御寒，女人的大衣最长不过小腿，短裙和透明丝长筒袜裸露于色彩最为单调的冬季，就像给大自然化了性感的妆，让所有的眼球都在这性感的妆上逡巡，并且感叹：最美的女人小腿非巴黎莫属啊！

我抢拍了一张行色匆匆的女郎照片，镜头定格于她俏美的背影，她穿着职业正装，小腿在冬天的巴黎街头异常突兀美丽。这样的装束无论在家还是在办公室都要有最适宜人体的温度匹配，否则真应了中国的一句俚语："冬天穿裙子，美丽冻人。"而巴黎冬天的室内供暖是让人体感到十分舒适的。

中国长江以南的冬天湿冷严寒，又没有统一的供暖，虽然现在有了空调和油汀等取暖设备，但与真正的暖气相比，采暖水平相距甚远，因此到了冬天不论待在哪里，都是冷的，那是由心往外溢出的寒冷，透彻肌骨。南京正好处在长江沿岸，在不统一采暖的范围内，冬天大街上也就难见到女性透明丝袜里性感的小腿，纵使女人穿了裙子，打底的也是厚厚的棉毛裤，没有哪个女人敢把自己的肌肤在严寒的大自然中裸露一下的，倘若真要勇敢地与天公叫板的话，接下来就一定与风寒感冒交朋友了。

我正沉浸在巴黎女人美腿的视觉里，忽听空气中传来大声而愤怒的呵斥："法克(音译)！"猛抬头，只见导游正对着几个年轻的欧洲女子发狠，这几个女子此时在对一位穿西装的中国男性撕撕扯扯，她们共同伸出手在他的身上乱摸，可谓群手乱舞，这些手撕扯他的服装、摸他的衣服口袋……中国男性被这突如其来的魔手弄懵了，他眼眸里带着疑问，紧张而快速地询问着："你们，想干什么？"

这是一群来自异国他乡的女偷，在收拾中国穿西装打领带的男士。因下午四点要去法国拉加代尔集团参观交流，公务活动要求男士穿正装，而当下中国男士的正装就是西服领带。而巴黎的小偷最喜欢盯着中国穿西装打领带的男士，一为官员，二为企业家，都是带着现金的有钱成功人士。

导游的大声呵斥，立刻制止了女偷的行为，一伙人四散而去，大约五六个人。中国男士仍愣在原地未缓过神来，不知究竟发生了什么。

导游在一旁解释说："这是一群来自罗马尼亚的女偷，成群结伙混迹在巴黎，专偷中国人……"

"她们怎么可以在法国居住？"我问。

"欧盟国家，自由出入。法国又讲人权，追求平等自由，小偷进了监狱管吃管喝，既不能打也不能骂。法律太轻了。"这是我听到的回答。

我被刚才的一幕吓得心惊肉跳，被群手乱摸的中国男士的脸色仍惊惧不已，他尚没有从刚才的惊魂中走出来，情绪还在波动之中。

巴黎都市的美景因一伙女偷的"群手乱摸"而大打折扣。

"人类在不择手段为物质发狂，全世界的人都疯了。"我心说，并悄悄摘下手上的绿翠戒指塞进衣服口袋里，尽管不是什么值钱物，也不想在远离家乡的巴黎招惹是非，因前一天晚上在中国餐馆吃饭时，已经有两个欧洲男士在比画我手上的戒指，在他们眼里，中国遍地珠宝，1840 年的哄抢让八国联军大开眼界，着实掠夺了一把。

午饭后又去了协和广场和凯旋门。

法国协和广场建于 1757 年。1763 年取名"路易十五广场"，广场中心曾塑有路易十五骑像。大革命时期被称为"革命广场"，1795 年改称"协和广场"。后经建筑师希托弗主持整修了 4 年，于 1840 年最后定型。广场呈八角形，中央骄傲地矗立着那座有 3300 年历史的埃及方尖碑，那是由埃及总督穆罕默德・阿里(Muhammad Ali)赠送给查理五世的。方尖碑高 23 米，重 230 吨，塔身是由整块的粉红色花岗岩雕出来的，上面刻满了埃及象形文字，主要内容是赞颂埃及法老拉美西斯二世的丰功伟绩。方尖碑的底座基石上记载着将之运到这里和树立起来的艰难过程。从埃及卢克索(Luxor)到法国巴黎一路的千难万险千波万折真可以成就一篇空前绝后的英雄史诗。最终，这座方尖碑在经历了艰辛的海上航行之后于 1836 年十月运抵法国。

路易-菲利普(Louis Philippe)把这座方尖碑当作他在保皇派和共和党之间政治中立的象征标志立在了协和广场之上。

协和广场

我特别注意了协和广场上四个角落的四个女神像，都朝向方尖碑，这或许象征着中央集权。我询问了一下，回答是的。

随后，我们又去了凯旋门。

巴黎凯旋门，即雄狮凯旋门(法语：Arc de triomphe de L'Étoile)，位于法国巴黎的戴高乐广场中央，香榭丽舍大街的西端。

1805 年 12 月 2 日，拿破仑率领的法国军队在奥斯特利茨战役中击败了俄奥联军，法国的国威达到史无前例的顶峰。为了炫耀国力，并庆祝战争的胜利，在 1806 年 2 月 12 日拿破仑宣布在星形广场（今戴高乐广场）兴建“一道伟大的雕塑”，迎接日后凯旋的法军将士。同年 8 月 15 日，按照著名建筑师夏格伦的设计开始破土动工。但后来拿破仑被推翻后，凯旋门工程中途辍止。1830 年波旁王朝被推翻后，工程才得以继续。断断续续经过了 30 年，凯旋门终于在 1836 年 7 月 29 日举行了落成典礼。

我镜头中的凯旋门

巴黎 12 条大街都以凯旋门为中心，向四周放射，气势磅礴，为欧洲大城市的设计典范。凯旋门高 49.54 米，宽 44.82 米，厚 22.21 米，中心拱门高 36.6 米，宽 14.6 米。在凯旋门两面门墩的墙面上，有 4 组以战争为题材的大型浮雕，“出征”“胜利”“和平”和“抵抗”，其中有些人物雕塑还高达五六米。凯旋门的四周都有门，门内刻有跟随拿破仑远征的 386 名将军和 96 场胜战的名字，门上刻有 1792 年至 1815 年间的法国战事史。

凯旋门的正下方，是 1920 年 11 月 11 日建造的无名烈士墓，墓是平的，墓前燃放着火苗，地上嵌着红色的墓志：“这里安息的是为国牺牲的法国军人。”据说，墓中长眠的是在第一次世界大战中牺牲的一位无名战士，他代表着在大战中死难的 150 万法国官兵。墓前有一长明灯，每天晚上，这里都会点起不灭的火焰。每逢节日，就有一面 10 多米长的法国国旗从拱门顶端直垂下来，在无名烈士墓上空招展飘扬。

地面上雕刻的几行文字引起了我的注意，上写"1950—1953"，难道法兰西共和国也曾抗美援朝？我正思想着，导游走过来介绍说："这是法国为纪念'抗美援朝'的战士而雕刻的，但法国当年绝非'抗美援朝'。"

我心里似悟到了什么，并做了种种猜想……

香榭丽舍大街两侧有数家名品店，从凯旋门很快步行到名品店内，我对世界名牌尚未达到熟知的地步，购买欲更是几近于零，记得09年独行法兰西时，旅行团游客对奢侈品的狂购让我心生反感和厌恶，却不知社会早已步入了高消费时代，我这颗落后于时代的脑袋早就应该与时俱进了。如今要想人前风光不是靠十年寒窗苦读出来的满腹经纶，而是靠身上的名表名包名衣名裤名鞋……学识的高雅抵不过金钱的荣耀，成为"吸金大户"是当下中国人内心的向往，于是人们纷纷不择手段去参与角逐"金元宝运动"。

我镜头中的香榭丽舍大街

我不由自主走进一个包店，各式女包让人大饱眼福，里面的店员有中国年轻的女子，她在法国留学后就留在巴黎卖包，这可不是普通的女包，经介绍方知名为兰姿（LANCEL），属世界大牌奢侈品，整体感觉雅而不俗，我看中了一款黑色的手提女包，中国女子介绍说现在买很划算，商家正在搞活动，打过折只要2700元人民币。刷中国的银联卡，可到前边的LV店退税。购物的情绪开始在心中骚动，如果在国内，这样的奢侈品我看都不会看，南京的德基广场和金鹰商厦是各色名品的集散地，我一年都去不了一回，而德基广场索性根本就没有去过，连确切方位都不知道，只听说在新街口。可到了法国，站在巴黎的名品店里，心不由自主就会随着周围的环境转动，骚动的购买欲就像压抑很久的情欲，终于见到了可心的异性，瞬间喷涌而出，再也控制不住了。我想这就是佛语说的"心随境转"吧。

"现在购物为时尚早，在法国要有二十天的学习，还要到尼斯、里昂等地……"记不得是谁的提醒，让我转身走出此店，又来到前边的LV店里，这个顶级奢侈品店显然比兰姿店的人气旺，用人头攒动形容一点也不为过。店里的超大屏幕正在播放LV时尚新款发布会，来自世界各地的名模在T型台上走秀，手拎的包、身穿的衣服都是LV的。我感到一种很浓的商业气息，不论什么款式的包都让我喜欢不起来。

店里有多名中国年轻的女店员，其中有一个女子告诉我，LV包今年已涨过两次价了，但顾客仍是源源不断，以中国游客居多。

经过三十多年的开放搞活，勤俭节约的中华民族已经变成了追求享乐、贪恋名牌的民族了，特别是以金钱为奋斗目标的今天，拥有一个LV包就等于拥有了被众人羡慕的眼光，从而跻身于荣华富贵的行列，哪怕他穿的内衣是对皮肤有害的化纤织物，也没有谁去深究，只要肩挎LV，一切的品质似乎均"OK"了。

我的目光在一位欧洲老太太的身上定格了，她穿着橄榄绿色的裙装，一件褐色的格子大披肩，坐在柜台前的椅子上挑选LV女包，她一共选了三个包，都是手提的女款。她的气质与所选的女包是那么和谐相衬，我忽然悟出LV是做给这些真正的有钱人用的，中国人用LV，与自身的气质太不吻合了，纵便有钱也没有气质，而一个没有气质的人挎了什么包都看不出品牌的，于是一律被视为假货，哪怕是货真价实的真品。

从LV店出来，我问身边的人："中国人为什么偏爱LV呢？"

答言："象征财富呀。中国人有钱了，不买个像样的LV包吗？"

"网上爆料说欧洲有个乞丐背LV包，还说LV是黑人大妈包，国内某些小女孩一年工资不舍得花就为了买一个LV包。"

……

我内心感叹奢侈品的魔力，它可以将一个具有传统美德的节俭民族感染成崇尚时髦、追求享乐的民族，是资本之罪？还是传统的道德理想已经成为不着边际的无色无味之空谈？

路易威登(LV)是世界著名品牌，该品牌不仅以其创始人路易·威登的名字命名，也继承了他追求品质、精益求精的态度。LV一直长久地屹立于国际精品行业翘楚的地位。其产品线包括：皮具产品(手袋、行李箱、公事包等)、时装成衣、鞋履、腕表、高级珠宝、书写用品及配饰等。路易威登(LouisVuitton)时任掌门人马克·雅可布(Marc Jacobs)一向喜欢与艺术家合作，据说他和日本艺术家草间弥生关系非同一般。MarcJacobs在支持年逾古稀的怪婆婆草间弥生办展览的同时，两人还合作推出了路易威登x草间弥生系列产品，通过路易威登的视角来展示草间弥生的波点世界。

下午三点前往巴黎第十六区，这是一片富人区，街道干净整洁有序，现代建筑多于传统建筑，偶见有人在路上行走，街区安安静静的，拉加代尔集团就隐身于此处。

网络和电视并未完全改变巴黎人的传统阅读习惯

这是世界时尚杂志的顶级单位，出版有《伊周》等女刊。集团现出版一本有关经济信息的杂志，主要为法国在中国的企业和中国在法国的企业搭建经济信息平台。我看到有一期刊物上的数个页面是有关南京的报道，彩色图片为南京现任市长和古老的鸡鸣寺。干练的女主编看上去有一把年纪了，仍在自己的工作岗位上继续创建着辉煌。

女主编曾在“峰会”期间来过中国，喜欢南京人悠闲的生活方式和尚存的传统建筑。

网络和电视并未完全改变巴黎人的传统阅读习惯，他们仍然喜欢纸媒阅读，《伊周》等女刊在法国发行达八百万份，与当地的周末报纸等捆绑发行。

夜幕降临时，告别了拉加代尔集团。颇具南京特色的雨花石、云锦等小礼品，让法国人心生欢喜，并对古老的南京想入非非。

干练的女主编(右)

晚上，我在房间里写一天的笔记，一个人独享的空间使我的形象思维有了稳妥的安置地。尽管空间不大，却被安静拥满。我没带电脑，用笔纸记录下一天的内容，也就无暇观看法国的电视，言语不通，再“资本主义”的画面都与我毫不相干了。

2012年11月27日

早餐后前往巴黎圣母院，市区塞车，长龙一样的车辆像蜗牛一样有序前行，不像我们国内，塞车时只要有空隙，就会有车辆从后边飞进加塞，一副“飞车党”的专横跋扈。车停下来的时候，看到路边温州人的箱包店，感叹浙江人闯世界的精神，据说现有100万人在欧洲，浙江已从人口资源大省变为人力资源大省了。

侨居巴黎的中国人都很有特点，北京人喜欢发布的信息是哪个地方又开了一家中餐馆，明儿赶紧去撮一顿，而温州人喜欢发布的信息是哪个行当又火了，谁谁赚了不少钱，明儿是否也去参与赚钱……

车又行走起来了，路经圣玛丽广场，导游兴致勃勃侃大山：“北京奥运火炬被抢后，华人曾在此广场聚会抗议，我也参加了，还发了一件背心，在法华人有四五十万之众。我租住的小房子只有25平方米，月租700欧元。”又介绍说：“欧盟是钱流通、人流通，欧盟相当于一个大的国家，欧债危机只有英国独善其身，因为未加入欧元区。希腊假期太多，政府负担过重，加入欧盟时又做假，债务危机很正常。申根协议是货物流通，欧盟的前身就是欧共体。法国前总统上台后退出了北约，不跟美国人玩了；萨科齐当总统后又加入了北约，继续跟美国人玩。”

路上有多家电影院，门口张贴着各色电影海报。法国人爱看电影，是电影迷，为参加新电影的首映式可跟公司请假。法国人还喜欢沙龙、会展等活动。大多数法国人下班不喜欢立刻回家，都要与朋友到酒吧喝一杯再走，孩子由保姆带。下班立刻回家的法国人被讥讽为庸人。

到了巴黎圣母院门口，首先看到正在搭建的圣诞观礼台，欧洲人的圣诞犹如中国人的春节，花钱、排场，破费中见热闹。我们到了正门门口，目光直视中间关闭的两扇门，左门是进入天堂之门，右门是跌下地狱之门，当末日来临时，所有的灵魂都要接受神的审判。门的最上边是耶稣像，他脚下有两拨人，左边人的脸上充满了对天堂的祈盼和渴望，他们是天使的化身；右边人脸上的表情则痛苦不堪，他们将跌进地狱，这就是天使与小鬼的区别。逢有盛大活动，人们都会从左边门进，左门也就拥挤不堪。不知者看到右边没人，很可能会从右边门进，那就跨入地狱之门了。中间正门的两侧还有两个门，右门是圣母玛丽亚之门，左门是圣母玛丽亚的母亲也就是耶稣的姥姥之门。

我是第二次走进巴黎圣母院了，自然比第一次的感觉更加细腻丰富。最早知道巴黎圣母院，是从法国电影《巴黎圣母院》中，这部电影改编自法国大作家雨果的长篇小说《巴黎圣母院》，美丽的艾斯美拉达和貌丑心善的敲钟人，曾经一度影响过我们的心灵和审美。在我出生的饥荒年代和成长年月，我何曾想过将来有一天会面对巴黎圣母院的真实景观呢？我连梦都没有做过，可我却在日月的轮回和国家的发展中，两次实现了不曾有过的梦想，2009年的自费游巴黎和今天的公派学习。

作者在巴黎圣母院

在塞纳河上看到的巴黎圣母院，雨果比喻它为“石头的交响乐”

巴黎圣母院大教堂(Cathédrale Notre Dame de Paris)是一座位于法国巴黎市中心、西堤岛上的教堂建筑,也是天主教巴黎总教区的主教堂。圣母院约建造于 1163 年到 1250 年间,属哥特式建筑形式,是法兰西岛地区的哥特式教堂群里面,非常具有关键代表意义的一座。它是巴黎大主教莫里斯·德·苏利兴建的,整座教堂在 1345 年全部建成,历时 180 多年。圣母院的法文原名“Notre Dame”原意“我们的女士”,这位女士意指耶稣的母亲圣母玛丽亚。巴黎圣母院之所以闻名于世,是因为它是欧洲建筑史上一个划时代的标志。在它之前,教堂建筑大多笨重粗俗,沉重的拱顶、粗矮的柱子、厚实的墙壁、阴暗的空间,使人感到压抑。巴黎圣母院冲破了旧的束缚,创造一种全新的轻巧的结构,使拱顶变轻了,空间升高了,光线充足了。雨果比喻它为“石头的交响乐”。

从巴黎圣母院出来已近中午,午餐要去一家叫“香满楼”的中餐厅。步行经过塞纳河的一座桥,一位巴黎人坐在桥上的长椅上拉手风琴,美妙的琴声给浪漫的巴黎增添了民间的艺术情愫。

一位巴黎人坐在桥上的长椅上拉手风琴

正在我欣赏手风琴的时候,一个年轻的黑人手牵六条狼狗招摇过市,吓了我一跳。路过行政大楼时,见有几个年轻的女人被围在一道铁栏杆内,两位警察站在她们对面好像在看守着她们。几个女人不停地跟警察嬉笑,嘴里不知说着什么。走在我前边的人眼尖,一下认出她们说:“看罗马尼亚小偷被圈起来了。”

几个年轻的女人被围在一道铁栏杆内

猛然想起落地巴黎那天看到的罗马尼亚女人“群手乱摸”中国男士的情景,急忙举起相机凑近她们拍照,当我按快门时,几个罗马尼亚的女人用手紧紧捂住自己的面孔。警察指着我们一行人说:“中国人又来了,你们再去偷啊!”

我听见有人说:“中国人对国际小偷太客气了,如果逮住就狠揍,小偷也就没胆量偷中国人了。”

这条路上的景点比较集中,不一会儿就到了蓬皮杜艺术中心广场,蓬皮杜艺术中心广场招贴广告是达利的画,喷泉一侧的楼房墙壁上是达利的巨幅画像,喷泉里红唇的造型十分抢眼。更抢眼的是一座铜塑像,在2006年法国与意大利足球赛中,意大利球员骂了法国球员齐达内,齐达内用头部狠狠顶了他一下。此举曾轰动世界,被多家媒体炒作。阿尔及利亚一位艺术家将这个惊世动作塑为雕像伫立于蓬皮杜艺术中心广场。

萨尔瓦多·达利(Salvador Dali)1904年5月11日生于西班牙的菲格拉斯。早年在马德里和法国巴黎的美术学院学画。达利也是影片、芭蕾舞与歌剧布景和服装的设计师和书籍插图家。他是超现实派的艺术大师,有“毕加索第二”之称。1982年被西班牙王室册封为侯爵。他也是一位作

颇具想象力的水中雕塑,背景墙上的画是达利

家，作品有《萨尔瓦多·达利的私生活》(1942年)、《隐蔽的面孔》(小说，1944年)、《神奇的手工艺的五十项诀窍》(1948年)、《一个天才的日记》(1966年)、《萨尔瓦多的无言忏悔》(1976年)等。

我曾看过达利自传，可能就是《一个天才的日记》，对画家的才情由衷钦佩。我们国内很多画作不够给力的原因是画者本身的思想深度不够，如果说技法可以靠后天的努力完善，那么思想绝非"恶补"就能成大气候，那是艺术家学养知识的集大成。

画家在地上作画乞讨

站在广场中央，环顾四周，见有一画家在地上作画乞讨，丢给5毛(欧元)硬币就可与之拍照，想起国内体制内特别是跻身于公务员行列的艺术家们，真是大大的幸福啊！

午饭后去凡尔赛宫参观，路经埃菲尔铁塔。天气有点阴沉，下车时，又忽然落起了雨点，空气清新寒冷，我已经是第二次目睹铁塔的姿容，匆忙中拍了一张照片留念。

浪漫的巴黎人给铁塔取了一个美丽的名字——"云中牧女"

埃菲尔铁塔屹立在巴黎市中心的塞纳河畔，高320多米，相当于100层楼高。1884年，为了迎接世界博览会在巴黎举行和纪念法国大革命100周年，法国政府决定修建一座永久性纪念建筑。经过反复评选，古斯塔夫·埃菲尔设计的铁塔被选中，建成后铁塔就以埃菲尔的名字命名。浪漫的巴黎人给铁塔取了一个美丽的名字——"云中牧女"。它和纽约的帝国大厦、东京铁塔同被誉为西方三大著名建筑。据说法国著名作家莫泊桑是铁塔的"持不同政见者"，他经常到埃菲尔铁塔二层的酒吧里闲坐，熟悉他的人不解地问："你为什么总是坐在这里呀？"莫泊桑回答："我只有坐在这里才会看不见它。"

在凡尔赛宫，一位来自上海的年轻女士为我们作讲解。她长相清丽不俗，声音娓娓道来，内容丰富翔实。今天来这里参观的客流也不是太多，视觉和听觉自然比较集中。我记住了法国国王路易十四每天要用一个多小时的时间起床，众人观看他穿衣打扮，这时候的路易十四就像一个演员，举手投足都在众人的视线里。他不爱洗澡，宫里人便相继模仿，人久不洗澡，身上就会有臭气，为了驱散臭气，于是就发明制造了香水。他无头发，戴假发，假发立刻在全国流行起来。路易十四显然引领着时尚潮流，他干什么，全国上下也就跟着干什么。

拿破仑加冕的巨幅油画可说是一部历史画卷，他娶了比自己大六岁的寡妇约瑟芬，他的母亲极不高兴，未参加他们的婚礼，但拿破仑竟让画家把他的母亲画在了中央位置。可见权力对艺术的制约。

凡尔赛宫的后花园，空气清新，一尊尊艺术雕像成为游客拍照的背景，我举起相机，贪婪地抢镜头，2009 年曾在此留影，今天重游仍有新鲜之感，再立此存照吧，管他年轻美丽还是皱纹满脸。

从凡尔赛宫出来，夜幕已经降临了。巴黎市区又塞车，大巴像蜗牛一样行走。导游招呼大家往车外看，说这幢楼里住的全是华人，住在这里可以不懂别国语言，但房租已被华人炒得极贵了。

2012 年 11 月 28 日

今天上午参观卢浮宫，下午乘车去第戎。

乘车前往卢浮宫的路上，沿途可见巴黎市区的重要建筑和景观。

法国最大的工会大楼，专门组织罢工，每年的 11 月份至 12 月份是法国的罢工季，也是旅游淡季，快过圣诞节了，各行各业的人们闹一闹就会涨工资过圣诞节。法国是全世界最有名的罢工国家，除了监狱和消防队，其他行业都能罢工，但地铁罢工要提前 48 小时通知。

法兰西图书馆有四幢建筑，设计者别出心裁将其形状设计为四本打开的书，使内容与外表极其协调一致。它位于巴黎第十三区。

法国财政部的大楼有一半在水里，按中国的风水说，这样的建筑不太吉利，所以法国总是经济低迷。

在法国，公务员的职业稳定，福利也较好。但法国人并不愿意当公务员，一个国家报考公务员的人数越多，越证明公民对自己的国家不信任，财政要靠政府支出，个人的东西得不到保证。在法国，掌握一门技能的人赚钱快，比如修理下水管道的技工，因为大多数人的生存本领都在退化。如果考律师等职业有难度，就不如学一门技能了。法国女孩最想做的职业是开一家药店，而男孩最想干的职业是开一家烟店。

马路上不时有摩托车飞驰，速度极快。你过马路时可以不怕汽车，它会让你，但摩托车你一定要怕，巴黎的交通事故大多由摩托车引起。

我的视野始终盯着车窗外，巴黎的大街上行驶着许多不同国籍的车辆，汽车左下角的字母就是一个国家的标志，F 是法国，D 是德国，SCO 是斯洛文尼亚。司机开车犯错要记分，累计 12 分就要进学习班了，除非三年之内不再犯错。

车路经先贤祠(法语:Panthéon)这里属巴黎的拉丁区，最初是法王路易十五兴建的圣热内维耶瓦大教堂，历经数次变迁以后现在成为法国最著名的文化名人安葬地。葬有作家维克多·雨果、大仲马、左拉等。可惜车只是一闪而过，我们没有机缘停下来面对大师的亡灵。

圣路易岛上住的多是俄罗斯人，也是巴黎房价最贵之地，每平方米 1.5 万欧元。

圣路易岛适度的魅力就像法国女人一样——一切都有待发现。红衣主教黎塞留在 1609 年决定把两个无人居住的、靠近人来人往的西堤岛的岛屿——圣母岛和奶牛岛，合二为一，把它变成一个居住区。到 1694 年的时候，道路网(包括两座连接用的桥梁——玛丽桥和右岸连接，托尔内桥连接左岸)就完成了。后来造了房子，来了居民，城市化的步伐很快，没有给外来入侵和“改进”的城市规划留下发挥空间，结果是这里的氛围非常迷人，好像避开了时间的流逝。岛屿的名字是1726年取的，因为几个世纪前路易九世(圣路易)在十字军东征前在圣母岛上祈神赐福。

乔治·蓬皮杜曾经在这里住过，在他之前还有伏尔泰和让·雅克·卢梭，以及夏尔·波德莱尔，保罗·克洛岱尔和埃米尔·左拉。在漫漫的时间长河中，圣路易岛的居民都是些一流的文学家、诗人和艺术家，以及有名望的贵族或者政治家。简而言之，都是些精英人物。这是精英们的岛屿，事实上，那些紧挨在一起的17世纪的老房子剥落的灰泥层很少显现出波西米亚风格，小路边上的小店铺、餐厅和茶馆都很讲究，可直接用作明信片的图案，在这些餐厅和茶馆里，气氛至少和菜是一样的价钱。这里没有特别要参观的纪念性建筑物。岛上唯一的教堂是圣路易教堂，那是仅有的17世纪至18世纪建造的大楼，从马路上能隐约看得到有梁的高天花板和木制的陡直楼梯。

车窗外一幅巨人的招贴画进入我的视线，那是20世纪30年代的美国好莱坞著名女影星赫本的黑白照片，巴黎市政府正在举办“美国人看巴黎”摄影展，展览每人都可一饱眼福，我已看到许多巴黎市民在出出进进。但国外团体参观要申请，我因此而无缘参观。

车驶进歌剧院大道，这条路上没有一棵树，与国内的城市路况相比，此路因为没有树，缺少了韵味和生机，树是一座城市绿色的皇冠，有了树城市才有了美丽的韵致。想不到导游此时的思想与我不谋而合，直接说:“歌剧院大道被法国人认定是最失败的大道，如此宽阔的路面居然没有一棵树。”

小运河上高竖着一根绿色的柱子，名为七月柱，顶上有一个小金人，这就是著名的巴士底广场，法国大革命纪念地。巴士底广场是法国历史的见证之一:1848年2月，巴黎人民在这里宣布成立共和国;“六月起义”和巴黎公社时，无产者又在这里与敌人拼搏，以捍卫这座人类历史上划时代的里程碑;1981年5月10日，密特朗当选法国总统，3万群众涌向巴士底广场，游行、联欢，以示庆祝。

紧跟着，视线就移到塞纳左岸，这里可说是一处强力体现巴黎艺术生命，使巴黎人引以为豪的地方。左岸的出名不仅是因为它的历史悠久，还因为这里的整体文化氛围。这里最特别的地方是遍布着不计其数又各具特色的咖啡馆、酒吧和啤酒馆。无数的艺术家、作家和诗人，如海明威、毕加索、魏尔伦等都曾经常出入于这里的咖啡馆和啤酒馆，与朋友相聚或寻找灵感。

华人贝聿铭设计的杰作

我看到大街上吸烟的法国女人，法国规定不允许室内抽烟，见到蓝天才能抽烟，所以女人站在街头抽烟也成为了一大风景，法国女人抽烟很凶，据说抽烟可以保持身材苗条。

车穿街走巷，从卢浮宫地下停车场穿过。我看到卢浮宫模型，华人设计师贝聿铭先生在修整卢浮宫时，曾跟当时的总统密特朗建议说："我是中国人，知道古文物的重要性，卢浮宫的上面我不会动，我会在地下做些文章。"一番话打动了密特朗，他欣然接纳了贝聿铭的设计方案。传说时任中国总书记为回报法国，就御批了天安门广场一侧的国家歌剧院鸭蛋型设计方案。

我是第二次来卢浮宫参观，除了重温三大镇宫之宝蒙娜丽莎、胜利女神、维纳斯外，还看了伊斯兰馆和非洲馆，并路遇了一位法国中年男士，他是这里的工作人员，梳长发，跑到我跟前说了两句中文："你好！""我不懂。"

卢浮宫的台阶很滑，今天显然出了事情，台阶上一大滩鲜红的血迹，不知是哪国人士不幸跌倒了，留下了血渍，血渍处已经被栏杆围了起来。

午饭后乘大巴去第戎，车要在路上行驶 4 个小时。上车后听导游侃大山：

所谓十大名表是中国人自己排的，在欧洲表只分一类二类。

"海蓝之迷"是法国第一品牌的化妆品，基本不给赠品，凡是赠品一大堆的都是大路货。欧莱雅相当于中国的“大宝”，只在法国的超市里卖。

法国人不称旅游，叫度假。度假的地方一定要有太阳。他们每月存款一百元就为了度假，这已经算是额度很高的存款了。法国人自己挣钱自己花的意识很强，没必要给下一代挣钱。

欧洲人脑子是直的。

法国人结婚不送钱，送礼品，父母要送厨具、盘子和碗。

温州人在法国巴黎结婚，礼金要200欧元起步，其他地方的华人结婚礼金是80至100欧元。

一只铁鸟闯进了我的镜头

法国人喝酒不太讲究，只喝七八块钱一瓶的葡萄酒。

第戎出产芥末。法国农人为了中和土地的氮，种芥末不收割，使土壤更肥沃。

……

车驰出巴黎市区，就见到了田野风光，我的眼睛使劲盯着窗外，特别是天上奇幻莫测的云，忽然一架飞机闯进了我的镜头，这只铁鸟在美丽的云中展翅飞翔。

天色完全黑下来了，大巴车才进入第戎。宾馆是三星级，在火车站对面。大街静悄悄的，街灯不多也不亮，安静的大街让我内心感叹这里还不如我在南京的居住地热闹亮堂。

也许，第戎的一切都掩在夜色中了，我期待着天明。

2012年11月29日

第戎市像一个未被开发过的老处女，外表虽然不再光鲜，但身体内的少女品质还在，走进去就会感到她生命深处的神韵，如此浓郁的法兰西勃艮地大公时代的经典韵味，第戎属于勃艮地大区。2009年我跟旅行团来时，曾在这里短暂逗留，并在小凯旋门前留影，对此地没有过深的印象。这次能在这里住下来，也算深度体验第戎了。

从我们的住地出来，没走多远就可看到对面的火车站了，站前有几面国旗迎风飘扬，最夺眼球的是五星红旗，在法国我第一次看到五星红旗迎风飘扬，这证明中国各方面的实力在被国际认可。

第戎小凯旋门

火车站的前边是轻轨，因为它的存在，城市再难见到公交车。轻轨车有时是空的，即便没有一个乘客，轻轨也会在规定的时间内正常行驶。

西庭公园和第戎圣母院让我的步履缓慢，而一辆又一辆的轻轨又让我感受到信息时代的快节奏。当大街上优雅漂亮的橱窗以女士美丽的包、围巾、香水、蛋糕以及小孩精致的皮鞋蒙蔽着我的视线时，当酒店里的员工推着大木筒走出酒店并将此伫立在店门口时，你会越发感到第戎的弥久留香。

静谧的西庭公园

整座城市是勃艮地大公统治时所建，勃艮地大公府如今已成为政府办公楼，但政府办公只用了一半，另一半做了艺术馆，高悬的招贴画上是一个白色的雕像，我想起米隆的《掷铁饼者》。

同行的男士正在拍照，他举着相机说："这么小的办公楼政府居然用不了，看我们那边的政府大楼又高又大还不够用。"

"我们那里官员过盛过热呀……"我应和。

勃艮地大公府政府办公只用了一半，另一半做了艺术馆

酒店里的员工推出大木桶

第戎人崇拜猫头鹰，说猫头鹰会带给人福气，古墙上有猫头鹰的石刻小雕，石块铺砌的路面上有现代人绘制的猫头鹰标记，据说摸墙上的猫头鹰，可以把好运气带回去。我想起国人的俚语："夜猫子进宅无事不来"，便没有伸手去招惹好运气，还是遵从本国的民俗吧。

古墙上有猫头鹰的石刻小雕

石块铺砌的路面上有现代人绘制的猫头鹰标记

此地盛产芥末，据说与别处的口味不同，偏甜，不辣，而且品质一流。

在第戎市行走一半时，我又开始找厕所，平时在家写作时不停地喝水也就不停地上厕所，养成了频繁入厕的毛病，并将这毛病带到了法国。法国的厕所都是收费的，0.5 欧元一次，相当于 4 元人民币，按我以往入厕的频率，一天去数次厕所真就要囊中羞涩了。导游很懂得国人的心思，总是为大家寻找不收费的厕所，为大家省去了不少小钱，要知道大钱都是由小钱积累起来的。在一座院门口的入口处，果然看到了厕所，导游拉开厕所门说："你在里面超过 15 分钟，厕所门会自动打开。"

"为什么呀？"我不解地问。

"不让你在里边待得过久，耽误别人卸包袱。"导游解释。

从正面讲，这显然是科学合理又人性的厕所，法国人连上厕所都有制约，可见各方面的人性化。从反面讲，厕所被设计时间又是极不人性的，如果一个人便秘，需要长时间蹲厕所，否则就难以出恭，这样被设计时间的厕所，就等于要他（她）只出恭一半，而另一半废物仍需储存在自己的肚子里，对有便秘毛病的人来说又是极不人性的。也许，这是公厕，要保证大多数人的方便时间。这样被设计了时间的厕所，我仅在第戎见到过。

橱窗的招贴画

咖啡吧随处可见

古老的街巷令人流连忘返，照片拍个不停。最后才想到进商店看物品，走进一家小店，一款女式小包立刻引起了我的兴趣，扇贝形状，做工极其精巧，50 欧元。打量了一会儿，怀疑不是皮的，也嫌贵了一点，50 欧元相当于 400 元人民币了，这个价位在国内也能买个像样的包包了。

车站小广场前有数排自行车，随时供人骑行。这里坐火车到巴黎只需一个半小时，上班族是否会选择在第戎居住？这里的房价与国内相比好像也不是太离谱，一幢别墅只售 70 万欧元。火车站所有的标识我都不认识，如今不懂外语的人就像缺少出行的必备工具，我能周游世界吗？

具有东方元素的橱窗

招贴画上的美丽女郎

中午去一家中餐厅吃自助餐，这家中餐厅很大，墙壁上挂了数块中国风格的装饰镜，上面绘有荷花、仙鹤、嫦娥奔月等图案，估计是从中国托运过来的，法国难有这样的技术。自助餐的花样颇多，我特意吃了冰激凌，巧克力味和香蕉味的，法国的冰淇淋口感真好啊。

午饭后去勃纳葡萄酒行业协会培训学习，天气忽然好起来，刚才还零星落雨的乌云，悄然散去，蓝天露出明净的脸，透过车窗，一路上看美丽的田野，不时隔着玻璃抢拍下镜头。上帝很眷顾法国，一年中的极端天气很少，领土面积全部可以利用。听说北京又刮沙尘暴了，而这里从未有过沙尘暴。

勃纳是一座古老的小城，车刚驰进来，我就被沿街古典精致的别墅吸引住了，不时隔窗掠影。

培训方是勃艮第跨行业红酒联合会学校，校长亲自授课。教室有数十个座位，桌上有水龙头，桌面橘黄色。入座后，校长开始讲课，他讲几句，女翻译就翻译几句，我紧随他们的讲话速度记录如下：

勃纳是一座古老的小城，古典精致的建筑

“非常高兴在这里欢迎大家，我是红酒学校校长，这个学校成立三十五年了，由当地做红酒和红酒生意者共同成立此学校，是勃艮地跨行业红酒联合会学校，联合了所有葡萄酒产地经销商和酿造商，每年以110 万欧元算起，在勃艮地和全国做推广宣传，还有红酒培训。众所周知，勃艮地以美食和红酒著称，勃艮地葡萄酒与波尔多葡萄酒和法国香槟酒占法国酒类出口量的 55%。我们现在是在学校的品酒室，共有 44 个座位，每天都满，专业人士在此品酒，每年要为培训红酒的人提供 15000 瓶红酒。今天下午共有两部分内容，一是介绍此地的红酒，二是品酒活动。幻灯片有中文，请看屏幕。”

听校长讲课时，我得知这里是勃艮地的红酒古城，位于法国东北部，地处北欧至南欧的动脉干线上，每年接待游客 300 万。来这里的游客首先是冲着红酒来的，同时也是冲着历史古迹来的，修道院位于此地区。这里的美食也很著名。

这里有五个酒区，年产 2 亿瓶葡萄酒。在全球占 0.6%，在欧洲占 1.2%，在法国占 2.7%，与葡萄酒相关的行业首先是酒庄，占地 6.5 公顷的酒庄有 4000 个。布尔多酒庄城堡是勃艮地的 10 倍至 20 倍，这里的酒庄收到酒后卖给做酒生意的经销商，1820 年产生第一家葡萄酒经销商，按一桶买进装瓶写上自己的名字再卖出去，经销商有大酒窖，拥有极大的收藏量，现在这里能找到 1850 年的酒。

与葡萄酒相关的行业还有合作社，合作社的任务是把各家不同的葡萄收集在一起酿制装瓶，讲究葡萄质量的产区，追求高品质。葡萄生长的几大要素首先是土壤，秧苗吸收土里的物质。然后是品种，这里以黑皮诺和霞多利两种葡萄酿制红酒和白酒。三是气候，阳光雨露以及下雨的频率对葡萄的生长尤为重要。四是人为干预，体现技能。人为因素，包括种植葡萄和酿酒，用马耕地对土地的压力没有机器的压力大。在自然工匠中一定要加入人为因素，它是一种方式，在葡萄酒的定性表达上往往起着决定性的作用。

可把葡萄酒想象为中国的茶文化，当然葡萄酒文化没有茶文化长，葡萄酒文化有2千年历史，茶文化有3千年历史。早在中世纪时期，酒农、修道士和本埠僧侣们就发现了风土条件的重要性，并将其列为酿制勃艮地高品质葡萄酒的主导因素，不知中国僧人是否对茶艺有研究？此地土壤形成于侏罗纪时代，那时这里曾是一片大海，土壤在沉淀下降，可在此地寻到远古时代的化石贝壳等。

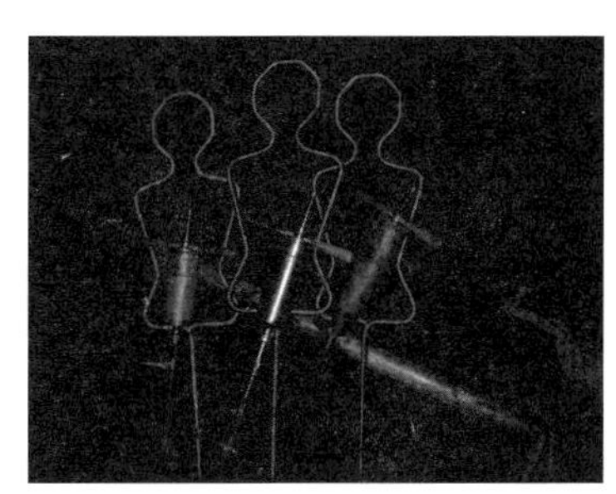

酿造葡萄酒的工具

种植葡萄的理想朝向是东方和东南方，葡萄喜欢生长在排水顺畅的石灰质、泥灰石土壤中，这里的红酒之路上有很多小村庄，每个村庄大约200至300人口，每个小村庄都被葡萄园环抱，每种酒都取自该村庄名，如“圣乔治”“多玛”等，村庄是集体所有制，一个酒庄一个城堡，被形容为马赛克式勃艮地产区，整个一块地属于一个主人。罗曼尼康帝最有名，独有田地0.8公顷，是世界上占地最小、但价格却是世界最高的葡萄酒，一瓶红酒4000至5000欧元。

葡萄品种霞多丽(制白葡萄酒)和黑皮诺，勃艮地只用这两种葡萄酿制出世界最好的葡萄酒，法国有477个法定葡萄酒产区，勃艮地达100个，这些AOC葡萄酒丰富表达了各自的风土特点。

勃艮地葡萄酒分三大类，呈金字塔形状。最底层是大区级，占总产量的51%，有23个稳定产区(AOC)；第二层是村庄级，有44个法定产区，占总产量37.5%。地形不同种植的葡萄也不同，一片地中最好的一块地所产的酒叫一级庄，勃艮地有684个一级庄，产量占总量10%，特级庄1.5%，33个AOC（稳定区）。二级庄酒的商标上已没有勃艮地名字的出现，而是村庄的名字写在中间了。

同样的葡萄秧苗长出的葡萄却不一样，就是因为土壤的不同。买地是非常有讲究的，特级酒庄一公顷地200万欧元。最近一个特别有钱的中国人在此买了2公顷特级酒庄地花去800万欧元，这个有钱的中国人特别喜欢古城堡，他既为葡萄酒也为城堡，一举两得。

红酒商标首先要写产地、标号，注明过敏物质、容量、产品命名、装瓶者名字、地址（企业体制、邮编缩写）、酒精浓度、健康提醒、原产国（针对出口的酒）。

最理想的酒窖在地下，可保持温度12—14度，酒都要躺着放，酒与瓶塞接触，可防止瓶塞干燥而进空气，酒窖里不能有其他东西相混放，免得串味。酒窖要求湿度达70%—80%，过干过湿瓶塞都会变坏，没有光线最好。好的贮存条件，可使酒存放十年二十年。

霞多丽在美国、新西兰、澳大利亚都有品种，但主要在勃艮地。黑皮诺在法国只有勃艮地种植。

全世界有4千多种葡萄品种，但不是每一种都能酿酒。

有关葡萄酒的理论课讲完了，接着就进入品酒的程序。

校长拿来三瓶酒，有红酒有白酒。他用开瓶器打开白葡萄酒时，很轻松地将开瓶器在瓶塞上转动，开启。而后他做了个滑稽的动作，将酒瓶放在两腿间用手使劲拔开瓶器，然后仰起脖子将酒瓶对着嘴巴猛灌……他在模仿我们国人的某些不雅动作，逗得我忍不住笑起来，同时也深深感叹文明素质最重要的是细节。

拿酒杯也很有讲究，大拇指捏在酒杯的圆形底托上，其他手指在下边托着酒杯，手指不能握着酒杯，避免人体的温度影响酒的味道。白葡萄酒入杯后，在视觉上要透过光线观察其颜色，我看到杯子里的酒呈18K金色，透彻发光，光耀闪烁，且具有反光感，挂壁有泪痕如眼泪，称酒裙。嗅一下拿开，再闭眼深吸几口，有一股细腻甜柔的气味，这时晃动酒杯充分接受空气，多种香味混合散发出来，其香呈开放型，包括花、果、木头、调料、白桃、矿物质、饼干等味道。酒入口后，要放在舌尖与牙齿间吸吮，舌尖顶住牙齿、嘴唇向前拱起吸入空气，使酒味在舌齿间留香，酒穿过喉咙时犹如青苹果的酸味。

红酒在酒杯里倾斜时，边沿如果呈现浅藕荷色，证明酒龄比较年轻。随着酒龄的增加，边沿呈褐黄色，证明已有三四十年的酒龄了。如果在橡木桶里贮存，酒会有木头味。丹宁味使酒的结构性强，其味绵密悠长，可贮存 15 年。

我共喝了三种级别的酒，一级庄、二级庄、三级庄，红白两种。

校长颁发的品酒证书

最后校长向现场学习的每个人发了品酒证书，大家抢着与他合影。当翻译念到我的名字时，校长热情地与我握手，我将证书拿在胸前，立此存照。我跟女翻译说我曾写过一部长篇小说《半杯红酒》，由花城出版社 2006 年出版，内容涉及到外资红酒企业在中国的投资。女翻译将我的话翻译给校长，校长立刻说他最近刚刚完成一部有关红酒的书，出版后会寄给我，并送我一张名片。校长再次跟我握手时，我感到了他手掌的坚实有力，他身材高大，肩膀平直宽阔，五十岁左右的年纪，脸上的五官颇像罗西尼表广告上的男模。

返程后，我认真回想今天学习葡萄酒的理论与实践，如此系统地实地学习葡萄酒知识，在我的人生中还是第一次，如果早几年能系统学到这样的知识，我的长篇小说《半杯红酒》的内容一定会更加丰富多彩。内心不由期待何时能再度聆听法国勃艮地跨行业红酒联合会校长有关葡萄酒知识的专题讲授，并记住他的中文译名让·夏尔·塞尔万。

2012年11月30日

早饭后仍去勃纳，参观葡萄酒博物馆，看葡萄酒的秘密。天气不错，太阳从云层中钻出头脸。

车行驶在大酒庄之路上，右边山上就是葡萄园，山坡上的葡萄比平原上的贵，日照充足。

修道院对酒业的发展起到了非常重要的作用，僧侣们在葡萄园种葡萄酿酒。19世纪抚救院的酒最好。罗曼尼康帝——最好的葡萄酒。

大酒庄路上的葡萄园

不让葡萄秧苗长得太高，要使营养成分充分吸收分布到果实上，一般葡萄酒从采摘到成瓶需要一年半的时间，博若莱葡萄酒只需要三个月，是当年喝的酒。

葡萄酒博物馆具有鲜明的个性风采，走进陈列着各式葡萄酒的大厅，就像走进了一座葡萄酒的圣殿，站在琳琅满目的各式葡萄酒面前，眼睛有点不够用，不知目光落到哪里才是最佳的视点。

穿过摆满各式葡萄酒的大厅，走进博物馆深处，能看到从耕地到采摘葡萄再到酿制葡萄酒的各种农具器皿，这是一种葡萄酒文化，也是一种葡萄酒历史。

我了解到原装法国橡木桶一个均价卖到两千到三千欧元，用过两三年就只能卖五六十欧元一个了，橡木桶用火熏烤而成。

现在田地越来越细化了，不细化卖不出钱来，越细化越能卖大钱。

150公斤葡萄产出100公斤葡萄汁。

拿破仑说："我请你到法国住一年，每天吃不同的奶酪，配不同的葡萄酒。"

下午去勃纳小城参观，勃纳(Beaune)仅有两万多居民，是一座由城墙环绕着的中世纪古老小镇，但却是体验法国葡萄酒风土理念、认识勃艮地葡萄酒精髓的最佳地方。勃纳城市里的 84 家餐厅和 38 座酒窖(向公众开放)更激发了人们享受美食的欲望。这些酒窖里的佳酿为每年访问勃纳(Beaune)的 100 多万游客提供了最佳的品尝机会。

葡萄酒博物馆展销大厅

鲜花让单调的寒冬绚丽如春

小城不大,古建筑比比皆是,不时看到房檐下和阳台上的鲜花,酒吧随处可见,法国各地的酒吧犹如中国的茶楼,但这里喝一杯咖啡只要一欧元,法国人泡酒吧已经成为生活中不可分割的组成部分,勃纳自然也不例外。我的视觉兴奋得几乎目不暇接,手不停地按动相机。忽然一位高大的法国老顽童急跑到我面前,一把搂住了我的肩膀,要跟我合影。合影过后,我看到法国老顽童哈哈大笑而去。可能是我今天穿的衣服吸引了这位法国老顽童的注意,一件中式黑色薄呢唐装,上面绣满了花枝和鸟。与其说法国老顽童对我个人感兴趣,不如说是对东方文化感兴趣,中国文化让西方人感到神秘。

历史上,勃纳(Beaune)一直是勃艮地公国的首都。现在城内还保留着当年的国会与主教堂,但最吸引人的却是主宫医院(HospicedeBeaune),这个勃纳最珍贵的建筑,它是现今最具代表且保留最完整的勃艮地建筑,是全勃艮地最不能错过的博物馆。建筑覆盖着色彩缤纷的传统屋瓦,只要踏上回廊式的庭院,看看拱顶、塔楼,以及珞黄色系的屋顶,就可以明白这里的光荣历史。

高大的法国老顽童
急跑到我面前合影

主宫医院曾是法国电影
《虎口脱险》的取景地

可收听中文解说

这座建筑原本是由勃艮地公爵的大法官罗兰(NicolasRolin)以及他的妻子德莎琳(GuigonedeSalins)于1443年所创建的,当时百年战争结束,勃艮地一片混乱,无家可归的士兵、没饭吃的穷人遍布街头。援助穷人是当务之急。罗兰在医院旁种植葡萄,用以增加收入,后来便形成“主宫医院”(Hôtel-Dieu)基金组织。一直到1971年,这座医院还有病人在此接受疗养。病人由修士们在医院大厅照顾,一排排木床有帷幔隔间,每张床都可以看到尽头处雄伟的祭坛。来到这里,不由想起法国电影《虎口脱险》里,躲藏在教会医院的大胡子飞行员被院长掰开嘴巴查看并要求念“thirtythree”的情景。

主宫医院拱顶木制天花板上有雕刻和绘画。其他的房间对外开放参观,像寝具室和药局,厨房有庞大的炉灶、古老的烤肉架和铜制餐具。医院里还有许多的织锦画和绘画,其最著名的是祭坛上方的《最后的审判》,细致的人物在金色的背景里显得灿烂夺目。更有趣的是，主宫医院（Hôtel-Dieu）保留了五百多年来善心人士捐赠的葡萄园，由专人种植和酿酒。这里每年在十一月的第三个星期日举行盛大的拍卖会，是法国葡萄酒界的年度拍卖盛会。这是最古老的拍卖之一，被戏称为“世界葡萄酒拍卖的老祖宗”。这里已举行过146届葡萄酒拍卖会，2005年，克里斯蒂拍卖行接手拍卖工作，2006年创下500万欧元的最高拍卖纪录。即使赶不上拍卖会，也可以在勃纳的葡萄酒专卖店里买到主宫医院的葡萄酒。

化妆品商店美丽性感的女服务员

从主宫医院出来，徘徊在勃纳小城，石头砌的街道，狭窄，却有各种豪车不时有序穿过。商店分布在每条街道上，有各式名品在店里摆放，我特别注意了这里的书店，书店面积很大，有一小半面积摆放红酒。有家专售葡萄酒的店，将各式造型奇特好看的酒瓶摆进橱窗，成为一道可观的风景。街上穿梭往来的行人中，中年女人的装扮最靓丽抢眼，漂亮的帽子，长长的呢大衣，过膝的裙子，薄而透明的丝袜，做工精致的半高跟或高跟皮鞋，让美丽的小腿裸露出来，颇似一道性感的风景，这风景曾被许多人描述记录过，今天仍不失新鲜地抢夺着我的眼球，也许这道性感美丽的风景永远都属于法国，不论是国际大都市巴黎还是历史悠久的小城勃纳，女人们以自身优美的风姿让严寒的冬天变得绚丽多彩。

2012年12月1日

早餐后前往里昂，车要中午抵达里昂，导游建议看电影《虎口脱险》，重温抚救院的场景。

我在十几年前看过此电影，那是开放改革之初，能坐进电影院看到外国电影是当时国人的一大幸事。然而十几年前的记忆早已模糊了，今天我兴致勃勃重温此电影，我坐的位置正好离屏幕较近。

在法国的大巴上重温此电影，我认真领略了编剧、导演和演员的魅力与不俗，并且特别注意了主宫医院的镜头。

中午 11 时，大巴车抵达里昂。这是法国第二大城市，有 100 多万人口。

里昂位于法国东南部，历史悠久，在罗马时代就相当繁荣，1998 年被联合国教科文组织列为“世界人文遗产城市”，代表着全世界对其深厚传统的认可与尊敬。里昂分为旧城和新城，旧城在索恩河右岸，罗纳河和索恩河从城中流过，河上架有 20 多座桥梁；老城区与古老的宗教历史颇有渊源，其中圣让首席大教堂已有近千年历史，兼具罗曼和哥特式风格，令人回味。全市共有 21 个博物馆，以美术博物馆、纺织博物馆（里昂曾为全欧洲最重要的丝绸产地）和装饰艺术博物馆最为著名，因此也有“文化城”之称。

据说里昂（Lyon）的名字来源于一个叫隆的男人和与一个叫索恩的女人合而为一生出的孩子。2500 多年古老悠久的历史早已让里昂度过了青涩孩童期，现在的里昂是蜚声全球的“文化之城”，是浪漫优雅的“内衣之城”。

里昂迅速发展的一个重要原因是它适中的地理位置与四通八达的交通。这座城市扼巴黎到地中海沿岸的主要通路，并可东到瑞士、意大利，南下西班牙，拥有高速公路、电气化铁路和内河航道，因而是法国东南部运输网的中枢。

沿途看到富尔维耶山、里昂火车站，邮轮停在河上，罗纳河水流湍急，是法国水流量最大的河流，从瑞士流经这里。

现在的里昂是蜚声全球的“文化之城”

中午在一家中餐厅吃饭，一位中国的女服务生来自里昂第三大学，她在这里读博士，研究东西方文化比较，课业不多，闲时来这家中餐厅做服务生，中午 15 欧元，晚上 25 欧元。

饭后乘车去富尔维耶圣母院，车刚驰出不远，就看到了里昂第三大学和第二大学，外观只是一座古老的建筑楼房，又古朴又简单。

“里昂大学居然这么小？”我脱口而出。

“建那么大干嘛？”车上不知谁应了一句。

我想起国内高校盲目扩建扩招而导致的一系列问题，再无语了。

去福尔维耶圣母院的路曲折蜿蜒，沿途路边又停放了许多车辆，每个停车位都像精确计算过，稍微有一辆车停车不规矩，大车就很难开进来，我们的大巴车又长又高，驾驶员撒沙真是一个好司机，他分毫不差地将车开进停车场。在此，我看到了欧洲最高的山脉阿尔卑斯山的博朗峰。

福尔维耶圣母院建筑壮观

福尔维耶圣母院建筑壮观，1870 年普法战争时重建，现又在维修，只能在一层俯瞰里昂城，风格别致的铅笔塔赫然入目。圣母院内有数幅巨大的壁画，其中圣雅克去布道的壁画用去 300 片马赛克，人工 6000 小时拼成，23 平方米长。1600 年 12 月 17 日，亨利四世婚礼在此举行。

在福尔维耶圣母院俯瞰里昂城，风格别致的铅笔塔赫然入目

从教堂出来，门口摊位出售煮热的红酒。听说只在圣诞节前才有煮热的红酒卖，里面放了香料，喝起来味道很不错。我想买一小杯，比划了半天，几个女服务员居然不知所云，一会儿拿起大杯，一会儿又拿起小杯。女服务员中有一位亚洲脸女孩，却一句中文不懂。肯定不是中国人。最后等同行的人走过来了，我说想

买一小杯红葡萄酒，于是借着别人的英语说要一小杯热红酒，一欧元。据说她们把销售热红酒的钱全部捐给教堂。

从福尔维耶山上下来，又来到索恩河西岸的老城圣让教堂广场，这里十分热闹，保存着 15 至 17 世纪的建筑，游人如织。一位长发青年一边弹吉他一边纵情高歌，歌声浑厚，像是摇滚乐，他激情的歌声使老城增添了动感的现代意识。有人停下脚步围观，也有人往地上扔钱。我的脚步慢下来，想看一会儿。导游说这里的老宅很有名，一行人只好跟定导游的脚步。

沿着石头铺成的老路来到老宅前，走进去感觉颇像新疆的喀什古城，拱型的回廊，相互勾连如栈道一样的阳台，曲里拐弯让人摸不清头绪。据说二战时，法国人就在老宅子里打巷道战，对付德军。

一位长发青年一边弹吉他一边纵情高歌

老宅拱型的回廊，相互勾连如栈道一样的阳台

走出老宅子不远，遇到了两位年轻的法国女郎，一位身材高挑、装扮美丽，另一位的装束则简约了一点。听说我是作家，高挑的女郎兴致勃勃说要翻译我的作品，并要了我的邮箱，我因没带名片，她立刻从包里翻出一块浅黄色的方纸，我歪歪扭扭写下一行黑体字。我知道了她的中文名字

在里昂街头遇到了两位懂汉语的法国年轻女郎

叫白露。她说在中国学了几年汉语，回来脱离了所学的语境，有点荒废。

下午，我们来到里昂的城市中心白莱果广场（Place Bellecour），也称美丽庭院广场。它一度被称为皇家广场，一座高大的路易十四的威武骑马雕像是广场上唯一的点缀。地面全部由红土铺成，白莱果广场曾是19世纪中期里昂纺织工人暴动的重要舞台。广场周围尽是19世纪初建造的四五层楼房，花店、咖啡座、餐馆林立，也是市民的最佳休憩场所。

一群青年人在表演爵士乐

一群青年在跳街舞

里昂的城市中心白莱果广场

商业街距白莱果广场不远，步行到那里的时候，映入眼帘的是异常热闹的景象，人来人往的稠密度不亚于南京的新街口。一群青年人在表演爵士乐，他们手舞足蹈，激情澎湃。围观的人群形成一道人墙，我半天才挤进去。情绪被他们感染，差点跟着音乐起舞。

还有一群青年在跳街舞，他们的手脚敏捷地在地上摸爬滚打，摆弄出招人眼目的舞姿。街舞是一种民间舞蹈，兴起于20世纪80年代的美国黑人青少年，是美国黑人“嘻哈文化”（Hip-Hop）的组成部分。由于这种舞蹈出现在街头、不拘于场地道具，所以称为街舞，并且具有极强的参与性、表演性和竞赛性。当下中国也流行街舞，当中国的青年人也喜欢它的时候，证明街舞早已风靡全世界了。

商业街区的空地上，有人在变魔术，也有人卖棉花塘。卖棉花糖的人让我想到中国，竟然是法国人在做这样的小生意，证明棉花糖受欢迎的范围是全世界的。我没有考证过棉花糖的起源，也不曾想过在这里也能看到棉花糖。

商店里的商品大部分在打折，临近圣诞了，法国人在享受着优惠商品的降价。据说，有个中国的商贩，在去年的圣诞节，从中国带来一箱头饰，一夜就赚了6000元。这个发财的商贩不知赚的是人民币还是欧元。

我只注意看包，对各款式的包兴趣盎然，男人戴名表，女人拎名包已经成为当下约定俗成的时尚。只是不知道包上的标识是什么，一不懂外语，二未研究过大牌奢侈品，所以到了法国真成了“无知少女”了。有一款包170欧元再降30%，但就是不知道是何品牌。

走出商店，遇上一群游行的队伍，手执横幅，有男有女有老有少，游行的队伍井然有序，边走边喊着什么。一个打扮怪异的老女人不时往路边撒东西，不知是糖果还是传单。想起在巴黎时导游介绍过的法国，不是放假就是罢工。快过圣诞了，闹一闹政府就会发钱，人们拿到钱好过圣诞节。今天真正有所目睹。

里昂街头罢工的队伍

夜幕降临后，白莱果广场的摩天轮携着五彩闪烁的灯光悠然转动。摩天轮的发明者是美国人乔治·费理斯（摩天轮的英文名称为Ferris Wheel），他是从巴黎的埃菲尔铁塔得到的启发，费理斯决心为1893年的芝加哥世界博览会制造一个比埃菲尔铁塔更有“声势”的标志物，于是摩天轮诞生了，并受到广泛好评。随后是世界范围的一系列造摩天轮竞赛，在长达几十年的时间各国纷纷跟进。不过，这时的摩天轮大多只是游乐场所的配套。中国一些城市也有摩天轮了，勤俭持家的中华民族经过改革开放三十年的物质奋斗，如今已经不可能错过追逐时尚享乐了。

天气寒冷，不时有凛冽的风吹在脸上，零下 4 度，这样的气候很像中国的北方。

晚上整理笔记时，我注意了里昂的文化。

里昂从来就是一座文化城市，在全欧洲，除了威尼斯，里昂是拥有印刷工人数量最多的城市，这里的印刷厂印出了第一本法语书。特别值得记住的是法国文艺复兴时期的作家、人文主义者弗朗索瓦·拉伯雷，他从蒙彼利埃大学毕业后成为名医，1532 年开始发表作品，他的《巨人传》就是在里昂的住所完成的。

丝绸纺织业在里昂的繁荣和发展中占有过十分重要的地位。自从 16 世纪起，它就是这里最重要的手工业，丝绸生产给城市带来了最早的一大批财富和不可忽视的政治地位。16 世纪之前，欧洲最大的丝绸产地是意大利，法国王室和贵族们所用的丝绸及丝绒全部都是从那里进来的。1536 年，里昂设置了第一个丝绸纺织作坊，在此工作的所有熟练工匠都是专门从意大利的热那亚聘请来的。到了 1544 年，里昂的丝织工人人数一跃达到了一万二千多人，名正言顺地成了法国的丝绸之都。

在法国丝绸工业发展史上最重要的人物无疑是织机式匠出身的里昂人贾卡，他是纹板提花织机的积极改革创新者，于 1799 年制成了配置整套纹板传动机的脚踏式提花织机，只需一个人操作便能够织出六百针以上的大型花纹织物，许多式样较为简单的花纹由此达到了自动成形的程度。后来，这种织机发展成了全自动织机，在纺织业上被称为贾卡机。新织机不但缩短了产品的成形时间，更重要的是在减轻了劳动量的同时也减少了工作人数，这自然引起了大批工人的恐慌和随之而来的抵制及破坏，贾卡多次受到人身攻击，甚至有人对他以死相逼，更严重的是，作坊里的新型织机不断被损坏和焚烧。尽管如此，革新的成果还是遍及全国，1812 年，整个法国已装置了一万一千多台贾卡自动织机。虽然这位风云人物因每台织机的提成而成为巨富，但在革新过程中所冒的风险却在他的身上留下了深深的烙印，他变得沉默和孤僻。人们可看到里昂城红十字广场上的贾卡雕像，有一种苦涩而阴沉的表情，正是这位天才革新家当时的心境写照。

改革往往是社会前进的动力，但涉及每个人的自身利益时，被涉及利益的人都会强烈反对，这似是一种放之四海而皆准的现象，不论是在法国还是中国抑或全世界。

2012年12月2日

早晨九时离开里昂，天上飘起了雪花，纷纷扬扬的雪花从天空飘落下来，从容自在地洒在地上，以白色的身姿告诉人们她来了，不管你欢迎不欢迎，她都阻挡不住地来了。雪花在风中狂舞，不一会儿就覆盖了里昂的街道、树木、河流，一切都在雪中沉睡。周日本来就是法定的休息日，上帝又“霜上加雪”，索性让休息的人们在雪中踏踏实实安眠。

上车后，有人担心路况。导游指着司机撒沙的车行记录说，你看他所有的行车记录在此，警察那里都有读卡器的，你们就不用杞人忧天了吧。

车按正常的速度驰出里昂城，昨天还热热闹闹的里昂城，今晨竟在雪中安静下来。罗纳河的水涨高了，水流湍急。导游看着车窗外面说：“想不到今年罗纳河的水位会这么高……”

他正宗的北京腔和磁性的声音，让我想起当下流行的玛亚人的末日说，2012年12月21日离我们已经越来越近了，据说有许多富人在订做诺亚方舟。传言往往会搅乱人心，再加上美国灾难电影《2012》，等于为传言续写了视觉证词。

今天我们奔赴阿维尼翁，这是一座宗教城市，也称教皇城，十六世纪中有一百年的时间教皇住在法国。

天气不知不觉晴朗起来，从里昂出发时的满天阴云裹挟的飞雪转换为蓝天白云和阳光，透过车窗，我看到成片的农舍，这些农舍显然不如第戎及勃纳一带的农舍富丽堂皇，虽也是上下两层小楼，但从外观看，墙体简单，一律土黄色，也没有瓷砖装饰，更逊色于国内江浙一带的农家小楼，我甚至看到了平房。于是忍不住跟导游说出了自己的看法，导游点头说那是。

车又行走了一会儿，车窗外的几个高耸的烟囱在向天空释放白色的烟雾，法国也有如此不环保的烟囱吗？立刻打开相机，车却一掠而过，我按快门的手远不及大巴车行进的速度。急忙询问导游烟囱存在的含义，导游说那是法国的一座核电站，它隐藏在阿尔卑斯山脚下，以浓郁的绿树掩映。

中午抵达阿维尼翁，今天我们一直沿罗纳河行走 250 千米，穿越普罗旺斯——阿尔卑斯山——蔚兰海岸。

河水共长天一色

阿维尼翁美景夺目

这里晴空万里，白云蓝天甚是好看，气温 10 度左右，比里昂温暖多了，地中海像个大空调调节了冷空气，这里的树都是歪的，老刮风，也叫风城。郊区的新楼房都是框架式的结构，看到这样的楼房就感到是在中国一样，阳台上也有人晾晒衣服。导游介绍说，现在人们喜欢住在城外的新房子里，城内的老房子间距太近，冬天没有阳光，房间容易发霉。

在我国西汉时期，
阿维尼翁就已经存在了。

我们走进老城阿维尼翁。这里已是戏剧之城，每年举办戏剧节。城中可参观的景点一是 14 世纪的教皇官邸，二是横架在罗纳河上的断桥贝内泽桥。后来我又看了一些资料得知，到了阿维尼翁，离地中海就不远了，往南再走 85 千米，就是法国南方的海港城市马赛。阿维尼翁处于连接法国南方和北方的要道上。从陆路往来于意大利（亚平宁半岛）和西班牙（伊比利亚半岛）也要经过阿维尼翁，所以阿维尼翁也是法国南部东西方向交通线上的一个重镇。由于地处要害，从古罗马时代起阿维尼翁就是一处繁华地。1840 年，人们在阿维尼翁城里发掘出一枚古币，上面铸有 6 个字母：AOUNIO（阿乌尼奥），这是阿维尼翁的前身。据专家考证，这种货币是公元前 120 年由马萨里亚（古代马赛）发行的。换句话说，在我国西汉时期，阿维尼翁就已经存在了。另有史料说，阿维尼翁的历史可以上溯到更远的公元前 500 年，相当于我国东周时期，其最初的居民是克尔特—利古里亚人。当时，这座小城名叫阿崴尼翁（AOUENION 或 AOUENNION）。按克尔特人解释，阿崴尼翁意为大风城；按利古里亚人解释，阿崴尼翁意为河神城。两种说法各有根据：因为阿维尼翁建在多姆山上，所以风大；又因为它守在罗纳河边，所以有河神，两种说法正好概括了这座城市的自然特点。1348 年，普罗旺斯的女领主让纳以 8 万弗罗林（古佛罗伦萨金币）的价钱将阿维尼翁卖给了教皇克雷芒六世。虽然后来的教皇格雷戈里一世于 1377 年将教廷重新迁回罗马，但阿维尼翁仍属教皇的领地。直到 1792 年，法国在完成了大革命以后才重新将其收回。

另有史料说，阿维尼翁的历史相当于我国东周时期。

阿维尼翁引人注目的景物不少，城墙就是其中之一。这里的城墙是完整的一圈，总长近 5000 米，由大块方石砌成，坚固而厚

重。城垛、城塔和城门都完好无缺。城墙建于 14 世纪，19 世纪进行过重修，墙上雨水冲刷的痕迹凸显着它的沧桑。城里街道不宽，城里的房子都是不怎么高的古建筑，有些墙上画着假窗。原来，从前阿维尼翁城里收税是按家里是否有钢琴、开了几扇窗户来计算，有的人家为了少纳税，建房时就少开窗，房子建好后在外面画上假窗。1995 年阿维尼翁被联合国教科文组织列为世界文化遗产。如今阿维尼翁老城里只有 1.5 万居民，为了保护古城风貌，政府对老房维修提供财政补贴。

1995 年阿维尼翁被联合国教科文组织列为世界文化遗产

阿维尼翁另一处有名的古迹是贝内泽桥。传说，800 多年以前，15 岁的牧羊少年贝内泽受到神灵启示，决定在罗纳河上建一座桥。他独自将一块十几个人都抬不动的巨石搬到河边，确定了建桥的位置。当地民众在他的率领下，历时 8 年，终于将大桥建成。在很长的时间里，这座桥是罗纳河下游唯一的桥，通过它往来于西班牙与意大利之间的朝圣者及商务人士无不感到欣喜。大桥本来长 900 多米，有 22 个拱孔，是欧洲中世纪建筑的杰作。有一首老歌《在阿维尼翁桥上》："在阿维尼翁桥上，人们跳舞，在阿维尼翁桥上，人们围成圆圈跳舞……"这首歌使大桥声名远扬。大桥建成后曾多次被洪水冲垮，又多次重修，直到17世纪，人们决定放弃这种努力。如今的贝内泽桥是一座仅余4个拱孔的断桥。站在罗纳河中的断桥上举目四望，蓝天白云下是一片古城的沧桑。

教皇宫(Palais des Papes)是由西蒙德·马蒂尼和马泰奥·焦瓦内蒂设计装饰的罗马教主宫，这座看上去非常古朴的城堡，俯视着阿维尼翁城环城的城墙和12世纪遗留下来的横跨罗纳河的断桥。这座突出的哥特式建筑下面的广场上，小宫殿和圣母院教士的罗马主教堂构成了一组特殊的纪念碑，他们显示了阿维尼翁在14世纪基督化的欧洲所扮演的突出角色。

如今的贝内泽桥是一座仅余4个拱孔的断桥

教皇宫外观雄伟庄严，带8座塔楼

1309年至1377年在近70年的时间里共有7位教皇在这里居住，为了显示其教皇的神圣和威严，在城北的高岩石山上，教皇宫总面积1.5万平方米，由旧宫和新宫连接而成，两者风格迥然不同。教皇宫外观雄伟庄严，带8座塔楼，内部似一座迷宫，大殿小厅相连，廊道迂迴曲折。新宫富丽堂皇，最大的厅堂是二楼的克雷芒六世拜堂，长52米，宽15米，高19米，象征教皇在阿维尼翁的权威。

这里的城墙是完整的一圈，总长近5000米，由大块方石砌成，坚固而厚重。

旧宫朴实无华，一层是红衣主教会议厅，二楼是宴会厅。附设的圣约翰礼拜堂，四周的墙面上画满了圣约翰一生的壁画，全部出自 14 世纪意大利名画家之手。

当年的主教官邸，现在叫小宫博物馆，以历代教皇私人收藏的祭坛画为主，共有 18 个展室，收藏主题非常明确，馆内的画作都是描写圣经上的故事，其中又以圣母与圣婴的收藏最具特色。当年教皇曾邀请了众多意大利画家，由于受到了意大利画派和佛兰芒艺术的影响，形成了有名的阿维尼翁画派。这座主题美术馆收集意大利画派、法国以及阿维尼翁地区的佳作，其中最负盛名的是意大利文艺复兴时期的画家波提切利所画的圣母与圣婴图，画家笔下优雅纤细的圣母怀抱活泼健康的小耶稣，无论是姿态表情和眼神都惟妙惟肖。

毕加索《阿维尼翁的少女》

在 1909 年末，毕加索从事了一件有重大意义的作品的创作，这件作品是他的经验总结，并且标志着他未来的活动朝现代派方向发展的开端。这部作品就是《阿维尼翁的少女》。

这位西班牙画家的着眼点，不像野兽派那样放在色彩上，而是放在形体上，他采用灵活多变且层层分解的、雄浑有力的、宽广而有概括性的平面造型的手法，把形体的结构随心所欲地组合起来。这些平面甚至发展到超越单个的物象，囊括周围的全部空间。《阿维尼翁的少女》彻底否定了文艺复兴时期以来视三度空间为主要目的的传统绘画。毕加索断然抛弃了对人体的真实描写，整个人体均为利用各种几何化了的平面装配而成，这一点在当时来说，是人类对神的一种亵渎行为。同时它废除远近法式的空间表现，舍弃画面的深奥感，而把量感或立体要素全体转化为平面性。这幅画，既受到塞尚的影响，又明显地反映了黑人雕刻艺术的成就。强化变形，其目的也是增加吸引力。毕加索说："我把鼻子画歪了，归根到底，我是想迫使人们去注意鼻子。”

《阿维尼翁的少女》不仅是毕加索一生的转折点，也是艺术史上的巨大突破。要是没有这幅画，立体主义也许不会诞生。所以人们称它为现代艺术发展的里程碑。

阿维尼翁的小伙儿　　阿维尼翁少女坐拥圣诞礼物

阿维尼翁戏剧节创办于1947年，是法国历史最长、影响最大的艺术节之一。每年七八月在阿维尼翁市举办。该艺术节的创始人是法国戏剧导演让·维拉尔。目的是促进战后文化艺术的复苏与发展。维拉尔努力使戏剧摆脱了“高雅艺术”的桎梏，把戏剧视为“法国公民的戏剧”。阿维尼翁戏剧节的鲜明特点是坚持走创新的道路。如今，戏剧节的声誉与日俱增，影响规模日益扩大。

1995年联合国教科文组织将阿维尼翁历史地区作为文化遗产，列入《世界遗产名录》。

2012年12月3日

今天是公务访问，要求穿正装。我始终认为中国男士的正装应该是中山装，而女士的正装应该是旗袍。衣服也是一种文化，西方男士穿西装不论怎么穿都能表现出他们的气质，而中国男士穿西装无论面料多么考究都会与他们自身的气质格格不入，这是文化上的差异，一个人的气质代表着本土的文化，西装并不能体现中国文化，所以在我看来穿西装的中国男士都显得土，与其内在的精神气质风马牛不相及。

早晨九点准时赶往阿维尼翁市政府。车上多了一个女孩，是从尼斯请来的翻译，她 1989 年生，现在尼斯大学读旅游硕士。她穿了一件粉色的羽绒服，身材不高，脸上的五官像中国电影演员李冰冰。

到了市府门口，一座安静的老楼，里面似无人办公。前厅里有一位穿格子衣服的中年男士在摆弄着什么，是分发信件还是摆弄报纸，没太看清。我们又到阿维尼翁歌剧院，里面仍然没有人。导游只好站在门口打电话，随后说："接待我们的人有事，要过一会儿来，大约十点。走，我们到酒吧坐一会儿吧。"

行走的路上，我与女翻译交谈起来，她说法国人特别懒散不靠谱，除了罢工就是休假，一件事情要拖很长时间，很难办成什么事，这与他们的制度有关。法国人迟到早退很正常，去朋友家玩都要迟到，早去还会令主人惊讶。法国人一定要休假，他们把时间看成是自己的，为什么要被别人支配？女翻译的男朋友是个法国人，父母都是教师，但他很乖，不像法国人，他也不喜欢法国人，将来女翻译和男朋友很可能不在法国工作，他们更喜欢德国和西班牙。女翻译在尼斯的费用每年接近八万人民币，包括学费和生活费。

女翻译还告诉我，现在法国人很恐惧中国的快速发展，他们认为用不了几年，中国就会成为全世界第一。

导游为我们找了一个临街的咖啡吧，我们坐进里间时，他建议慢慢喝，法国人一杯咖啡能喝一个小时甚至半天。泡吧已经成为法国人的生活习惯，并形成法国的吧文化。我注意到有一位穿黄色衣服的法国老头儿在喝咖啡，他可能是这里起早的人了。不一会儿，又进来了两位金发女郎。

十点钟，我们准时奔赴阿维尼翁歌剧院，见有一男一女候在门口。女士身材细瘦，穿着十分性感，上身是一件黑色的短款夹克，胸罩半裸，里面的乳房被一层透明的黑纱掩映，超短裙刚刚遮住臀部，脚上尖细的高跟鞋使她看上去十分干练性感，她脸上精致的五官让我想起意大利影星索菲娅·罗兰，她像是她的缩小版，她的名字叫克里斯第娜（音译）。她是歌剧院的业务负责人。另一位男士在歌剧院负责经营管理。

我随着他们走进富丽堂皇的歌剧院，听着克里斯第娜生动的介绍："阿维尼翁歌剧院 1846 年建造，1871 年重建。为吸引更多的人看歌剧，投入很大。歌剧院在修道院旧址修建，地下发现很多小孩尸骨。1786 年，由两位来自里昂和尼斯的设计师设计，座厅 1200 个席位，是意大利风格的建筑，圆顶称为天堂，圆顶的壁画最早建歌剧院时就有了。此歌剧院与巴黎歌剧院风格相似，1986 年重新装饰。歌剧院建造悠久，是法国五个最早的歌剧院之一。早在 14 世纪，这里就在学校等公共场所最先以喜剧形式演出。到了 17 世纪，人们想建歌剧院，但地址不是这里，而是布拉斯第佣广场，莫里哀曾带团队在此演出过两次。1846 年，人们要建更大规模的歌剧院，欣赏高雅的歌剧。剧院右边的包厢给市长夫人和重要的政府官员，左边的包厢给警察局和省级政府官员；下边一楼票价最贵，二楼相对便宜，从二楼往上票价级别越来越低，四楼票是卖给市井化的人群，他们讲话吵，发噪音，像鸡圈里的鸡一样咕咕咕。现在歌剧院越来越多与中国、日本、韩国等亚洲国家艺术团体合作演出，喜欢中国文化，希望中国艺术家在此演出带来中国文化。这里的演出团队曾去上海演出，与中国演出团队合作，成功演出《卡门》。"

克里斯第娜(音译)

男士阿尔诺(音译)负责歌剧院的经营管理，他接着介绍说，歌剧院现有 120 个工作人员，包括艺术家、技术人员、行政人员，属于市级歌剧院，下属市政府，由市政厅管理，自建院以来，都是政府支持。从 2013 年 1 月 1 日起，歌剧院的经济方向开始转型，不是政府单一资助，而转向公众和社会，以寻找到更大的经济支撑。在这个地区有更多企业愿意支持歌剧院的发展和剧场的修缮。目前歌剧院资金来源有三个途径，政府、公众、企业，近三年私有方面占主要来源，但国家还会鼓励，政府补贴至 2012 年还是百分之百，2013 年转为企业。如果运行更好，就要寻找更多合作伙伴，特别是地区企业的支持，这是歌剧院自己的选择，商业化运作会使歌剧院得到更好发展，院里有专人负责联系此事。歌剧院首先要修复圆顶天花板，为了保证圆顶不落下来砸到观众，必须进行修复。对于投资合作的企业，歌剧院要提供免费票，在歌剧院的网站作企业商标，演出时打企业商标，演出赢利分成。为什么要先修缮歌剧院的圆顶？就是要让企业看到他们投资的效果，证明自己的投资是合理的。现每场歌剧上座率通常情况达80%以上，全年度报表观众达10万人，也就是说此地每人都会来一次歌剧院。2012年经济危机，影响上座率。歌剧院座位正厅与楼厅一层是票价的第一个等级，100欧元，现在要提高这个等级的票价，因为要付很多钱给演出人员，如邀请最好的歌唱家，一次就要付5万至10万欧元。固定演员月薪1600欧元，没有演出补贴，会有一些奖金，但不规律，外请演员有补贴。

阿维尼翁有两座艺术学院，音乐学院和歌剧院，此歌剧院只做专业演出，他们有非常好的乐队，走出法国，去过印度。注重未来发展，做些小孩和年轻人的公益演出，培养熏陶他们的艺术细胞，对此地的艺术发展是有帮助的。他们每年两次走进阿维尼翁大学讲学，邀请学生参观歌剧院，了解歌剧。最近我们作了网站，在网上可看到所有演出计划，也可预订座位，通过社交网络让大众了解歌剧。

有人插话："此地人到歌剧院看演出是发自内心的喜欢吗？"

阿尔诺答："是的，特别是古典戏。"

又有人问："电视网络这么发达，为何还要来歌剧院看戏？"

阿尔诺答："人们喜欢现场感，这是习惯。法国人喜欢出门，认为歌剧院是很好的休闲场所。"

还有人说："人都喜欢现场感，只不过中国演出的票价太贵而已，一张电影票都要七八十元。"

……

公务访问已超过12点了，女翻译说剧院想请我们在对面的咖啡吧喝咖啡，我看到克里斯第娜已穿着裘皮大衣风度翩翩从楼梯上走了下来。

肚子开始叫唤，咖啡解决不了饱腹的问题，下午还要有其他活动，喝咖啡就免了。

午饭后去了阿维尼翁附近的小城阿尔乐，画家梵高曾在此生活过，这里也是世界文化遗产保护城市，古罗马的建筑风格。据说，古代看一座城市是不是发达，要看喷泉，古罗马就是永恒之都，人们生存要汲水。古罗马人爱干净，谈事情先洗澡，吃饭趴着吃。阿尔乐也有喷泉。

梵高在这里画过《医院的钟亭》

城小路窄，大巴车开不进去，步行穿城。首先到了曾经做过医院的老宅院，院里种着花草，上下两层建筑的楼房，至少有100年的历史了，窗子的颜色是黄蓝相间的，梵高在这里画过《医院的钟亭》。而梵高最打动我的画是《向日葵》，那么疯狂的向日葵，让人产生无尽的遐想。

文森特·梵高(1853～1890)出生在荷兰，创作在法国，其作品色彩鲜艳，颇具情感冲击力。也许这是他一生忧郁，生活辛苦的真实反映。他年近30才开始绘画，最著名的画作大多是在生命最后两年创作的。他一生作画2000多幅，包括约900幅油画和1100幅素描及速写。他生前备受焦虑症和愈加频繁的精神病的折磨，37岁时朝自己的心脏打一枪，自杀身亡。梵高生前只卖过一幅画，还是在布鲁塞尔画展上卖别人的一幅画搭了自己的一幅画，靠弟弟提奥梵高的资助生活。他出生在牧师家庭，是家里的长子，二十岁之前生活顺利，初中是在荷兰上的，本想成为牧师，因牧师执照未考上，便在叔叔的画店里卖画，叔叔就把他安排到了英国，这成为梵高生活的转折点，在英国他喜欢上了房东的女儿，但房东的女儿喜欢前房客，此事对梵高打击颇大，于是又回到荷兰，开始画画，并患上严重的精神病。为给梵高治病，弟弟提奥梵高将他接到阿尔乐，委托马歇尔医生尽心照顾梵高，使他在这里达到艺术的高峰期，梵高有百分之十八的作品在此完成，如《夜晚的咖啡屋》《自画像》《医院的钟亭》《向日葵》等。为邀请画家高更，梵高画了一组向日葵，梵高见到高更后，因为艺术分歧两人又不欢而散。据说梵高割耳就为此，也有说是为了某妓女。

阿尔乐因为梵高在此居住而提高了本地的知名度，商店里销售一系列以梵高为主题的旅游纪念品，汗衫、钥匙链、手包、明信片……

梵高的画作《阿尔乐的剧场》

阿尔乐的古罗马剧场

当漫步到阿尔乐的古罗马剧场时，又看到了梵高的画作《阿尔乐的剧场》。此剧场已有 1500 年的历史了，现正在进行大规模修缮。每年夏天这里都要举行露天音乐会，每年的阿尔乐戏剧节这里要演出 350 场。

沿街古墙壁上，胡涂乱抹的文字和图案，这是法国人个人意趣的表达，没人干预

阿尔乐宁静的河湾

沿街古墙壁上，有胡涂乱抹的文字和图案，这是法国人个人意趣的表达，没人干预，在巴黎我也看到了这样的墙壁，似成为一种特殊风景。

这里的旅游资源是薰衣草和向日葵。

回来的路上，听见有人说了这么一句话，好像跟此行没什么关系，但感觉此话颇具意味，我还是记录如下："当年英国人送中国皇帝火炮，皇帝看都没看，直至八国联军打进来了，大炮还摆在那里呢。"

阿尔乐古老的街道

2012年12月4日

早晨前往尼斯，车行一个小时，在车的右边可看到地中海。途经海港城市马赛，准备去看这里的圣母守望教堂。

马赛是法国最古老的城市，公元前600年由希腊的福西亚人建立的，当时是一个贸易港。当地有这样一个传说，正在为福西亚寻找新贸易移民港的普罗提斯(Protis)发现了地中海拉西顿(Lacydon)洞穴，那里有淡水泉，而且由两座岩石海角保护。普罗提斯被当地的利古里亚部落酋长招亲招到了地面上，并与他的女儿吉普提斯(Gyptis)结婚。在宴会后，吉普提斯向普罗提斯敬献了一杯葡萄酒，明确表达了她的意愿。他们结婚后迁居到拉西顿以北的山上，这个定居点就发展成为马赛。如今马赛是法国最大的海港，景色秀丽，气候宜人。1792年法国大革命时期，马赛人高唱《莱茵河战歌》进军巴黎，激昂的歌声鼓舞着人们为自由而战。这首歌后来成为法国国歌《马赛曲》。马赛同时还是几千年来东方货品输入西方世界的重镇，整个马赛城弥漫着混杂的异国气息，人口一向比较混杂，既有来自地中海以及欧洲地区的居民，也有来自非洲的居民。近25%的马赛人口为北非血统，大多为阿尔及利亚人和突尼斯人。1348年，这座城市被黑死病沉重打击，疫病一直间歇持续到1361年，是法国第一批感染黑死病的城市之一，大约15000人在这场灾难中死去。

阿道夫·梯也尔(1797 年—1877 年),法兰西第三共和国第一任总统和足球明星齐内丁·齐达内(Zinedine Zidane)(1972 年出生)都是马赛人。

在大仲马的小说《基督山伯爵》中,基督山伯爵被关押的地方便是伊夫岛上的伊夫城(Chateaud'If),已经成为马赛的景点。

有部法国电影《的士速递》,取景之地就是马赛。已经拍到第四部了。据说第一部和第二部十分好看。

马赛的肥皂和鱼汤最有名,普罗旺斯鱼汤(Bouillabaisse),是将海鱼和虾等煮在一起而熬成的汤,原本是渔民的妻子为了给下海的丈夫暖和身子,用卖剩下的鱼熬成的平民汤菜。如今竟成了一道地方特色菜。

金色的圣母像,日夜守望着出海的人平安归来。

马赛城所有建筑的高度都不能超过圣母守望教堂

马赛新城像我们国内二三级的城市,路窄车堵,治安乱,满街都是黑人和阿拉伯人。路上的车辆行进得很慢,像蜗牛一样往前拱。马路在施工,工地上只有一个人在干活,修旧如旧的法国建筑风格。这个路段显然是市中心的繁忙路段,如果在中国,这么繁忙的路段,肯定要集中人力物力财力尽快修复通车。但法国人的工作风格绝对是有别于中国人的,他们不怕别人说"磨洋工","磨洋工"很可能是他们最喜欢的工作节奏,如果用中国的一句溢美之词来赞颂,那就是"慢工出细活"。

前往教堂的路上，接近地中海的时候，远远就可望见海边伫立一座克隆版的大卫雕像。山路蜿蜒曲折，考验着司机撒沙的车技。到了停车场，清晰地看到金色的圣母像，日夜守望着出海的人平安归来，据说马赛城所有建筑的高度都不能超过圣母守望教堂。圣母圣殿的钟楼高 60 米，顶部是圣母的巨大雕像，高约 11.2 米，几乎在马赛的任何角度以及数千里外的海上都可看到这尊闪闪发光的圣母像。圣母圣殿也被称为“圣母加德大教堂”，是法国马赛的一座罗马天主教宗圣殿，这座华丽的新拜占庭式教堂坐落在马赛的制高点，马赛老港南侧海拔 162 米的石灰岩山顶，为马赛的主要地标，也是每年 8 月 15 日圣母升天节的朝圣地点，当地居民通常称之为 la bonne mère（意为“好母亲”）。教堂的兴建历时五年，花费 17 万吨材料，包括 23 船来自意大利的大理石和斑岩，教堂内部装饰着大理石、马赛克和壁画。许多墙壁上挂满绘画、牌、模型船、战争勋章，甚至马赛足球俱乐部球员的球衣。

去教堂要爬很长的台阶，台阶每七个一层，意味着第七天要休息。路上的树木是在风的摇曳中长大的，成型后都塑成了舞蹈的姿态。进了教堂，一种神圣庄严的气息扑面而来。牧师在讲经布道，很多人坐在椅子上倾听。门口燃着的蜡烛盘，是祈福用的，燃烧跳动的火苗让我忽然想起了远在中国的父母亲，出差前母亲曾打来电话说要为我祷告平安。可我到了法国后，一次也没给他们打电话，心里最记挂的还是自己的孩子，我母曾说：“儿行千里母担忧，母行千里儿不愁。”这与中国人的消费习惯有关，长辈总是为下一辈活着，为他们买房、带孩子……而这与法国人是多么不同，法国人从不存钱，更不会为下一代赚钱。其实这样的人生观很科学，人就是应该完善自己，如果总惦记别人，就会形成“管闲事”的恶习。

风特别大，帽子几乎戴不住，
如果不用手拽着，就会随风飘了。

我花了两欧元为父母燃了两盘蜡烛，愿圣母保佑他们平安健康。

从山上下来，看到马赛港停泊着大量的私人游艇，一只私人游艇只卖十几万欧元，但停泊费每天要20—30欧元，也就是说买游艇容易，停泊却不容易。导游说，最豪华的私人游艇在戛纳。

午饭在一家叫“宝岛饭店”的中餐厅，几乎没什么人，生意很淡。法国当下经济状况不景气，能从餐厅的营业方面看出来。

本想利用饭后的间隙逛逛附近的商店，马赛街上偶尔会闪烁出穿着时尚的女郎，商店的橱窗里摆放的鞋子、衣服、包等物品，都显示了精致而不俗的档次。可耳畔不时被导游提醒“小偷、抢包”等字眼，一座令人恐惧的城市，质地再好游客也没有闲逛的心情了。

身后是阿尔卑斯山脉

过一个红绿灯十字路口时，看到数个异族青壮男士，他们用目光不停地扫着我。导游突然紧张地喊：“快，男士赶快站到女士两侧……”

有人马上响应导游的号召，女士站在了队伍中间，绿灯亮时迅速穿过马路，因为过度紧张，我连一处古老的雕塑都没顾得上拍，那是一处历史悠久的广场，可惜不知其名。

大巴车在A8高速路上行驶，这条路是联结马赛与尼斯的必经之路，经过蔚兰海岸的时候（地中海），看到蔚兰海岸机场的飞机一架接一架起飞，在地中海上空飞行，我隔着车窗抢拍了几个飞机镜头。据说，旅游旺季这里一分半钟起落一架飞机，南北欧都有直航，宾馆也难订房间，每晚要六七百欧元。

下午四点抵达尼斯，尼斯（Nice）是法国第五大城市，第二大旅游胜地。四十万年前，在这片土地上就有土著居住。在公元前后的漫长岁月里，它先后被古希腊和古罗马交替统治。1706年，尼斯第一次成为法国的领土，1713年，尼斯被割让给西西里王国，1860年，尼斯重新回到法国的版图。最近的四十年，尼斯发展迅猛，成为全欧洲最具魅力的度假胜地——黄金海岸。

我们在市中心的一家酒店住下，这家酒店的厅堂不大，墙壁上挂满了著名影星的黑白照片，有戈力高里·派克、里根、还有赫本。我的单间是个小跃层，去卫生间要上几级台阶，这显然是法国行程中最豪华的住所了，我们要在尼斯学习四天。

2012年12月5日

尼斯的有钱人都住在山上，从山上俯瞰地中海，真可说是大海共长天一色。这是我落地尼斯的第一印象。

上午八点出发赶往尼斯大学分校，了解法国政府对文化产业的支持协助以及文化产业相关政策的实施手段。这是一座体育和旅游专业分校，现有1千名学生。国际关系部负责人巴宗黑先生首先致欢迎辞，他说学校与中国建立友好关系已有三年历史了，此校开设了针对中国学生的专业，与北京体院和沈阳体院有合作关系。你们是第一批通过巴黎关系来学习的学员，与非常专业的人士切磋学习。

接着由“南方之夜”旺斯庆典活动的总负责人欧撒列塔(音译)为我们讲述“怎样调整资金吸引艺术家”。

尼斯大学国际关系部负责人巴宗黑先生(右)

在法国和欧洲的大环境下，五十年以狂欢节的形式展示文化，包括歌剧、话剧、歌曲(南方之夜)等艺术。又分成两大类性质，一类免费，一类收费，实际主旨还是要有人为艺术家买单。免费部分由国家负责。南方之夜活动已是第十五届了，百分之三十是国家投资，其余靠赞助商。旺斯离尼斯三十千米，在山上的小城，画家马蒂斯在此居住很久，有1.5万人口。南方之夜很多活动在市中心举行，每年来参观和看演出的有55000人，对旺斯小城来说，客流量很大，因是世界级的活动，2012年曾邀21个国家的艺术团体来表演，但仍以法国音乐为主体。价格上法国总体水平门票价37—38欧元，“南方之夜”平均票价14欧元，最低12欧元，最高20欧元。“南方之夜”活动总预算一千万欧元，门票收入

58%，市府投资22%，赞助商12%，地区和省投资8%。法国的政体以国家最大，下面是省、市、区，像中国的千层饼一层摞一层。“南方之夜”活动不仅围绕音乐，也与城市内部机构联系紧密，学校、商店、零售商出的节目有13场晚会，并鼓励当地年轻演员参加评选，由“南方之夜”赞助到全国各地演出，旨在通过此活动，发现很多年轻的艺术人才，把他们推到国家级层面，现已发现四十多个优秀的组织和团体。法国文化志愿者每年有130多人参与活动，有工作人员、当地居民、零售商等。志愿者的作用一是宣传，二是增强社会关系，加强人与人之间沟通，三是促进了这个活动。“南方之夜”的主旨不仅仅是看音乐，更是文化交流，因是世界性的，产生不同文化层面的冲击。举办音乐会不仅让人们听音乐，更重要的是文化交流，如果仅是听音乐，一年就结束了。通过15年来每年举办一次的活动，已成为蔚兰海岸最大的音乐活动，因价格不贵，所有人都可参加，又因是世界各地较出名和要出名的艺术家参与，质量很高，让听音乐的观众在此度过一段非常愉快的时光。目前计划在旺斯建一个音乐厅，正与市府区府联系此事，涉及钱的事会拖好久，比较慢，七年前就已经提出此计划了，一直拖到如今。“南方之夜”活动与当地高中联系较紧密，让学生与艺术家交流，出版了一本杂志，已出了三期了。今年差点邀请到中国的(HANGGAIBAND)摇滚乐团，最终没有来，中国至今未参与过此活动，曾请过日本音乐家。音乐风格古典、流行都有。法国的古典指交响乐，不是中国的京剧。法国的七八月份是旅游旺季，很多游客来此就是为了观赏音乐节。今年的演出结束，马上就准备下一年的活动。

有人插话：“请问现场安全问题怎么解决？”

回答：“保安有两种类别，一是国家级的警察，由国家付钱；二是私人保安，保卫艺术家的安全。”

又问：“是否要提前打报告申请？”

回答：“这不是商业活动，而是文化活动，不需要申请，市政府要求组委会办理，拨给一部分资金，由组委会操作。”

再问：“参加这样的活动要通过何种途径？”

回答:“艺术家可以直接联系组委会,但相应手续要自己办理,如果跳过经济人的话。申请方要提供网址,组委会看艺术家作品,可发函邀请。”

尼斯大学分校

接着问:“可不可告诉我们一个可信任的经济人?”

回答:“不好提供。因中国对欧洲来说是个神秘的国度,最好要让中国多了解欧洲文化。”

欧撒列塔最后的结束语说:“中国人来参观学习对法国很重要,法国只了解中国的京剧、杂技,但不了解中国的音乐。欢迎中国的音乐团体来参加这里的音乐节。”

接着由政府官员、客座讲师让保罗·德黑(音译)讲述如何保持中世纪的真实性而不掉入商业的陷阱。

他说,在今天文化节日已经成为非常大的话题,在地中海地区,节日组织非常多元化。在经济危机的情况下,人民群众不在意节日,更在意价格,举办节日简单,让节日延续困难,特别是政府的资助。这里节日的特点是季节性流动,6 月中旬至 9 月下旬,被大小文化活动包围着,季节性非常强,如戛纳电影节、奥朗热歌剧节、阿维尼翁戏剧节,除了大型活动外,还有小的活动。这个地区有 2200 个文化古迹,当地地方政策与历史遗迹怎么推动宣传,这些节日处于一个十字路口,集中体现在文化与文化产业、历史遗迹、旅游的关系。举办这些节日和大型活动,这些城市想就此带来经济收入,这就给举办者带来大的问题,怎样保持中世纪传统的真实性而又不掉入商业的陷阱。这些世界遗产已在法国注册,是有自己的权力的。行政区域与协会靠载体机构将中世纪传统延续下来,举办这些喜庆活动是为了重新发展一个地区的经济。为举办节日,首先是研究谁来参与这些节日,通过国家读研中心调查得知:50—55 岁的女性,处于收入的中上层,有一定能力参观。有好多节日不是靠真正的传统,而是虚拟出的传统习惯。在地中海大区,有两个非常重要的活动，戛纳电影节和阿维尼翁戏剧节，二战中创立，在国内外非常著名，除此还有很多中小型节日活动。怎样让活动延续资金成问题，往往举办一次就没有资金了。在举办节日时，不要请非常大牌的明星，2009 年某小城市花 100 万欧元请布鲁斯唱一个晚上的歌，不知是否收支持平？

2005 年欧洲重要国家签署“法罗公约”，文化遗产有自己的权力，是整个人类的共同财产，人类有责任保护和发扬它。欧洲发展模式是将文化遗产向所有人展开，在法国大约有 500 个中世纪传统节日，最初的起源是战争游戏，复古拿破仑战役等，最基础的是与学校合作，也有当地商人参与，扮演其中的什么角色。2008 年有 4.5 万人参与节日活动，城市大约有 4 万人，市府很满意，活动促进了人与人之间的交流，而平时人与人之间比较冷漠。

旅游办公室负责人与中世纪保护协会持有不同的观点，旅游办认为地中海不该以中世纪文明著称，它风景优美。旅游办侧重资金投入，协会则侧重保持传统，在保持历史传统的主旨时，不要太商业化。

艾芝古镇是中世纪小城，保存非常完好，中世纪保护协会 1997 年举办了中世纪庆典活动，很多人为参与此活动从世界各地赶来。此活动得到市区政府支持，目前已成为标志，市府已不可能将此活动停止。此活动成功举办主要靠这个协会，而法律规定此协会是自赢自利性质，会员没有工资。协会运作方式有的靠政府，有的靠自助，每个协会对历史的理解方式不同，靠自己的理解方式将人们聚集在一起进行交流，除文化载体，对当地商业产生冲击。活动不能只针对历史学家和考古学家，那样没有意义，要针对广大群众，举办活动不能掉进商业化陷阱而摒弃传统文化。举办活动有三点要素，一是乐趣性；二是家庭性；三是收费低。

让保罗·德黑以戴高乐时代一个总理的话作为自己讲述的总结：文化不是靠人类继承的，而是自己来征服人类的。

交流课结束已过了中午 12 点了，导游安排我们在学校食堂吃饭，进去发现食堂里学生太多，只好又退出来在门口站等。国外没有招待费，不像我们国内，公务招待要花很多钱。

而像这样的访问学习，国内不知要有多么像样的招待呢，起码要有重量级的领导陪同，就是在学生食堂吃饭，也会专门做特别的安排。

有人说：“所以我们要改革啊。”

站等了约一刻钟，导游过来说：“走吧，我们去外边吃法餐吧，食堂学生太多了。”

到了离校区不远的法式餐厅，这里是尼斯大学橄榄球俱乐部，餐厅里人很多，高处的墙壁上摆满了各式奖杯，以不可动摇的尊容俯瞰着餐厅里的人们。

用八角酿造的开胃酒

尼斯大学橄榄球俱乐部奖杯

法餐做得很慢，坐在长桌前等待，有人由上午讲课的内容聊起国内艺术。说在中国学艺术很难有市场，有次与一个很有名气的男演员吃饭，男演员带了几个颇有姿色的年轻女孩，都毕业于艺术表演戏专业，三四年都找不到工作。更有甚者，一位同事的女孩学芭蕾，花了几十万元，还到巴黎学习过，回来想进中央芭蕾舞团未进去，最后她父亲托关系在交通局下边的收费站找了份工作。

法餐端上来了，牛排、薯条、野菊、一杯用八角酿造的开胃酒，很浓的八角味，喉咙难以适应，另有一道甜点和奶酪。

下午去参观马蒂斯博物馆，马蒂斯博物馆是一幢美丽的别墅(Musee Matisse)，位于法国尼斯西米埃园的橄榄树林内，一座17世纪时期的热那亚式别墅，马蒂斯大约47岁的时候抵达尼斯，他对尼斯透明细致的光线极为热爱，曾说：“每当我发觉一早醒来，曙光现于眼前，我便幸福而不能自已。”他在这里一待就是38年，直到1954年85岁高龄去世为止。馆内收藏了马蒂斯不同时期的作品，包括236幅画作、218幅版画及由他设计插图的全套书册，还有著名的“蓝色裸体4号”和石榴静物画及剪纸等作品，可充分领略这位画坛大师的艺术精粹。

在马蒂斯博物馆旁，有一大片的橄榄树园，有的橄榄树还有千年以上的树龄，阳光下绿树成荫，非常壮观。

回到住地还是白天，匆匆整理了一下就去地中海看落日，地中海永远那么风平浪静，就像一个修炼到极致的仙人，“不管风吹浪打，胜似闲庭信步”。站在没有海滩的岸边，望天上美丽的云彩，在夕阳的抚慰中云彩变得红润妩媚。偶尔还可看到天上的飞机，尼斯机场距此很近。

马蒂斯博物馆

橄榄树园的孩子们

我拣了六块地中海岸边的石头，上面有白色的花纹。尽管家里已经有若干石头了，但地中海的石头毕竟与众不同啊。

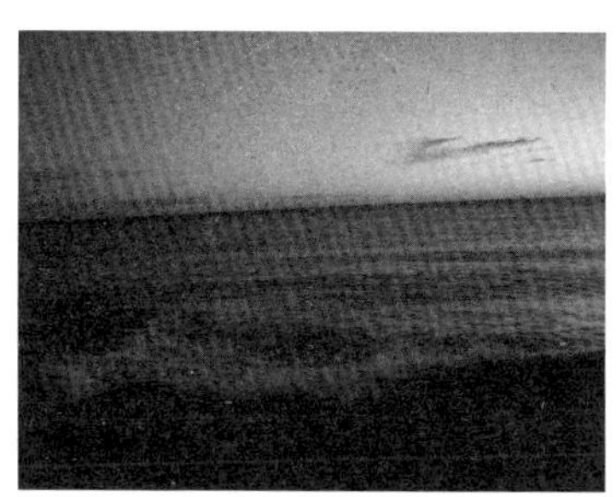

黄昏时的地中海就像一个修炼到极致的仙人

地中海的石头毕竟不同啊。

2012年12月6日

晨九时赶往尼斯大学，今天仍在此进行文化交流，主题是法国文化在青少年中的推广、文化传播方法、法国图书俱乐部等文化社团的介绍。

尼斯大学今天的主讲人是伊万·该思多，他是一位体育历史专家，人很壮硕，胳膊上的长毛凸显了雄激素发达的男性特征。国际关系部负责人巴黑宗先生简单讲了几句开场白，伊万·该思多就进入了正题。

历史遗迹——随着时间的推移，上古时期的建筑物就成为历史遗迹，这些历史遗迹渐渐形成国家与地区的标志，法国有4500个历史遗迹受法律保护，一半以上属于宗教性质，11%宗教建筑，12%历史遗迹，而体育遗迹所占比例就非常小，这就好比把一个上古时期的城堡与球星齐达内比较，又好比一个小教堂与一个足球场。比例非常小的体育遗迹有赛马场、角斗场、游泳池，如里昂大型体育场、巴黎大型游泳池、巴黎附近赛马场。可做文化遗产的是体育明星用过的东西，齐达内的球衣、网球拍、游泳眼镜等，不要掉入为形成遗产而制造遗产的陷阱里，不能把体育明星用过的东西不管好坏都作为文化遗产保护起来，不要大力推广历史遗迹，有时历史遗迹并不具有真正的意义。法国《世界报》去年推出一篇报道：太多的历史遗迹，随便推出什么就是历史遗迹，在当前形式下保护过多教堂、市府建筑、泳池等古建筑，根本没必要。在法国，近几年文化历史遗迹越来越扩大，体育也归到这里来了。历史遗迹在法国是如何出现的？历史遗迹有艺术和精神上的历史作用，这些可说是公有的也可说是私人的。文化遗迹的保护整修展示给大众，采取的措施有些是重建，有些是稍加修整，根据资金来源修整的力度也就不同。遗迹有风景、建筑风格、农业、工业、工具、画作等。不可建的文化遗产里有歌曲、舞蹈、未传下来的手工艺及民俗传统。举个例子，高档餐厅怎样摆餐巾、刀叉已成为文化遗产，不仅是吃，而完全成为一种艺术。今晨听广播消息，布列塔尼亚地区的一种唱法被列为文化遗产。文化遗产是一代一代传下来的，是征服人类的，法语的文化遗产单词是从拉丁语衍化来的，最开始以私有的概念出现，即家庭上辈人留给下辈人的东西，在17世纪时，都是以私有概念出现。17世纪开始，收藏家将此概念扩大，有一个法国人叫福朗索瓦，跑遍法国所有地方，为了寻找上古文献，文化遗产在此形成雏形。1701年有一个人自己列了一个遗产表，但未被皇家接受。直到18世纪，观念发生转变，国家也投入到遗产列表的分级和统计中。1789年法国大革命后，第一次建立了文化遗产保护机构，明确规定保护遗产不仅是机构的任务而是所有人的任务，保护最主要的是书籍、油画、版画，但建筑物未归到保护之列。40年后，建筑物才被列为历史遗迹。1834年，法国成立第一个国家专设机构，在20世纪以法国引起的文化保护的先锋，精神食粮都被保护起来。1921年联合国第一次建立世界文化保护组织，总部设在巴黎，现在还在巴黎，可见法国在此起到的作用，世界文化保护组织最初的建立与法国是一致的。1972年文化与精神遗产手工艺等才被列为世界文化遗产，法国有世界文化遗产日，1984年由当时的法国总理提出，现仍然保持。1991年，欧洲采用了法国文化遗产日的习俗，成为欧洲遗产日。

文化遗产的分类，一是著名的建筑物，如凡尔赛宫，以风景和建筑风格著称。特别强调建筑并非因漂亮才被列为遗迹，有个屠宰场也被列为遗迹，雷诺工厂也被列为遗迹。二是信息类建筑，如艾克思集中营，重建起来给下一代传递信息，这个地方曾在历史上发生过什么。三是完全是遗迹，什么都没有了，如圆明园，保护信息，让参观者去感受。

2006年法国与意大利足球赛，意大利球员骂了法国球员齐达内，齐达内用头部狠狠顶了他一下。此举曾轰动世界，被多家媒体炒作。阿尔及利亚一位艺术家将这个惊世动作塑为雕像伫立于蓬皮杜艺术中心广场。

今天历史遗迹的概念不仅是皇家领导的建筑，农民的生活传统也作为遗迹保护起来了。说了一大圈是想解释体育在文化遗迹中的地位,体育遗产在二三十年前并未被列为遗产,体育遗产之所以能够归类,是在我们生活中作用越来越大,如奥运会。体育遗产分六类,如建筑、器械、场馆(赛马、赛车、角斗场)、牧场、滑雪道、缆车……这些东西对有些人来说只有用到才有作用,对另一些人来说是一种技术,如缆车。有些出名的运动员也被列为遗产,如拳王泰森。2006年法国对意大利足球赛,意大利球员骂法国,齐达内用头狠顶了他一下,阿尔及利亚艺术家将这个动作塑为雕像在法国蓬皮杜艺术中心展览。体育博物馆将各类体育赛事的招贴画、宣传海报、一些历史文献幻灯片和体育赛事全部收集展览。1968年,墨西哥奥运会金牌银牌获得者都是美国黑人,他们举起拳头抗议美国的种族歧视,此照片被列为文化遗产。1967年自行车运动员环法游比赛,有个运动员抵达终点一分钟前死在自行车上,摄影机跟踪拍摄的录像属于文化遗产。一个体育方面的动作也可解释为文化遗产,如齐达内用头狠顶骂他的意大利球员。体育的器械、器材,古老的有铁制和竹制的,现在用碳纤维,又轻又有弹性,古老的女性网球服装,现在已跟从前完全不同了。法国体育博物馆,连给拉雪橇狗喂食的盆子都收集起来,还有报纸的体育报道,最后一点是运动员和观众所记忆的东西也是遗产。体育可作为遗产在二三十年前无论是运动物品还是运动精神都未被人认识,所有的体育物品和精神都可作为遗产。但今天面临的是分类,什么可保留,什么可摒弃,并不是所有的都保留。尼斯正建新体育场,旧体育场是推平还是保护,老体育场推掉尼斯人会反对,三十年代就开始使用举办过很多赛事,可勾起人们许多美好的记忆。体育不是仅靠体育发展,而是与旅游结合才有更好的发展效果,今天的游客不像从前的游客,不仅仅是参观历史遗迹建筑,还要看体育场。过去参观足球场对游客没意义,现在不同了,根据发展要求,很多体育场打开大门,如巴塞罗那,现已成为重要的旅游场所,每年吸引数百万游客。

体育旅游在法国也是新兴产业,尼斯山区有很多遗迹,开车上不去,只能靠远足参观。远足活动时,设农场景点、小教堂景点、到博物馆看以前球星的鞋，会有强烈的感受。巴黎有个隧道入口，很多人都会停下来拍照，因戴安娜死在里边。此产业未来十年会增长百分之二十。

接着尼斯歌剧院负责宣传的安妮尔思又为我们介绍了尼斯歌剧院的情况。

巴黎有个隧道入口，很多人都会停下来拍照，因戴安娜死在里边。

尼斯歌剧院不是由市府设置，而是国家设置的剧院，建于1969年。二战结束后，法国政府的建筑资金全部集中在巴黎，政府又将资金分摊给各城市，于是建了尼斯歌剧院。剧院的设施给尼斯市区带来很多大型活动，同时给酒店、餐饮等行业带来经济收入。法国有30个此类型歌剧院，如蒙彼利埃。这些剧院都独立工作，独立管理节目项目，虽然各自为政，但要求是一样的。院长由国家文化部长任命，但要征求当地市长意见，院长每任三年，可连任三届，极特殊情况下任四届。院长的选拔要看材料背景、艺术特长，院长有自己的职业，艺术家、舞美设计等。尼斯歌剧院日常工作人员有28人，3位固定演员。剧院一年的总资金是7千万欧元，其中有4千万属于国家支持，国家文化部门每年直拨1400万欧元，其他由省市拨款，市府每年1600万欧元，比国家还多，区级拨款70万欧元。这是地中海地区最大的歌剧院，资金情况要优越于其他剧院。门票收入3000万欧元，成人票价35欧元，儿童票价最便宜6欧元，另外的收入是赞助商赞助、两个最大场地的出租、作品被其他地方买断。因有国家支持，也有创新和国际接待任务（歌剧和其他类型交流表演），剧院季节从9月到次年6月，有50场左右的戏剧演出，8月至10月的剧目是创新的，除了歌剧外，还有舞蹈、歌曲等表演。尼斯歌剧院与里昂、马赛歌剧院一样，有较大的观众接待量，剧院有40年历史，现有1万1千个注册会员（固定观众），规定如买5次连票，买单票的人就要排在买5次连票者的后边。鼓励会员一是因为演出季节开始时剧院就有很大收入，二是分流观众。会员票价还分三种，一是个人，二是25岁以下学生，三是团票。购团票时要推举一个团长，如果取消演出先联系团长，团长享有免费票优待。每月周六推出一场话剧和歌剧演员念台词，观众可免费听。除正常演出外，还有话剧课，专请演员授课，每周20人。另有特殊团队，对歌剧话剧进行艺术评估。2005年法国文化部专设下属部门，对歌剧话剧发展问题进行研究，主要针对青少年。为吸引青少年喜欢歌剧，培养他们的兴趣，强迫老师入会，看演出票价优惠。以前所有表演都在晚上，近几年下午也举办歌剧话剧活动，针对学生或者偏远地区的问题少年，节目与成人节目一样，主要征求演员意见，问他们愿不愿意下午演出。因是国家歌剧院，每年9至10月份要推出新剧，到学校义务演出，每次到学校演出，学生的课程要取消，表演25分钟，演员与学生交流表演经验，吸引青少年。老师领学生看某一幕剧时，要把剧照发给老师，让学生针对此剧提出问题，每周还会让学生参观歌剧院，参观时介绍舞台设施和操作。在演员与学生交流时，征求演员意见，是否愿意传授自己的经验，演员非常乐意。为更好引导学生朝歌剧话剧的方向发展，演员会选某校某班直接带学生，以便于推广，老师在此起到很大作用。歌剧院与市教育部门联系，专门给学校老师授课，让其回去带学生，一种是茶话会，一种是培训(一天培训，第二天实践，共两天)，由专业演员负责，与高中有着密切的联系，高考有歌剧话剧剧目专长表演。尼斯东边有一座职业艺术高中，专学艺术，学生参与舞美制作，有个老师平时到剧院工作，负责联络，一万一千个会员中，30%是学生。歌剧院对学生进行行为教育的培养，如看演出不能打电话嚼口香糖等。

古镇艾芝与现代元素的融合

下午参观位于普罗旺斯地区的艾芝古镇，大巴车一路爬行，坐在车上可俯瞰地中海，抵达艾芝后首先映入眼帘的是左手边的“尼采之路”，著名哲学家尼采就是在此攀登时写下了“查拉斯图特如是说”中的一章。

绿叶向行人招手

绿叶难掩历史的沧桑

在村庄的入口，可看到14世纪的暗道，可以想象当年法国人和撒拉逊人的攻击，16世纪的古炮艇保卫着第一道城门，第二道门后的阶梯可到达环形小道上城堡的望楼，在此能感受到艾芝古镇饱经的风雨沧桑，它1388年回到萨瓦伯爵的统治，1543年，又遭到奥斯曼帝国和弗朗斯瓦一世及索里曼海军联军的攻击，16到18世纪之间，艾芝又多次被法军占领掠夺。这个风雨沧桑的古镇，如今的古墙上却爬满了胭脂红的九重葛。

1930年，这座府邸最后的一位主人就已经引进了意大利式的水供给系统，水的供给很长时间以来都依赖村庄的蓄水池。

在这个小城的所有宅子里，地球广场旁的日格尔家族的宅子以她浅浮雕大门显得与众不同。从尼斯来的日格尔家族是艾芝最著名的贵族之一，这个村庄是其在尼斯之外最古老的领地。他们的统治从13世纪持续到16世纪。1930年，这座府邸最后的一位主人就已经引进了意大利式的水供给系统，水的供给很长时间以来都依赖村庄的蓄水池。1952年开始这个府邸就具备了流动水装置。

“金羊城堡”也是值得留步的宅第，其名字来源于一个金色的山羊，当窃贼试图盗取城堡的财富时，这只神化的山羊用它的尾巴让那些窃贼迷失了方向。另外还有“艾芝城堡”，1923 年到 1953 年间曾是瑞典威廉王子的住所。底层已经变成艺术家们的工艺作坊和小商店。

美丽的艾芝

艾芝圣十字教堂又称白色忏悔教堂，其历史可追溯到 1306 年，这是艾芝村里最为古老的建筑。艾芝的忏悔者接受非宗教任务，组织集会帮助鼠疫受难者。塔楼的尖顶提醒人们，一直到 14 世纪末，小镇都归属于普罗旺斯。1860 年 4 月 15 和 16 日，村民在这个小教堂里一致投票通过艾芝归属法国。

圣母升天教堂于 1764 年开始修建，1772 年投入使用。巴洛克的装饰就像画一样嵌入人们的视野。教堂内部，一个埃及十字架让我们知道艾芝深深扎根于爱瑟斯女神的神话里。

从村庄的顶部，海拔 429 米的高度往下看，环视法国南海岸最为秀丽的轮廓，仙人掌的侧影和城堡遗迹探入天空。这遗迹证明着 1706 年路易十四的军队摧毁这座圆形城堡的决心。1949 年由园艺家金嘎斯多设计的“异国花园”，聚集了数百种奇异的植物，龙舌兰、芦荟、大戟和仙人掌，吸纳着地中海的风雨生长，与残缺的古堡交相辉映，用大自然的乐音诠释着生命。

从村庄的顶部下来，在一家咖啡吧休息，等待地中海的日落。咖啡吧里放着好听的音乐，是一个粗犷的女声在行进中的嚎喊，此刻这乐声是如此贴近于我的心灵，坐在靠窗的桌前，我对面就是地中海，太阳悬在它的肚子上，还没有掉落下来的意思，我要在这里耐心等待，直至太阳变成落日进入我的镜头。

数百种奇异的植物，龙舌兰、芦荟、大戟和仙人掌，吸纳着地中海的风雨生长，与残缺的古堡交相辉映，用大自然的乐音诠释着生命。

千年的守望

太阳悬在地中海的肚子上，
还没有掉落下来的意思

年轻的少女

古老的钟亭

从艾芝古镇出来，天色已经黑了，我们进了一家香水工厂，自1926年香水工厂建成以来，这里一直在用香水世家的秘方和最正统的法国工艺创造着各种闻名世界的香精、香氛及香品。在此，我了解到世界上只有150名香水师，总工作时间超过三小时就不能再工作了，要保持嗅觉的灵敏度。

店里有各式香水出售，男女香水都有植物成份的明确标识，还有用植物制作的精油和护肤品。

一款男式香水一共十小瓶，包装精美，只售13欧元，我拿起又放下，放下又拿起，打量了半天还是没买，我买男士香水送给谁呢？似无目标。

2012年12月7日

今天上午逛尼斯老城，下午参观尼斯歌剧院。

尼斯市政厅派了位女导游讲解，她首先让我们抬头看山上的瀑布流泉，说最早的尼斯古城就发源于那里。

漫步于尼斯古城大街，集市上热闹非凡，卖肉的铺子里顾客显得拥挤，肉是分部位卖的，每个部位的肉价格也不同，牛肉11.8欧元一公斤。鱼市是露天摊点，摊顶上撑开帆布，无数的海鸟盘旋于半空中，它们为海腥味而来，上下翻飞，让人不知是置身于海市还是人市。

尼斯老城的街巷

尼期老城广场

露天摊点的菜大约二三欧元一斤，有土豆、白菜、南瓜、大葱、辣椒等，这些菜让我兴奋不已，我感觉自己可以独自在此地生活。

有对卖宠物的年轻男女商贩引起了我的注意，摊位上一头小猪和一头小羊，另放了一台取暖器给小猪和小羊取暖，最初我还没认为小猪小羊是宠物，看到取暖器才恍然明白了宠物也被人性化了。男摊主从一个小纸盒里取出一粒食物递给我，我弄不清要做什么，也就没敢接。后来陆续来了几个小朋友围着小猪小羊看，他们从男摊主的手中接过食物喂小猪和小羊，我才明白那是宠物食。

对动物的人性化喂养让我想起2009年在游历欧洲时所见到的装有风扇的运猪车，猪尚能如此享受，何况人乎？

警察（大约是城管）站在两个轮子的单人骑行车上（类似于我见过的滑板）不停地在街市巡查，据说这种车十分环保。

摊位上一头小猪和一头小羊，另放了一台取暖器供小猪和小羊取暖。

警察（大约是城管）站在两个轮子的单人骑行车上（类似于我见过的滑板）不停地在街市巡查。

曾经这里的税收是以窗户计算的，每个面对街区的窗户都要收税，窗户越多收税越多。临街住户就把窗户刷成油漆，做成油画一样。

一位富翁的私人住所，现已改建为乐器博物馆，里面有1843年至1899年的钢琴，还有小提琴、黑管等诸多乐器。富翁家里的门都是斜的，据说此门的设计是为了防盗，门打开人出去后，门会自动关闭。富翁的床很小，当时的人不敢躺着睡觉，怕死神上身窒息而死，都倚睡或坐睡。

尼斯古城不大，教堂竟有两个。圣雷佩拉特教堂建于17世纪，是唯一有台阶的教堂，建教堂时要求建得像歌剧院一样。为让人们都信仰耶稣，教堂神父故意造了一只假手托举着耶稣，说是神的旨意。

临街住户就把窗户刷成油漆，做成油画一样。

午后下雨了，雨中漫步于尼斯古城，刻有十字架的古墙、地上的石头路、有创意的油画店……我感受着这座古城历史中的文化和文化中的历史。尼斯曾为意大利的领土，最初由希腊人建成，曾是罗马帝国的殖民地，于1860年才脱离意大利统治。因此尼斯的老城区里有许多巴洛克式的教堂和房屋，充满着意大利式的生活气息和情调，意大利那明亮的黄让人过目不忘。

下午参观尼斯歌剧院，此院已建有20年历史了，它的对面是博物馆和图书馆，与歌剧院三位一体成为文化一条街。歌剧院是意大利人设计的，红色的皮椅，956个座位，上下4层平台，演出大厅以法国一位演员的名字命名，圆形剧场使观众在每一个角度都能很好观赏，所听到的声音都是一样的。贴地面的是主座池，给有身份的人，最上层叫鸟巢，是比较吵的穷人座位，离舞台也最远，戏称“天堂”。如《路易十四》剧目，最接近舞台的座位都是王公大臣。

歌剧起源于意大利，最早是露天演出，宗教性质的，剧目都是耶稣的故事，后来商人们不喜欢总看耶稣故事的剧目，而演别的剧目是不被大众接受的，于是就筹划盖剧院。当年在意大利是用水手拉幕谢幕的，因为拉幕布很费力气。现在幕布后边有一道防火板，自动升降。幕布设计有几种，两边拉开的幕布是意大利式，上下拉开的幕布是德国式，左右拉开的幕布是希腊式，法国式综合了意大利、德国、希腊的幕布特点。

舞台的左边称花园，右边称天井，中间称剧场，最贴近观众的部分叫鼻子。

舞台最不流行的颜色是绿色，莫里哀死时穿的是绿衣。路易十四时代法国人流行不洗澡，因国王路易十四就不洗澡，死前只洗一次澡，看歌剧只有一套正装，是绿颜色的，因长年不洗澡，纺织业又不发达，布料与皮肤摩擦使皮肤生病。

尼斯老城掠影之一

尼斯老城掠影之二

尼斯老城掠影之三

尼斯老城掠影之四

希腊剧的舞台表现方式是一部分人唱，另一部分人跳，剧场很大，可容纳 5 万人，为了让远处的观众看清楚，演员踩着高跷、戴着面具，演员出汗，汗使铜制的面具变绿，演员将绿汗吞进肚子里会生病。今天如果穿绿衣，也许什么事情都不会发生，但因有上述传统，演员看到绿色的衣服就不会穿。

舞台由方块木板拼接而成，如放置道具，可启动木板。舞台布景有两种设置，一种是机械，一种是人工。歌院有 30 道背景幕布吊杆，称舞台衣架。

尼斯歌剧院还有一个小剧场，也是意大利人设计的，票价最贵 35 欧元，因有国家投资，学生票仅 9 欧元。而巴黎歌剧院门票可达 120 至 130 欧元。

在法国永远不要给女演员送一种有很多花瓣的黄色印度菊花。19世纪时，看歌剧演出的观众大多是单身年轻人，舞台剧目演的多是丈夫、妻子、情人、情妇等角色，扮演丈夫角色的出自50岁的男士，情人由年轻漂亮的女演员客串，没有台词，只有几个在常人看来很轻浮的动作。演出结束后，单身男士为调戏女演员就给她们送黄色的印度菊花，这意味着女演员要么是跑龙套的没什么戏份，要么接受被调戏。

在舞台上，也不能直接说“绳子”。一个人在舞台上说绳子，听到这个词的人，要让说绳子的人请喝的。绞刑架上的绳子和敲钟的绳子可直接说。船上用的不能称绳子，在一艘船上有各种绳子，问要哪根绳子，什么样的，每根都有名字。

交流结束时已近黄昏，一位歌剧院的长者将歌剧院台前幕后的知识差不多都讲了出来。

晚上在导游房间喝酒，他住501，与我住的503只隔一个房间，来他房间喝酒之前，并不知道他住这里。

导游让我喝一种酒瓶上写有2012的红酒，他说此酒是当年酒，特点是当年产当年喝，就是这个季节有，过几天就没有了，超市只售3欧元。此酒甜润，对不会喝酒的人来说，口感不错。

接着又介绍说，红酒最初的来历要感谢一群羊。野葡萄落在石缝中，落雨发酵，羊喝了后异常兴奋，特别是母羊，挤奶也多。牧羊人发现了这个怪现象就试着喝了一口，感觉很不错，于是亲自动手培植葡萄酿酒。传说是神让羊教给人酿酒，因此所有的红酒都赶不上法国，法国的红酒是神酒。

法国波尔多红酒的好坏，要看标签上是否注明AOC，如果没有这个标记肯定是5欧元以下给酒鬼喝的酒。再就是摸瓶底，瓶底的凹槽越深酒越好。既没写AOC，瓶底又是平的，一定是酒鬼喝的便宜酒。标签上写N1855的都是好酒，越靠近1855年份的酒也越好。

喝完红酒又喝啤酒，最好的啤酒是修道士酿造出来的，孕妇可以喝的。中国的啤酒在这里是水。比利时人喝啤酒一定配着牡蛎。

“可惜此行没安排到波尔多，那里真的挺好。”导游感慨。

2012年12月8日

上午去戛纳参观电影宫，这是一座几何体的现代建筑，中国导演陈凯歌曾以电影《霸王别姬》在此夺得金棕榈大奖。电影宫的路上有一条指印路，可以找到世界各国明星的指印和签名。电影宫后边就是地中海，数不清的高规格上档次的私人游艇在地中海停泊。

私人游艇在地中海停泊

把自己的头伸进中间一位模特的头里，你就与她们浑然一体了。

戛纳电影宫，一座几何体的现代建筑

戛纳国际电影节（FestivalDe-Cannes）亦译作康城或坎城电影节，创立于1939年，是当今世界最具影响力、最顶尖的电影节，与威尼斯国际电影节、柏林国际电影节并称为世界三大国际电影节，最高奖是“金棕榈奖”。法国戛纳电影节因大海、美女和阳光（SeaSexSun）而被称为3S电影节。电影节每年定在五月中旬举办，为期12天左右，通常于星期三开幕、隔周星期天闭幕。其间除影片竞赛外，市场展亦同时进行。电影节的活动分为六个单元：“正式竞赛”“导演双周”“一种注视”“影评人周”“法国电影新貌”“会外市场展”。有两组评审委员分别评审长片和短片，“正式竞赛”的部分由各国电影文化界人士组成，其人选都是颇有声望的导演、演员、编剧、影评人、配乐作曲家等，而其中一名担任主席。非竞赛部分以提拔新人为主,其中“导演双周”及“一种注视”发掘了不少颇具潜力或业有成就的导演。

戛纳电影节自创办之日起,就得到法国外交部、教育部、国家电影中心的支持和资助。除了1981年第34届电影节,因法国政局变动以及教皇保罗二世在电影节开幕这天遇刺,法国政府当局无人参加开幕式外,一般每届电影节的开幕式上,都有一名法国部长级的官员亲自出席并致辞。在戛纳50岁的大典上,法国前总统希拉克专程从巴黎飞抵戛纳致贺。这是戛纳半个世纪的历史上,第一次有总统大驾光临。

戛纳电影节是历时逾60载的电影界盛事,每年5月在法国戛纳举行,为期十天。在电影节期间,各类竞赛影片奖项包括:金棕榈奖、评审团大奖、最佳导演奖、最佳剧本奖、最佳男女演员奖、一种注目奖、电影基金会奖等。

自1959年始,已有众多华语影片获奖。

戛纳影宫对面是商业街,大多是世界名牌店,我专门找了一条法国地产品牌店,虽说难与世界大牌相比,但其手工艺却常有独到之处,地方性独具的特色往往就是走向世界的前提。电影也如此。

下午司机撒沙走错路了,无意间拐了一个弯,大巴车就出了法国拐进了摩纳哥。

摩纳哥公国是位于欧洲的一个城邦国家,也是世界第二小的国家(仅次于梵蒂冈)。它地处法国南部,除了靠地中海的南部海岸线之外,全境北、西、东三面皆由法国包围,主要是由摩纳哥旧城和随后建立起来的周遭地区组成。作为世界上人口最稠密的国家之一,摩纳哥经济发达,以博彩、旅游和银行业为主,在服务业和小型的、高附加值的、无污染的工业的多种经营上取得了较大的成功。摩纳哥的生活水准很高,与法国的大都市大体相当。而无须缴纳所得税的制度吸引了大量其他欧洲国家的富裕避税移民。

黄昏时分,骑摩托的时尚男女

摩纳哥一角

极目远望

爱像地中海一样深远

闻风起舞的树

裸体美女的乳房已被摸得脱皮了

摩纳哥的历史悠久,先后有利古利亚人、腓尼基人和迦太基人在此居住。后来腓尼基人在此建立城堡。中世纪成为热那亚共和国保护下的市镇。1297 年格里马尔迪家族夺取了摩纳哥城堡,开始了该家族对摩纳哥长达 700 年的断断续续的统治。14 世纪形成公国雏形,1338 年成为独立公国。1525 年,受西班牙保护。1641 年 9

月14日，摩纳哥同法签订条约，赶走西班牙人，1793年摩纳哥并入法国并与法结盟。1854年同法签署睦邻和行政互助协定。

这只叫不出名字的鸟本来背对着我的，当我对着它喊“请转过头来”时，它真的就转过头来了，摩纳哥的鸟能听懂人语。

1911年颁布宪法成为君主立宪国，法国负责保障摩纳哥的独立、主权和领土完整；摩纳哥亲王承诺在完全尊重法国的政治、经济、航海和军事利益的前提下行使主权。2002年10月，摩法签署了新的双边关系条约（已于2005年12月1日生效），再次确认法摩间传统特殊友好关系，同时赋予摩纳哥更多的主权和权力。2005年摩法又签署一系列条约，两国关系实现重大突破：摩拥有自行任命包括国务大臣在内的所有政府成员的权力；摩法加强司法、行政、税收等领域的合作。

格蕾丝·凯利是美国著名影星，1929年生于费城，1956年嫁给摩纳哥王子，成为王妃和王后，轰动一时。她在短暂的银幕生涯中佳作迭出，主演过经典西部片《正午》《电话谋杀案》《后窗》和《擒贼记》，1955年凭借《乡下姑娘》摘取奥斯卡最佳女主角奖。1956年，她遇到了摩纳哥的兰尼埃三世亲王，成为摩纳哥的王妃，1982年的一场意外车祸夺走了凯利的生命，年仅53岁。1962年，摩纳哥与法国之间产生了政治危机，格蕾丝通过自己的方式最终帮助摩纳哥解除了危机，这段故事使她更具传奇性。

摩纳哥的蒙特卡罗拉力赛、F1摩纳哥大奖赛及法国的勒芒24小时耐力赛、美国的印地安那波利斯500大赛、被并称为世界四大知名汽车赛事，而其中在摩纳哥举办的汽车赛事就占据了两项，可见摩纳哥与赛车运动的渊源。摩纳哥大奖赛是一个具有历史性的赛站，比赛是在封闭的蒙特卡罗街道上进行的。在过去的半个世纪，这条赛道的模样几乎没什么改变，车手对赛道的评价爱恨参半。但无论怎样，蒙特卡罗的街道是F1最具挑战性的赛道之一，F1赛车在蒙特卡罗街道比赛，就好像在客厅里驾驶直升机一样困难。一个小小的错误，就可能让车手撞上护栏结束比赛。因此只有最顶尖的车手才能在摩纳哥获得胜利，而车手也以赢取摩纳哥大奖赛当作毕生的愿望。

看豪车已成为一种娱乐方式了

被地中海簇拥的摩纳哥，风景目不暇接，但最夺人眼球的还是蒙特卡罗赌场前的豪车，黄昏时分，在这里看豪车已经成为必不可少的内容，一辆又一辆叫不上名字的豪车，让你对金钱生出无比的向往和崇拜。在这里，人们的风度是靠金钱支撑的，所有的自豪和尊贵都由金钱的盛大背景一锤定音。相信每个人的心情都会在此生出极大的落差。

2012 年 12 月 9 日

尼斯的学习结束了，今天乘高铁前往巴黎。早晨往大巴车上装行李时，司机撒沙提起我红色的箱子时故意装作很沉重的样子摇晃，我会意地笑了。撒沙从我们落地巴黎开始，就承担着为一行人开车的任务，他要做到车行万里无事故，路况拥堵找捷径。他是塞尔维亚人，身高 1.93 米，挺拔修长，与我的矮胖身材形成鲜明的对比。今天撒沙就与我们告别了，抵达巴黎后将换另一名司机。数天来，撒沙开着豪华大巴载我们前往第戎、勃纳、阿维尼翁、阿尔乐、尼斯、摩纳哥，他的聪明能干尽职尽责都体现在他无差错的车技中。导游说："撒沙已有一个半月没见老婆了，在此期间他可能心情烦躁，说话不注意情绪和腔调，请大家理解。撒沙马上就回去见老婆了，让我们为他鼓掌，同时感谢撒沙这么多天为我们开车服务。一会儿下车时，男同志要与撒沙握手告别，女同志可以拥抱，这是欧洲的习惯。”

导游说撒沙“说话不注意情绪”，一定是我们下榻尼斯酒店那天，好像酒店客满了，没有撒沙的房间。撒沙在厅堂里冲着导游和服务台叫喊，正好被我碰上，但他说的什么我一句也听不懂，只看到了他激动的情绪。事后我按着自己的猜度询问导游，他瞪着一双圆溜溜的眼睛、操着正宗的京腔说：“你就会编故事。”

到了尼斯火车站，撒沙又为每个人从车里提出行李，提到我的红箱子时，他又拎起来作沉重状摇晃，我笑着与他握手告别，他的一只眼睛微笑而俏皮地眨动。我想起前日早晨曾与撒沙同时走进电梯去餐厅，电梯里另有两位日本人，出电梯时，日本人先夺一步，最后剩了我和撒沙，他礼貌地示意我先走，在这高度文明的国度，女士优先已成为约定俗成的规矩，哪怕是一个司机，也具备西方文明的绅士风度。我又想起我皮靴的拉链曾在抵达里昂时坏掉，我问导游有无修拉链的地方，他说有但非常贵，后来得知修一条拉链要 45 欧元，相当于 360 元人民币，在国内能买一双好鞋了。导游说明天问司机撒沙有没有钳子之类的工具，说不定钳一下就好了。第二天早晨从里昂赶往阿维尼翁时，我因想找撒沙借钳子，只好把靴子放在塑料袋里提上车，导游看见我问：“靴子的拉链怎么样了?”我将装有靴子的塑料袋在他面前晃了晃，导游急忙从撒沙那里借来钳子让我制动拉链，他站在我身边等着把钳子还给撒沙。匆忙中我用力钳了一下拉链，看似紧了，到了阿维尼翁一穿靴子拉链又开了。但不好总是麻烦导游，过了两天，穿靴子的欲望让我忍不住又麻烦导游跟撒沙借钳子。晚上吃西餐时，导游跟撒沙说了，而后告诉我一会儿撒沙就去车上取。不一会儿，撒沙果然起身走了，导游说他给我取钳子去了。我吃饭的速度慢下来，要等撒沙送钳子过来，但所有人都走了，也不见撒沙回来的身影。我走出餐厅，只见撒沙正坐在大厅等我，我恍然大悟可能是让我与他一起去车上取钳子。撒沙行走在前，我尾随其后，到了车前，撒沙上车发动了车子，并礼貌地打开车门，挥手一个请的动作，示意我上车。我估计撒沙把导游的话领会错了，要载我到鞋店修鞋子。于是我指着脚上靴子的拉链，做了个用力钳的动作，撒沙恍然大悟，从方向盘下方掏出钳子给我。我回到房间鼓捣了半天，仍没钳住拉链，最后只好用针线缝上了。第二天早晨在餐厅碰到导游，他提醒说："拉链修好了吗？赶紧把钳子还给撒沙。"我说一会儿上车时还给他，昨晚我就把钳子装包里了，还特意包上了一层纸，本想早餐时把钳子还给撒沙，但又顾及人家带着钳子吃饭不方便，决定还是上车时奉还。我把钳子还给撒沙时说谢谢，撒沙也说了一句话，我虽未懂，但他的神情让我猜出他可能说下次用时再找我要。

我跟撒沙有一张合影，那是在尼斯大学做完交流准备乘车时，同行们起哄让我跟撒沙照相，撒沙 1.93 米的身高，我的头只能抵到他的臂弯上方，纵使我站在车厢的两层踏板上仍然没有撒沙高，他真高啊！导游说撒沙的爸爸更高，2.5 米。

纵使我站在车厢的两层踏板上
仍然没有司机撒沙高，他真高啊！

11 点半高铁车开，导游先带我们拖着行李进了站，我座位是 18 车厢 51 座，站台等候位置在 Z 区，车快进站的时候，忽然又接通知到 D 站台，又拖着行李转到 D 站台。车开进站时，我寻找 18 车厢，却看每节车厢上都写着 2 字。上车后，问导游为什么每节车厢都写着 2 字，他说是二等座舱的意思，找车厢要看电子屏幕上的数字。并提醒要把车票拿好，如果票丢了，会罚款，车上还要检票。又强调不能大声喧哗，如果大声喧哗，会被撵下车。

车上人不多，法国人不过十几个，都集中坐在车厢的前边，有四五个人在捧着厚厚的书读，估计是在看小说，都是上了年纪的人，还有几个人在读时尚杂志，另有几个人上网，车上有电源插座。车厢里很安静，车身不时晃动，声音刺耳。法国的高铁建于 20 世纪 80 年代，质量上显然不如我国的高铁，后来者居上啊。

5:30抵达巴黎里昂火车站，通往法国南部和东部的高铁均在这里。巴黎在下雨，拖着行李出站，车和司机都是新的，司机是个大肚子老头，罗马尼亚人。夜色中的巴黎显得冰冷，曾经多次看过的巴士底狱广场、国家图书馆、同性恋酒吧一条街，在雨夜闪烁着昏暗的灯光，巴黎讲究节能，靠近圣诞的日子，也只有巴士底狱广场的小金人柱子上悬挂了一条蓝色的灯光。

2012年12月10日

上午要去阿维尼翁戏剧节组委会（位于巴黎市区），随行翻译姓叶，上海人，在法国已生活12年，嫁给了法国人，育有一男孩。我在车上与她闲聊，先问起巴黎的房价以及房屋的维修情况，沿街所有房屋都给人以陈旧感，巴黎是否可以随意拆迁？

叶翻译说，巴黎市区房价1.5万至2万欧元一平方米，5、6、7、8、12、16区是富人区，最富有的人住在92省的NEW·V。但法国最富有的人不多，它的政策就是不让贫富差距太大，现最富有的人如路易威登和费加罗报创始人，据说媒体只占他财富的百分之五，他本人起家于做武器，并涉足多个领域，如酒庄、古堡、私人飞机等。世界上最有钱的人都在美国，数量也多。法国人对美国人不以为然，法国人很有个性，他始终保持自己的传统，也不与人争论，却很坚持自己。

法国的房子是不允许随便拆的，属于私产。如果需要维修，要打报告申请，相关机构进行评估，属于什么级别的房子，国家级、省级还是市级，一经决定维修，个人要承担部分费用，有的高达百分之七十，所以有些人想想不划算，索性就放弃维修了。

我接着问："小孩的出生和抚养情况怎样？国家给钱吗？"

叶答："生孩子住进医院，无痛分娩，腰上要打一针，我在无痛的分娩中感觉孩子在肚子里挣扎。我了解到国内是不可以使用麻醉剂的。"

我又问："这里生孩子的费用呢？"

答:“免费。抚育孩子国家也给予一定的补助,根据父母的收入比例,如果父母收入高,得到的补助就少。”

闯入我镜头中的法国小朋友

我接着问:“小孩谁带?有月嫂吗?中国有月嫂,佣金很高。”

答:“法国有专职保姆,如果你选择保姆,首先要看她家里是不是有合格的设备,她本人有没有这方面的资质,佣金也很高。我的孩子是我自己带的,带了六个月,我并没感到累,还经常推车带她出去玩。”

我继续问:“婆婆不管带小孩吗?”

答:“法国人与中国人完全不同,不像中国的老人,带孙儿是自己的义务,他们有自己的生活,经常要出去度假会朋友,我们只有圣诞这样重要的节日才把孩子带到老人那里,还要事先打电话。我们也不会把孩子送给老人带,孩子是自己生的,自己就要带,凭什么要让别人带呀?法国人都是这样的理念,我爱人的父母生了三个孩子,都是自己带大的。”

再问:“法国人的家庭观念如何?丈夫有了婚外情会告诉

你吗?”

答:“法国男人一旦结婚,对太太和孩子都是非常照顾的,他如果有了婚外情也不会对太太讲。法国人同居合法,有四十多个条款,有很多男女不是婚姻的关系而是同居的关系,财产分割也有许多法律条文,想共有就选择共有,想 AA 制就选择 AA 制。他们找朋友不是看年龄大小,也不在意美丑,而是看两个人在一起是不是合适。”

接着问:“从尼斯乘高铁到巴黎,我看到车厢里的法国人,特别是年长的,都在读小说看杂志,我们去过的第戎、勃纳、阿维尼翁、阿尔乐、里昂、尼斯都有很多书店,法国人特别喜欢读书吗?”

答:“是的,法国本身就古老,他们喜欢古老的生活方式,觉得翻书的感觉很有情调。”

我和叶翻译正聊得深入,目的地到了。下车后,寒风刺骨。叶翻译打了个电话,而后告诉我们因要采访的人临时有事,要迟到一会儿,法国人迟到十分钟很正常。她邀请我们到咖啡吧坐坐。这家沿街咖啡店由三个房间组成,最外边一间是半敞开的,可以看到蓝天,里边两间都是封闭的。同行者坐下不久就抽烟,叶翻译急忙提醒:这里是不可以吸烟的。法国只允许室外吸烟,见到蓝天才能吸。同行者自信地说:见到烟灰缸就可以吸,你看法国人也在吸烟。他指了指桌上的烟灰缸。

我打量了一下,果然发现有两个法国人也在吸烟。

半小时后,叶翻译带我们去公务采访。

阿克瑟公司老板格雷克集演员导演于一身

穿过马路,到了阿维尼翁戏剧节私人剧场阿克瑟公司,老板格雷克集演员导演于一身,这里的所有房子都归在他的名下,他本人是戏剧节主席,活动由他来组织,他对亚洲文化感兴趣,曾与韩国拍摄《追捕》。长相有点像某岛国的原住民，又有点像第二代黑人，反正不像传统的欧洲人。

落座后，他就跟我们讲起了阿维尼翁戏剧节的情况。在阿维尼翁有两个戏剧节，一个是国家支持赞助的，另一个是私人的，一些专业人士认为既然国家有戏剧节，我们也同样参与。在戏剧节期间，有来自全国各地的观众数十万，演出上场下场非常繁忙，一家演出完毕撤出道具，另一家立马上场演出。为什么到此演出，是因为公司的利益，为出售他们的作品。国家戏剧节持续三个星期，30 个剧目上演，观众达 9 万人次，欧元预算 1400 万。相对国家组织的戏剧节，阿维尼翁戏剧节非常庞大，没有一分钱的国家投入，是私人公司剧场性质的演出，每场演出都有主体演出公司，道具舞台背景都要符合国家法令。演出公司的支出是在于租用什么样的场地，不同的场地有不同的费用，剧场有专门的节目程序安排，有的剧场可提供灯光布景，有的不提供，演出公司要考虑成本。在这个世界有其他相同性质的戏剧节，阿维尼翁不能说是全世界最好的，但因法国文化的特殊性，戏剧节也具有特殊性。在法国历史上，戏剧是由国王组织演出、组织观众来看的。阿维尼翁戏剧节，除专业人士外，业余人也可参与戏剧节的导演、组织和销售，组织运作方式不同于传统的戏剧节，国家不支持，如何运作资金，广告目录册由演出公司支付，一条广告 230 欧元。戏剧节套票折扣，每人仅付 16 欧元买磁卡，买票打七折。法国电影节有国家机构支持，戏剧节则要演出销售，展示作品，向全世界推介宣传。销售公司要与观众直接接洽，观众有普通观众，也有节目公司的，票价有不同的组织方式，戏剧节有社交网站，向年轻的观众宣传，从今年开始组委会准备推出电视网站。北京青年戏剧院的《哈姆雷特》剧组，2010 年曾来阿维尼翁戏剧节演出，在阿维尼翁包场了一个剧院，花了一年时间运作。许多中国演出团体通过法国相关机构联系，北京青年戏剧院是直接通过他本人联系的。

有人问："对 08 年北京奥运会印象如何？"

回答："这个很棒，非常盛大，非凡。"

又问："目前您所了解中国国际艺术节有多少？"

答:"不了解,所知都是澳大利亚、新西兰的艺术节。"

交流结束后,格雷克送给我们每人两盘 CD 光碟。

下午登埃菲尔铁塔、游塞纳河,天气极冷,有雨飘落。埃菲尔铁塔我没去,09 年曾去过。

我独自一人穿过两条街,老远就望见了免税店,店面不大,共有两家,正在搞销售活动,满 298 欧元再购 30 欧元香水,送一个法国地产品牌包。我闲逛了一会儿,按导游要求的时间匆匆返回,路上有个蓝眼睛黑头发的年轻人拦住我说话,我听不懂他说的什么,也感觉对方不怀好意,现在的巴黎已经极不安全了,于是匆匆走路未理睬他。

游塞纳河时雨停了,风大,极冷,站在船上拍一会儿照片手就懒得伸出来了。船上的游客多是中国人,他们边拍照边自鸣得意在老佛爷和巴黎春天购买奢侈品而花去的大把银子,有一中年男士说:"老佛爷今天应该请我们喝咖啡,别看我们一个个像土包子似的,可腰包都鼓鼓的,我们靠腰包说话!"

另一中年女士说:"中国人又为巴黎经济作贡献了,每年往这里扔多少钱啊!"

……

塞纳河两岸的风景依如从前,巴黎对历史文化的保护令世界各地的游客钦佩,巴黎圣母院、拿破仑荣军院……它们如一页页历史在我们的眼前翻开。从游船上下来,导游带大家去看戴安娜王妃遇难的隧道,行走路上时,天上的晚霞映出埃菲尔铁塔美丽的姿容,大家急着去抢拍,有人居然拍到了两个欧洲面孔的年轻人在一起亲吻的镜头,并端着相机给我看,我说你怎么会抢拍到这样的镜头啊,真是神了。导游在一旁说,如果背景是夕阳中的埃菲尔铁塔,这张照片就可成为惊世之作,卖大钱了。我插话说,名字就叫"埃菲尔铁塔之恋"。正说着,又有人走过来让我看他刚拍的照片,他也抢到了这样的镜头。我玩笑说,你们男士怎么都能抢拍到这样的镜头啊?回答:"我们想这事。"

我忽然意识到离家半个月了,男士们已经耐不住寂寞了。

2012 年 12 月 11 日

早晨上车后，才知道今天去巴黎政治经济学院听课。

我坐在后几排，眼睛不时扫着窗外，街上的行人来去匆匆，不知是来自哪个国家，各色人等都聚集在这个时尚之都，偶尔可见到乞讨者，据说天气冷时巴黎市政府会把乞讨者集中收容起来，不能让他们冻饿而死。我猛然发现一个穿长大衣的老太太走进了路边的电话亭，不时猫腰拣着什么，我猜想可能是在拣钱币，前一天晚上在这里打电话的人，掏钱投币时不慎将钱丢在了地上，给了这个老太太今晨发财的机会，她猫下腰有三四次拾拣，每次都有拾拣的收获，前一天晚上那个丢钱的马大哈，不知今晨竟有一个老太太为此而欣喜。

忽然，大家都往窗口挤，纷纷举相机，街上有马队骑行，非常壮观，不知今天巴黎逢到了什么日子。我因为发现过迟，车开的速度又快，没有拍下这一珍贵的镜头。印象中只知道英国有皇家马队，英女王出行时的特别仪仗，而在巴黎街头看到马队，倍感稀罕，却又解释不清原委。

巴黎政治经济学院，针对高层管理人员和高层的领导，每年都有本科和硕士的考试，与各国大学之间也有交流的协议，如南京大学，也就是说南大与此院有一定数量的交换生，在交换生的项目上，不仅有学生的互换，还有研究学者、教师教授的互换。

今天我们要在这里听奥尔内市地方协会的文化主席穆罕默德·白诸地为我们讲述“本地文化发展中音乐的作用”，他同时是文化部负责人、音乐家、教学工作者，还是剧团团长。

乞讨者

音乐作为一个地区繁荣发展的工具，只是一个形象问题。塞纳圣德尼省是巴黎大区内的，我首先要提到此地的音乐，是工人的音乐。19 世纪时，当时的圣德尼省作为巴黎的外环，不仅有众多的人口居住，占巴黎区18.8%左右，同时也是工业区。巴黎非常著名的省长奥斯曼把整个居住区集中在巴黎小区，工业区自外围延伸，大巴黎省作为农业区存在。由于气候条件和环境问题，此地成为工业区，季风来自西部。

本省面积236平方千米，人口150多万，每平方千米6000多人。此省有40多个城市，在整个大巴黎区是最年轻的一个省，30%都是低于25岁的年轻人，人口来源多样，人口混合现象跟纽约很像，21%来自国外。政策上的措施与社会架构紧密结合，这里地域历史悠久，30万年前已有文化存在，从考古中发现。三年前他不仅是本省文化部负责人，同时也是体育部负责人，当时要建一个体育馆，但必须作考古调查，发现了5世纪王朝的器皿，还有一个国王的衣冠冢。

19世纪本地属于大平原，铁路使越来越多的工人阶级在此聚集，60年代时差不多已有八万多工人，政治现象属共产主义省，40多个城镇，有38个是极左的共产主义倾向，也叫"红色郊外省"。由于政治现象复杂多样，政策也采取多样，民主教育和正面教育。70年代石油危机、工业重创，影响到本省的工人生活，至今依然没有很好恢复，失业率最高。正因为这种人文现象的存在，着手做了很多文化教育发展方面的努力，首先改善文化设施状况，自60年代开始建设了33个剧院，23个电影院，有19个可播映文艺实践性影片，42个舞蹈音乐教育中心，为学生和音乐家提供教育和演出场所，设有国家舞蹈中心文化基金会和广播台，展播舞蹈、音乐会、舞台剧。1964年以来，共党主导的议会在文化发展中做了很多努力，对基础设施进行建设和改造，在这个省做到了发展博物馆现象。法国的文化精神就是对历史文化的传承，布尔吉市很小，70年代曾有重要的航空地位，生产航空器械，为纪念其航空地位，建立了航空博物馆，历史意义非常重大，是法国航空史上的标志。与中方有关航空方面的交流资料就来自此博物馆。

在公共文化网络方面此省又是如何推行贫民化教育教程的呢？此地1799年建图书馆，1914年已有25个图书馆，至今有39个历史悠久的图书馆。谈到书本阅读，并不仅是纸制书，它只是一个载体，还有录像和电子化书籍，在文化图书方面作了很大的投资和努力。多媒体公共汽车，相当于流动图书馆，通过纸媒、录像、电子图书，让群众在车上就能读到文化。相对于其他省，图书馆的投入很多，但人流量是不够的，较低的，而相对于其他省又是最高的。高等文化设施中进入的人次越来越少，有一个流失。圣德尼所有图书馆在大巴黎区每周二最短时间是开放 22 小时，其他时间开放 26 小时，不是图书馆不敬业，而是人们不愿意进去。

有人问："越来越多的人不愿意进图书馆是不是普遍现象？"

回答："越来越少的人进图书馆不是此地现象，而是全法国现象，但图书馆已经把所有可吸引读者的手段都用到了。另外还采用了文化流动车，一辆可装载 40 几个孩子，在图书馆看到的所有设施流动车上都有，在图书馆借的书也可以还到流动车上，120 万欧元一辆。省里 40 多个城市有 40 多辆，淘汰掉的又被小城市使用。"

有人插话："感觉这是浪费，不划算的。"

又有人插话："文化设施本来就是浪费的。"

回答："闭塞地方的民众，离图书馆远，流动文化车可多干图书馆 30%的人群。"

有人问："是政府投入吗？"

回答："没有私营资金，非商业性的，列入国家文化部、本省、城市预算。为发展群众文化现象，举办过青少年图书阅览展会，三天 5500 人参与，30000 个孩子，330 个外籍参与者，3000 个作者，用了全法国最大的阅览厅，与经济紧密相连，有经济的一定回报。"

现在谈音乐节：这里有六大音乐节。

一、圣德尼音乐节：不仅指本省经典音乐，也包括世界各地经典音乐，资金来自私人企业捐赠、部分公共支出，所有音乐节都有公共支出。

二、蓝色郊外音乐节：以共产党议会为主的城市、政治倾向相同的市长们联合发起的蓝色郊外音乐节，通过音乐完全使民众的思想意愿得到表达。（法国最大的音乐节）

三、爵士乐非洲音乐节：既可看到传统经典又可看到爵士乐，其中的并存与发展是贫民化和民主化取得的成功。此音乐节在法国六七十年代就发展起来了,工人多来自非洲。

四、世界音乐城市音乐节。

五、奥尔内蓝调音乐节。

六、人道主义音乐节:早期极左倾向的市长联合起来创立的具有人道主义倾向的音乐节。

音乐文化现象在全法国发展是最快最广的,专业化音乐器械和设施设备,在公共场所总共有 17 个,完全对群众开放,但略微付费,很低,象征性的。在音乐发展基础上,专门创立了音乐协会,并建有信息网络,此协会得到政府补助,为专业者和非专业者提供很大的载体和平台,同时为本省音乐家和艺术家提供很多场所。讲述者称他曾为某项目工作长达八年之久,在全法国发展项目上,规定社会住房所在地域必须有文化设施,他所负责的区域失业率达 80%,希望各个不同的年龄层居住在此社区,在此社区可听到 64 种语言。针对此区域的人群和文化构建,建立舞台中心,有排演舞台、剧院舞台,让社区所有人容易进入和接受舞台中心。为获得欧盟协会补贴,把酒吧餐馆作为入口,法国人喜欢在酒吧餐馆交流,通过此入口可进入到音乐舞台式排练中心,再根据社区人口数量,设计底下座位是移动式的,只容纳 150 个座位,站位 300 多个。寻找资金时,在 450 万预算中,通过个人的努力,100 万来自城市预算,350 万来自国家、欧盟基金会和个人赞助。

种种文化措施,与法国的经济发展密切相关,法国曾提出提高全民文化素质,让高雅文化深入人心,但在奥德尼省未取得成功,于是针对此省特点进行研究,音乐文化现象才得以扎根。在本省民主化文化投资发展中,必须谈到本省对文化的影响,90 年代流行乐发展,看到街舞现象在本省突出,街舞都是年轻人,大多选择喧闹或不安全的街区表演,为此专门设立了音乐舞蹈室,圣德尼省专门组织了街舞艺术节,通过音乐也可以提高民族素质,并不一定靠阅读,帮助个人爱好者发展,同时通过个人发展促进地区发展。现代艺术创造通过艺术团体艺术家表现,对这个地区不断认识。资金靠新理念新概念建文化项目,投资要看文化的创新性,强调可行性和有效性时，要考虑不同人群的参与性，特别是幽闭的特殊人群。经常借用艺术学校或艺术家作品展览，推广本省艺术品的创造，保证艺术家多样化。

在圣德尼，主要的文化工具就是音乐，所有的发展以音乐为主，带有地区化特点。音乐节的组织者要把所有人的要素组织起来进行程序化，让民众认识和参与就必须向民众解释为什么来参与音乐节。圣德尼简直就像音乐节实验室，2007 年曾提出蓝调音乐节创意，跟市长申请，市长拒绝说你有多少钱就干多少事。当时 CD 销售在下降，组织者开创的主题是“向芝加哥布鲁斯特致敬”，这个主题相信会让很多人感兴趣。于是找到许多商业集团，第一就是欧莱雅，在圣德尼有很大的生产基地。拿到资金先通过舞台表演，再通过工作室把表演拍成电影，2010 年制作了 3000 个专辑，在法国和美国同时发行，美国格莱美奖主席最先发信给组织者，并最先拿到了格莱美奖，今年又获全美最佳蓝调故事第一名。专辑艺术家都不是本城的，但他们利用了此地的资源使外边了解这个城市的精神和理念，同时具有很大的经济效益，在制作 CD 时，拯救了很多音乐团体和音乐设施，由于前边的成功，让很多大公司团体看到了希望所在，过去是组织者找他们，现在是他们找组织者，格莱美奖大大提高了城市的知名度，如今圣德尼成为世界最好的蓝色布鲁士音乐之地，这个省愿意与大家分享音乐，这是我们文化的重点。

下午参观卢歌之行公司，法国对外交流负责人奥丽塞丽跟我们介绍了这里的大体情况。这里堪称是对外交流的平台，2011 年 3 月作为整个艺术的平台对外开放，所有基础是以数字传媒为主，为所有的艺术形式提供技术上的舞台支持，让艺术家发挥其创造性，通过数字方式对文化产业进行支持。

这里最早是歌剧院之圣地，1872 年原址就存在了，现公司与歌剧无任何关系，但给实验艺术家提供场地。因古老破旧圆顶要坍塌，原歌剧院停业好几年，当时的巴黎市长希拉克先生把原址外包给私人机构，像变魔术一样改变了从前的老旧样子。2011 年本公司又承接改造为现在的样子，成为公众的数字化平台，公共艺术资源对公众完全免费开放，只赔不赚。撒克齐太太出的CD就是由本公司制作的。公司与市政厅签订合同，所有项目在此合同中完成。一年运作成本九百万欧元，政府投入四百五十万欧元。对法国来说，艺术家没有找钱的概念，每种艺术形式都是政府投钱的。如果公司合营采用股份制形式，作为股东巴黎市政厅不参与，私营公司有董事会，提供物流等需求，参与股东会的讨论，每六个月做一个总结报告，公司对出入场所的人群要做经常的调查报告，不仅是数量还有质量。另一方面参与的艺术家也要进行调查报告和财政报告，提供一些准确的数据，市财政厅希望不出现赤字，一旦出现就要讨论，如何消灭赤字，达到供销平衡。艺术家不参与其中，这不是他们的专长领域。公司有很大自由度操作合同里所要完成的目标和任务，巴黎市政厅只提供经济预算和政策，赚钱要给私人股东。

接下来由一位年轻的演员、同时也是政治经济学院教授兼舞美设计法兰克女士为我们讲有关戏剧的问题。

中国的戏剧方式与法国是有区别的，通过舞台表现的都可称为舞台剧(不包括歌剧)，非常注重台词，像莫里哀。也不包括街头戏剧表演，有观众席和舞台。如何把艺术家组织起来为观众表演，组织模式最大的精神就是艺术家都是自由的，选择团体合作。在法国有很多法律条文，特别是劳动法方面。听我讲完后，你们也可以很快建立这样的组织，向有关部门申请，得到注册，解决著作权问题、劳动法问题、如何支付演员薪金的问题，太阳剧场——巴黎东部凡塞纳区，不是国家剧场，资金来自国家，法国模式下成功与不成功的运作，我谈的模式在法国已经存在四十年，最初戏剧形式是理想化原则，不稳定的工作，有演出时演出，没演出时失业。对演员演出法国是有框架约束的，都是有资金赞助的，否则不会有演出。17世纪路易十四国王有自己专门的表演团队，有部分人认为戏剧本身是有害的，内容会让公众产生暴力，另部分人认为戏剧对民众有用，到了20世纪，后者占了上风，这对戏剧发展是有利的，也被认定是公共服务方式，如天然气、水、电、煤……像生活必需品一样进入百姓的日常生活，让百姓了解这些戏剧都讲什么，不仅在巴黎能看到，在法国所有地方都能看到,以平易的价格使法国观众看演出。如没有国家资助,整个舞台是赔钱的。在法国,演员都是自由个体,没有专门实体支持这些演员,每年可选不同的公司雇佣自由艺术家,每个雇佣公司在支付薪金时都是不一样的,每年不可能对下一年形成稳定规划,要不停选择顾主,也许一时找不到工作,也许同时有很多演出,这是我面临的最大困难。临时演员使我在找不到工作时有一个薪金补充,有戏时有工资,没戏时由国家支付临时补贴。一年工作 579 个小时,不工作的时间仍有薪金可拿,如演不满就拿不到。为鼓励演员的创造性,国家对补贴的部分是靠工作计时的,工作越多钱越多,工作越少钱越少,不演出每月得 1 千欧元临时补贴。演员名气不一样,拿钱也就不一样,分临时演员、正式演员、明星演员。在法国只有国家歌剧院和太阳之城的演员是专职的,自由演员把演出费等加起来高于国家歌剧院演员,国家歌剧院的专职演员受国家限制,不可去参与电影等其他艺术门类的演出。

法国所有演出团体的身份都是协会,协会与公司的区别,协会简单,公司要有资金投入和股东,而协会会长必须是志愿者,不能去赚钱,艺术家不可成为协会的行政人员。公司某项目赢利不可给演职员全部分成,要作为下一次投入。2014 年 11 月的演出,要在 2013 年 8 月就投入各项工作,有百分之十的演出公司有自己的演出场所,另外的要不停寻找场地。如果演出集团与剧场合作,要求必须演满十场,所赚费用按原款返还,手头没有资金或资金很少可以拿到国家文化部、演员工会、地方议会的补贴,一个剧目合作者很可能达七八个,粉丝捐赠、禁烟协会捐赠,项目成本在演员薪金支付上,如十万元成本演出费就达八万元,演出团体不光支付个人薪金,还要支付养老金等,前期拿的越高,后边补助也越高。戏剧演出票价不能太高,10—15 欧元不等。行政管理员是关键人物,法国有 500 个集团雇不起。1680 年巴黎歌剧院就存在了,所有演员都有工资,是公有公司。63 名演员作为固定雇员工作,演员要与歌剧院分成,院长同时是国家公职人员,共有 350 名长期工作人员,分管灯光、道具、三个演出大厅、三个舞台,法国 2009 年一年歌剧院演出 734 场,观众

32 万人次。

艺术家被固定在一个框架中，其创造力会被限制。法国规定每周 35 小时工作制，所有戏剧家工作都远超 35 小时，拿失业金是很应该的，因此失业金的支出也是庞大的。

金融危机，国家首先紧缩的预算是文化类，政府重新审议演员的临时补贴，在艺术家之间引起了争论，是激励艺术创作还是使艺术创作倒退？

2012 年 12 月 12 日

今天考察老佛爷店，早晨 8 时出发，巴黎路上的拥堵不亚于中国。这里行人闯红灯过马路时，车必须停下等行人过马路，也就是车让人。这样就使法国路上的拥堵情况时有发生，好在法国的司机们都很有耐性，规规矩矩等在原位，不像中国的司机总是千方百计找缝隙从后边加塞到前边，使拥堵的路况因为无理的炫耀车技而不堪疏通。

这里 8 点天将亮，8 点半只能算蒙蒙亮，商店要 10 点开门。我们 8 点半就乘车出发了。车开以后，渐渐接近市区，导游指着路边的小别墅说，这些挂牌的别墅都是拍卖的，现在法国经济越来越不景气了，一代不如一代了。并说，昨晚法国某电视台女播音员又在嘲弄中国不文明游客的行为，招来微博一片骂声，当然是华人的骂声。这就是很典型的法国没落贵族的心态，看到牧羊人把羊卖了，赚了钱，心里不舒服。中国的孩子还是要在国内接受教育，特别是小学到高中，别管中国的教育存在什么样的问题，基础教育还是十分必要的。你看法国人不会算数，从小就没学过减法，乘法更不会，11 乘 11 怎么算？法国人不会，不知道 11 乘 11 可以拉一下再扯一下。中国高中学生的奥数在我看来是宇宙里最复杂的计算了，会计师考试准保中国学生前三名。但法国人的设计是一流的。中国的小学生到学校的第一天写自己的名字，老师一定让他（她）写在方方正正的格子里，而法国小学生写名字，老师看你的设计，看谁能把自己的名字设计得更具有想象力。

不知不觉间，车已经驰进了巴黎圣母院附近，导游指着对面的一座居民楼说，我刚来时，就住在对面楼上的佣人房里(阁楼上)，当时是从一个小姑娘手里借租来的，她正好回家三个月，把房子租给我了。我每天听着巴黎圣母院的钟声起床，想起安徒生的童话《卖火柴的小女孩》，我就是卖火柴的小男孩吧。现在想想，那时候都不知道自己是怎么过来的，法语又不好，每天中午西红柿炒鸡蛋，晚上鸡蛋炒西红柿，第二天白天是黄瓜炒鸡蛋，晚上又是鸡蛋炒黄瓜。三个月后，我又没地方住了，有人用法语写个条子，说某个地方的房子便宜，到了地铁站，问谁谁都不知道这个地方，有个老太太会说英语，我跟她用英语说要租房，她说正好她租用的房子准备退掉，她是美国人，来法国度假，现要回美国去，她丈夫是美国的老师。我就在她住过的房子里又住了半年。如今回想一下，我都不知道自己是怎么活过来的，再让我到一个城市去打拼，我真没这个精力了。

车离老佛爷店很近了，车停下后，我们步行到老佛爷店。

奥斯曼大道不在巴黎最繁华的区域内，却因为两幢著名的百货公司而生动起来：法国最大的百货公司——老佛爷百货(GaleriesLafayette)及以家饰精品著称的春天百货(Printemps)。

1865年，春天百货首先落脚这里，直到19世纪末老佛爷百货才姗姗而来，却凭借古典豪华的装修轰动一时，在拜占庭式豪华圆顶下，购物真正成了一种享受。巴黎老佛爷百货商店诞生于1893年，它占据了奥斯曼大道的40号，紧邻巴黎歌剧院。今天老佛爷百货的含义早已经超出一家百货公司，成为巴黎时尚文化的缩影和策源地。然而老佛爷之所以经久不衰，不仅因为他们拥有世界上几乎所有的时尚品牌，而且因为他们的全球眼光和文化视野。

金碧辉煌的老佛爷店

别人都说法国人醉心于自己的文化，唯我独尊，虽拒绝好莱坞的“花都”,却绝不排斥博大精深的东方文化。从十多年前的一个图片展开始,巴黎老佛爷百货公司形成了每年庆祝中国春节的传统,并且活动规模越来越大,已经成了固定的“商业黄金周”,商店也专门设立了中国部,由华人主持打理。在巴黎的华人并不算多,老佛爷打出东方牌吸引的其实是本地人。

进了老佛爷和春天巴黎百货商店,每个人的眼睛几乎都不够用了,视线在目不暇接的奢侈品上停留和兴奋,改革开放三十年,中华民族的物质生活前所未有地提高,真正地爱自己一次、让别人高看自己一眼、证明自己的身份一次,那就是世界名牌。因此凡是来巴黎的中国游客,几乎没有一个人空手而归。男女都会选择一种甚至几种奢侈品带回家,不管是LV还是普拉达抑或兰姿,每个品牌柜台都有会说中文的售货小姐,人民币银行卡可以直接刷……中国的游客为法国的旅游经济注入了活力,但中国游客的不文明行为也成为法国人眼里的笑柄。人说:“有钱并不证明有素质。”我们五千年文明的古国,在拥有丰富的物质时,一定要警惕沦为精神乞丐而被世人耻笑。

下午在法国政治经济学院听课,法国现任总统奥朗德曾毕业于此校。授课人吕贝卡是法国巴黎地区文化协会负责人,曾经很长时间担任法国青年联合会主席。

首先介绍法国对文化是非常重视的,正因为法国文化的多样性,给世界的印象就是法国是文化之都,从而吸引全世界众多的游客。现法国从事文化工作的达55万人,文化领域国家财政投资占财政总预算的百分之一,随着中央集权下放,出现地方分治现象,地方文化支出也向中央靠拢,其投入基本相近。正因为法国政府对文化的重视,使法国文化呈现多样性,给世界的印象就是文化之都,从而吸引了全世界众多的游客。法国文化部1959年设立,部长是法国著名作家亨德利。以2009年计,法国对文化的投入是30亿欧元,执行时是40亿欧元。与此同时,其他政府内阁也要为文化部提供支持,教育部提供20亿欧元,用于艺术教育类领域;外交部投入7亿5千万欧元,用于法国在全世界各地所设立的法语教学联合会。2011年法国文化部预算42亿欧元，其他各部用于文化的预算37亿欧元，占总财政的5%；尽管2012年受经济危机影响，全法国所有文化预算仍是70亿欧元，文化部占40亿欧元，其他与文化相关的30亿欧元，占法国财政预算的2.5%。法国文化部的资金主要用于从事文化教育岗位相关的人员，仅从2011年的报表看，文化部所有跟文化教育事业有关的也包括官员和行政人员的财政支出是6亿3千4百万欧元，文化遗产保护财政支出是26亿欧元，文化教育支出是10亿欧元，对所有媒体书籍文化产业的投入是14.5亿欧元。法国属于中央集权地方分权制，地方还有文化专项预算，国家拨款不加在其中。联合行政区域内也有文化预算，分配比例是一样的，省级预算投入偏少，市级是最高的。

从数据可以看出，法国中央政府对文化的投入是很大的，对文化的帮助和干涉也是很大的，文化不是商品，不可买卖和私有化，必须通过立法的方式保护起来，使之做到实质上的全民公有。在法国有特殊立法以及与国际贸易组织的协议，规定法国所有文化企业及文化产品不作为国际贸易组织交易。法国文化投入有专项预算，像其他领域一样有六年计划。文化预算包括两大块内容，一是对文化遗产的继续保护，诸如建筑、公共设施、文献、文化遗产维护、文化馆、图书馆等；二是对文化艺术的推动，诸如文学、戏剧、音乐、电影等。

家庭日常文化消费，全法国每年预算250亿欧元，购置文化产品，参与文化活动(书本、报纸、期刊、DVD、戏剧、广播、电影)，个人文化消费直接为国家提供了产业补助，法国有5家公共电视台，每年要交公共电视消费税，2009年达28亿9千万欧元。

私人企业和个人对文化企业和事业的赞助，2003年法国产生了私人捐赠法案，把捐赠合法化规范化，特别通过法律的形式，在税收上给予一定的抵扣，公司最高抵扣可达60%(减免税收)，家庭收入报税要扣掉一些必要支出，如保姆费等。捐赠有限制，企业不能超过营业额的千分之五，个人家庭不能超过年收入20%。捐赠法实施以来，捐赠渐渐多起来，但企业总捐赠用到文化产业支出里只有5亿欧元，远达不到国家的期望。

营业性单位捐赠有回报，如设计师的时装发布会，可能捐给博物馆和文化单位，但必须减免费用，其捐赠不得超过20%。

法国有很多认捐，但都要求有回报，回报预估价值不能超过25%。个人捐赠在法国发展不是很快，往往把个人捐赠作为社会捐赠和人道主义捐赠。《三圣女》拍卖价400万欧元，卢浮宫买下时，其中有个人捐了100万欧元。在法国个人捐赠已建立多个网站，用于文化事业捐赠。公司捐赠发展很快，全法国2010年有4万家公司作捐赠，达19亿欧元，在所有捐赠企业中，为文化捐赠的都是中小型企业，很多都是戏剧、电影制作企业。

企业捐赠的形式，法国企业直接对协会、对个人或单个艺术家捐赠少之又少，对所有的捐赠经费进行使用时，要考察项目所针对的人群是不是很大(针对公众层面更大的活动或大型的展出)，如音乐会、博物馆、展会、展览等。

企业捐赠动机之一就是提高社会形象，二是企业在地区的发展状况，三是老板的喜好。企业员工也会进行捐赠。自2003年捐赠法实施后，法国希望企业捐赠进一步提高，减轻国家在文化领域的支出。加拿大魁北克私人捐赠远高于法国，私人捐赠与国家支出平衡。

不管国家形式如何，法国对文化的支出都是必要的，只不过是比重的问题。美国某杂志曾经批评法国，认为法国政府对文化的介入就是文化的死亡。

在塞纳河游船上拍到的巴黎风韵

2012年12月13日

今天上午，由法国文化和传媒部长奥蕾莉·菲利佩蒂为我们讲述法国的文化政策。开讲之前，她要求每人介绍自己的身份，每人几乎都把自己的行政头衔放在前边，每听到翻译介绍大家的行政头衔，她就摇摆着自己的食指说："我不要听这个，我自己就是干这个的。我想知道大家都是从事什么职业的。"

翻译恍然大悟，开始介绍每个人都从事什么行业的工作，有电视台导演、报业集团营销策划、画家、演员、摄影、作家、动漫企业老总……

坐在讲台上的法国文化和传媒部长不时向大家微笑，笑容温和。

她开始讲述法国的文化和文化政策。

法国的文化有广义和狭义之分，狭义是指音乐、美术、戏剧等传统艺术样式，它是精英型文化、小群种的社会层面；而广义上的文化，是指媒体和娱乐业文化，在传统意义上它们不属于艺术，如迪斯尼乐园。但美国人就认为是文化。还有广告业、奢侈品消费，法国人认为这不是文化，只作为生活艺术的文化现象看待，并且对此持否定态度。然而世界已经把时尚和奢侈品作为法国的一种形象，但法国并不将此作为公共文化问题。法国文化部长曾给文化做出过如下定义："文化是将国家凝聚起来的非常重要的基石，今天的世界处于道德危机中，艺术能够赋予我们的生活以意义。"

法国认为文化本身也是政治的硬盘，政治的政策取决于社会生活的文化层面，文化的凝聚性造成政治的提升，必须重视公共文化才能使政策得以延伸。当今世界经济一体化，经济危机的阴影亦罩在法国的上空，但法国仍认为对文化的支出是必要的，只不过是比重的问题。

法国对文化的重视是由法国的历史决定的，在路易十四时期，国王喜欢文艺工作者围绕在他们周围，为王权创作，歌颂王权，作家艺术家的劳动价值通过王权得以承认，国王是公共文化的推动者，王室的资助就等于国家资助，这是为推广法兰西文化的影响而采取的集中做法，目的是让文化的荣耀照耀整个帝国。当时有位作家曾首次得到王室的资助，他写了一部书介绍法兰西王国起源于古希腊，并就此歌颂王权，对法兰西国家产生了广告般的影响力，当时的元老院元老梅塞纳建议资助这位作家。得到王室资助的还有画家达·芬奇，国王为他提供了优美的城堡居所，但国王还要花钱从他的手中购买其画。

路易十四的财政总监富盖，用个人资金建造了子爵城堡，1661年城堡落成，富盖邀请路易十四去参加庆典，同时也邀请了所有艺术家，特别是莫里哀和拉封丹，以及设计城堡的建筑设计师、画家、花园设计者，而这些设计家是要为凡尔赛宫的设计作准备的。富盖在庆典上燃放了大量的烟花，美丽的子爵城堡和盛大的庆典，让路易十四难忍富盖与自己的抗衡，于是欢宴过后三周，路易十四下令将富盖逮捕，终身监禁在皮诺罗堡。随后，路易十四将为子爵城堡服务的艺术家全部请到自己旗下设计了凡尔赛宫。但拉封丹没去，他坚决站在富盖立场，不为路易十四服务。凡尔赛宫1660年动工，1682年王室正式入住，建筑风格与子爵城堡相似，面积却巨大。凡尔赛宫的阿波罗王既是太阳神又是文化之尊，而缪斯是文化的代表者。路易十四可谓法国公共文化的奠基者，法国舞蹈学院和法兰西文学院都是在他手上创立的。

法国大革命开创了民主共和国，路易王朝结束，共和国对公共文化政策的延续以国有化出现，也开创了文化的革命，国家的连续性存在于文化政策的连续性之中。1959年2月3日，法国下达创建国家文化事务部的法令，部长曾言："文化一直属于国家权力范畴，可以让政治家青史留名。有必要告诉文化界：文化领域之所以存在是因为其对国家具有重要意义。”

法国文化部的使命是让尽可能多的法国人接触到人类的首先是法国的重要艺术作品，确保尽可能多的人关注法国的文化遗产，并推动和丰富文化遗产的艺术作品创作以及艺术精神的发展。具体说就是保存作品、在关注普及的同时推动创作。1962 年 8 月 4 日，法国颁布了马尔罗法案，强调对历史性著作必须由国家维护和保护。

法国文化部是政策的引导者，对文化提出精神指导性的方针，也是提供国家资助的起源，往往在大型项目上都是文化部提议，如果争议不休，由文化部决定立项与否。文化政策会由不同文化层面实施，地区文化事务管理局在法国有 22 个，中央政府直接下派特使到大区执行方针，确保其经济政策为艺术创作提供有利条件。首先支持表演艺术，对小型表演公司团体给予资助，特别是舞蹈，可向文化部申请经费。其次是建立临时性演艺工作者制度，演艺工作者失业期间由政府提供生活补助。再就是资助电影产业，由国家提供一定的资金帮助电影拍摄，电影既是艺术又是产业，是一种重要的经济形式存在。法国人特别喜欢看电影，为参加一部电影的首映式，可以跟公司请假，看电影已成为法国人生活中最重要的内容之一，大多数人都是影迷。

最后总结如下：从尽可能小的年纪开始进行艺术教育，确保言论自由（艺术中没有任何禁忌），为艺术创作提供有利条件，一是为艺术家提供经费，二是参与资助创作，三是临时性演艺工作者特殊体制，四是“文化例外与文化多元制度”——文化产品不能作为流通性商品存在，以国家高度保护作品的多样性。五是做当代艺术创作的参与者，例如当代艺术地区基金会——在国家的领导下。

下午，法国国民议会副行政官雷庞茨女士讲述“国际文化政策之关键”。

在世界经济一体化的今天，法国人以世界范围的眼光关注文化政策的国际层面，各国文化因特性和政策的不同存有较大差异，中国对法国的认识往往注重美食、时尚和文化遗产，而法国认识中国是长城和一些民间艺术。全球流通并不是哪个国家掌控文化，麦当劳1989年在北京出现，令法国人吃惊，但中国的麦当劳口味不同于在法国和美国的口味，它是美国的饮食文化，既不中国也不法国，因此文化不可以有一个统一的标准，从建筑艺术看全世界都在造一样的房子，但法国有法国的特点，美国有美国的特点，如果都在一个标准上，就把文化标准化了，文化是完全不同于商品的精神上的东西，否则有很多东西会消失，如语言。世界有很多文化现象消失于文化的标准化，所以需要文化的多样化。国际贸易组织在保护每个国家的文化特色上做了很多努力，提出文化不能进入自由竞争市场。联合国教科文组织确定了文化多样性的联合公约，在国际公约中，相对于其他国家的国际贸易竞争，设定文化完全不用进入贸易竞争，每个国家根据自己的特点进行保护，此行动由法国率先提出，130多个国家参与其中。法国有三个重要任务，一是扩大自己的影响力，二是对文化进行保护，三是保护本国的文化特性。

曾当过美国总统的胡佛说："在有美国电影的地方，我们就能卖出更多的美国汽车。"

卡特高级政治顾问布热津斯基在关于超级强权的定义里重点提到的"怀柔政策"，就是在文化影响上奠定自己的强权。美国文化对全世界的重大影响，通过电影艺术视听形象的效果，全世界都被美国所带动，从而带来经济效益。人们看到美国的生活方式，美式英语在全世界有举足轻重的影响，而音乐领域同样可以看到美国的创造性和影响力，如"蓝调、绕舌乐"等。

文化标准性的潜在危机意识，就是会不会把美国文化作为标准性在全世界推广，法国反对文化标准化，相信中国也同样如此。

美国文化具有两种不可阻挡的影响力，一是作为强国被效仿的模式，其他国家以同样方式效仿，也就是被动模仿；二是主动模仿，美国主动要求别国模仿就是电影产业，以霸主地位让全世界模仿，属于主动的商业攻势。张艺谋的电影《秋菊打官司》《我的父亲母亲》《满城尽带黄金甲》都在法国放映过，前两部得到了法国观众的认可，而《满城尽带黄金甲》却遭到了法国观众的冷遇，认为是张艺谋电影的倒退，这是美国电影而不是中国电影，虽是中国的元素，却是美国电影的模式。

法国对此设定了电影作品的限额和音乐作品的限额，不能限制任何国家的艺术品进入法国，但要有进口额度，在百分之七十的英语中要保证百分之三十是法语，对某些电影和音乐作品在电视台等可控范围内，与法语作品齐播，法语作品达百分之三十到四十。从美国进口到法国的电影，必须有法语配音，法国电视台晚上看美国电影必须是法语的，电影院放映厅政策规定美国电影放映不超过百分之五，法国电影占主导地位，其他百分之五不一定是法语电影，也许是欧洲电影，要确保本国的文化特性。

文化就是各国特有的民族身份的特征，在全球经济一体化的今天，确保自己民族的特性显得尤其重要，不管是法国还是中国。欧洲之父让·莫奈说："如果可以重新来过，我会先从文化做起。"

法国政治经济学院在我们的学习课程结束时，特意为我们发了结业证书，尽管只是一张纸，却记载了我们人生的一个轨迹，2012 年 12 月中旬，我作为南京市"五个一"人才曾经在这里开拓视野。法国现任总统奥朗德就毕业于此校，能否与他攀为校友？

明天就要告别法国了，从学校返回的路上，夜色已深，巴黎的夜晚扑朔迷离，古老的建筑与豪华时尚的生活交相辉映。导游磁性的北京腔又在大巴车上响了起来：12 月 31 日是狂欢节，新年的钟声敲响，法国人见到漂亮女人就可以亲吻……

透过车窗，望着夜晚的巴黎，我想起法国女作家乔治·桑在她的自传中说过的一段话："如果世界上有那么一个人，他能够完全摆脱浮华的时尚，能够使用少许的物质、甚至几乎是两手空空，单凭自己的梦想便为自己创造出一种生活，那么，这个人就是艺术

看不够的巴黎

家。这是因为他的身上具有一种天赋,他可以让哪怕是最微不足道的东西也充满盎然的诗意,可以用自己一贯的情趣和天生的诗情为自我建造起一座草棚。我觉得,贪图享受是愚蠢的人们所用的办法。”

法国女作家乔治·桑

手持法国政治经济学院结业证书的喜悦

在越南吃大腿鱼

2013 年 11 月初，在南宁参加完中国当代女性文学学术会议，便与十几位大学女教授们转道越南，那天恰好台风，刚过了友谊关，桥就被船撞断了，行程耽搁了许久，好在越南的蓝天绿水让我的心情放松，路上的不悦转瞬就烟消云散了。

越南的许多景点给我留下了深刻印象，路旁一幢接一幢长度大于宽度的小别墅颇具特色；胡志明主席故居鱼池岸边生长的水松树根成片成簇，就像一尊尊小佛像，令人心生敬意；还有独峰寺，造型奇特，证明着民间工匠的了不起。最难忘的是下龙湾，风景绝美，被誉为海上桂林。

成片成簇的水松树根，如同小佛像

独峰寺

凡有景的地方也就有生意，越南人很会做生意，我们一行人刚进景区，未上游船之前，先被导游带着去看大腿鱼，午餐要在船上吃下龙湾地道的海鱼，女教授们的胃口显然被吊起来了，蜂拥到大腿鱼池前观看，那大腿鱼的形状真像人的大腿，尤其是膝盖以上的部位，通体都是肉，上下一般粗。导游趁势介绍大腿鱼的妙处，问要吃哪一条？不知哪位女教授用手一指，只见一年轻力壮的小伙子立刻抡起木棒照准鱼的头部猛击，鱼血瞬间四溅，有一小股还飞到了我的脸上，吓得我哎哟叫了一声。大腿鱼死后，女教授们才想起问价，大约每人平均360元，女教授们相互望望，心知挨宰了，但又不得不面对既成的事实。

我率先提出不吃大腿鱼，并非我舍不得钱，而是我念佛多年不杀生，刚才惨烈的一幕足以让我心惊了。别人也想退出，但都没有充分的理由，只好随缘了。

在越南下龙湾

午饭女教授们围在一桌吃大腿鱼，我和其他几个人坐在另一桌，菜中也有鱼，但不是大腿鱼，也不是现杀的，动起筷子来心里便没有那么多的别扭。大腿鱼是不是真的好吃呢？一条活蹦乱跳的鱼转眼之间就变成了腹中餐，人手中的生杀大权真是太肆无忌惮了。我心里不住地念经，为这条死去的大腿鱼超脱。

在去别的景点的路上，导游又推销吃喝，却无人再应，大概真是吃一堑长一智了吧。

日本京都祇园艺伎街

我对日本艺伎的了解是看了两部电影以后，一部是黑泽明导演的《大海作证》，一部是斯皮尔伯格监制的《艺伎回忆录》，这两部电影让我感觉日本艺伎已形成一种文化，这感觉到了日本京都的祇园越发强烈了。

日本的艺伎文化是由京都开始向外发展，而京都艺伎的起源可追溯到约 17 世纪的京都八坂神社所在的东山。最初的艺伎全部是男性，他们在妓院和娱乐场以演奏传统鼓乐、说唱逗乐为生。大约 1750 年，出现了第一个女艺伎。18 世纪中叶，艺伎职业渐渐被女性取代，这一传统也一直沿袭到如今。

八坂神社是京都众多神社及寺庙中一个非常著名的神社，而且历史悠久。据说那时参诣八坂神社的人很多，自然附近就聚集了很多商店，形成一个商业区。其中有许多称为"水茶屋"的店，贩卖茶、团子等点心，让日本全国各地到来的信徒有个暂时休憩的地方。在这些店工作的女服务生称为"茶汲女"或"茶点女"。有些茶汲女会用歌曲、舞蹈来吸引客人。日子久了，这种歌曲舞蹈不断推陈出新，品质也一直提高。在这种良性循环下，有的水茶屋生意越来越好，规模开始扩充，商品种类也开始增加，例如酒、高级料理等都出现了。水茶屋老板便开始对旗下的茶汲女做有计划的训练，这就是艺伎文化的雏形。艺伎化妆十分讲究，浓妆的施用有特殊的程序，用料也以传统原料为主。最醒目的是，艺伎会用一种液状的白色颜料均匀涂满脸部、颈项，因此看起来犹如雕饰华美的人偶一般。

1920 年，日本艺伎有八万名之多，但是到 21 世纪初的数目减少到一两千人，而且几乎全部局限于东京和京都，顾主仅为最有钱的商人和最有势力的政客。

艺伎是京都的象征，保护传统的古老文化在祇园得到充分体现。一条街上呈现着最有特色的日本艺伎生活情态，木窗木门、红灯笼、招贴画，偶尔出现的穿着盛装的艺伎……让人深刻感觉那真是一种文化。

我见到了一位年纪大的艺伎，她优雅地在那里坐着，满脸皱纹证明着岁月的沧桑，却难掩她的文化气质，那坐姿真是普通的老女人不可企及的，那是阅人无数的历练。导游介绍说，在日本越是年纪大的艺伎出场费越高，陪吃一顿饭就要付 20 万人民币。

日本老艺伎

祇园艺伎街一角

葡萄牙西班牙掠影

8月的西班牙烈日当空，太阳就像一个热情得过头的情人，不忍离开天空半步，除非夜色降临。然而烈日终挡不住游客欣赏美景的欲望，西班牙广场的塞万提斯像、马德里皇宫、哥伦布广场、皇家足球俱乐部、欧洲门；塞维利亚古城，龙达古镇的天然断层连接着新城与旧城，这里是斗牛的发祥地，斗牛教父曾在此地杀死6千头牛，海明威说斗牛是伟大的艺术家与最危险的艺术的零距离接触。与血腥艺术共存的是弗拉明戈舞，吉普赛人在窑洞里手舞足蹈地表现了野性之美，美国第一夫人米歇尔曾来此观舞。

大西洋罗卡角“路止于此，海始于斯”

格拉纳达阿尔罕布拉宫，诗人说世上没有比出生在格拉纳达却是个瞎子更悲惨的遭遇了。这镌刻在宫墙上的诗句证明着阿尔罕布拉宫举世无双的美丽。

瓦伦西亚是西班牙第三大城市，这里距地中海三千米，距马德里三百余千米，人口一百万，盛产甜橙和橄榄，农产品丰富且大量出口，是欧洲农产品的直供地，物价便宜，在八月度假的黄金季节，西班牙人大多选择在此度假。

奎尔公园

巴赛罗纳是西班牙第二大城市，经济中心。这里诞生过世界顶级画家毕加索、达利和著名建筑设计师高迪。奎尔公园位于西班牙巴塞罗那市区市北，占地 20 公顷，原来是巴塞罗那富商艾乌塞比奎尔伯爵计划建立并由高迪设计的一个社区旧址，建于 1900—1914 年，并被联合国教科文组织列入世界文化遗产。1922 年，市政府将其收购，开辟为社区公园对外开放。

巴赛罗纳的圣家族大教堂始建于 1882 年，高迪于 1883 年接手主持工程，融入自己的建筑设计风格、哥特式和新艺术运动的风格进行了建设。高迪将他的晚年投入了教堂的建设，直至 74 岁（1926 年）去世时，教堂仅完工了不到四分之一。圣家族大教堂的建设进展缓慢，仅靠个人捐赠和门票收入维系，中间又受西班牙内战干扰，在 20 世纪 50 年代间的建造时断时续。2010 年，建设的进程过半，然而整个建筑过程中最大的一些挑战依旧未被解决。预计于 2026 年，即高迪逝世的百年纪念之时完工。

塞维利亚是西班牙第四大城市，这里曾是哥伦布航海签约之地，诗人拜伦的《唐璜》、歌剧《卡门》、电影《达·芬奇密码》均以此为背景。

葡萄牙辛特拉小镇十分古典，被誉为后花园的王宫令人流连忘返。

还有埃维拉小镇，1984 年列为联合国世界文化遗产，此镇有距今 2 千多年的罗马神庙遗址；在大西洋罗卡角，体验“路止于此，海始于斯”的独特风景。

葡萄牙西班牙之旅，车行 3800 千米，行走 6 个大区。世界文化遗产最多的国家第一意大利，第二中国，第三就是西班牙了。

圣家族大教堂

西班牙格拉纳达阿尔罕布拉宫，诗人说："世上没有比出生在格拉纳达却是个瞎子更悲惨的遭遇了"，镌刻在宫墙上的诗句证明着阿尔罕布拉宫举世无双的美丽。

奇崛五指山

——中国作家采风团重走红军长征路纪行

早餐后,攀爬五指山的行动开始了,温文尔雅的《天涯》杂志社办公室主任周建国给大家发了两瓶矿泉水,一瓶银鹭八宝粥,算是山上的中饭了,他强调往返要六七个小时,早晨八点半登山,下午三点返回山下。

最初文友们三五成群轻松地走着,边走边欣赏路旁的凤凰花和龙花,并在国家雨淋的石碑下合影,每个人的脸上都是灿烂的微笑,也就没有对攀爬五指山的畏瑟。只有薛梅显出了为难之情,说自己的膝盖上有积液,担心下山时行走困难,但她还是跟着大部队前行,不到万不得已的时候不能掉队。而这里距五指山主峰 3999 米。

五指山真正的险峻是从栈道的尽头开始的,尽管栈道也是一段较长的路,但双腿行走起来是不费力气的,加之两边如画如诗的绿色和飞瀑流泉,文友们不时停下来拍照说笑、评山论水,一会儿就到了栈桥的尽头,到了这里,队伍渐渐拉开了距离,一切都悄然发生了变化。只见此处断墙上用红笔写着:毒蛇猛兽出没之地,慎行。

一道栅栏木门横在面前,阻止人们前进,如果想继续前行,就要翻过横着的栅栏。我打量了一眼周围的人,海南省作协副主席梅国云、青海省军区政治部原副主任祁建青、内蒙古锡林郭勒盟文联主席阿拉塔,黑龙江同江市街津口乡政府助理孙玉民,四川省凉山州昭觉县副乡长木帕古体……可能还有其他文友,我已记不清了,总之一群少数民族壮汉,他们毫不犹豫翻越栅栏时,我也跟着翻了过去。这时,梅主席忽然停下来说:“我要在这里等后面的队伍。”

我紧跟着这几个壮汉,进了林深处,一种林深似海的感觉油然而生，映入眼帘的是上山的野路，一条被野兽和勇敢者踏出的崎岖山路，窄如羊肠，以一副诡异怪诞的面孔横在路人的眼前，深不可测且望而生畏，大树的根枝如各式各样的蛇身紧紧盘绕在一起，又如大地凸起暴露在外的血管，深深嵌进泥土之中，山路的两侧不是深不见底的石洞，就是奇形怪状的树洞，让人想到这样的诗境："千山鸟飞绝，万径人踪灭。"

当年红军就是在这万径人无踪的五指山上与敌人周旋与野兽为伍的。听说这山上有野猪、熊、毒蛇、鹿……今天重走红军路，就是要体验红军当年的勇敢无畏。

跟着采风团的壮汉前行，我似脚底生风，一路攀爬，文友们不时停下来拍风景，这时一块石碑赫然入目，上写：折木佛日碑刻，1932年7月，国民党政府派国民革命军第一集团军直属警卫旅长陈汉光率兵渡琼"剿共"。陈汉光"剿共"之后，继而"抚黎"，他剿抚并举，所到之处，都要刻石立碑以记功劳和纪念。石碑高120厘米、宽62厘米，楷体阴刻。现已成为五指山市级文物。

一处历史的见证，又助长了前行的勇气，我紧跟着队伍，队伍也就是组织，只要有组织在，就有安全在，也有希望在。我始终跟在青海省军区政治部原副主任祁建青身后，"解放军是人民的大救星"，这话路人皆知。我一路上称他"祁将军"，他是土族人，中国西部散文学会副主席，青海省作协第六届副主席，先后在《人民文学》《解放军文艺》《中国作家》《民族文学》《人民日报》等报刊发表作品，已出版散文随笔集《玉树临风》《瓦蓝青稞》等，荣获全国第九届少数民族文学"骏马奖"，全军第十一届文艺优秀作品一等奖、中国散文学会突出贡献奖。这样一位能将自己的文学创作提到顶级的"将军"，人品一定也是可靠的，因为一个人艺术的高度一定是人品与艺术的有机契合，缺一不可。

在A16步步高升的地方，这里距起点2787米，队伍虽拉开了距离，文友们已经陆陆续续爬上来了，且兴致颇高，没有一个苦累的声音从胸腔里喷发。只见一棵躺倒的老树根须像盛开的葵花，又如一团天然的火焰，成为此处抢眼的风景，我们需要抬高腿跨过去，然后对着它葵花样的根须拍照。面对文友的镜头,内心充满了爬山的兴奋和喜悦,一副张开双臂拥抱大自然的夸张笑脸定格镜头中,随后继续领略和感受五指山的奇崛。

路断处树根和古藤都没有了供人攀登的力量,这时铁梯子就出现了,它架在悬崖峭壁上,可谓“天梯石栈相钩连”,是不爬也必须爬的铁栈道。喘息打量时,忽然想起昨晚梅主席的战前动员,“五指山不是登是爬”。

阿拉塔和孙玉民身轻如燕地爬了上去,这两位壮汉都来自北方,阿拉塔写过《心鉴》和《快速人生》两本书,他总念叨自己血压偏高,却跑在队伍的前边,足见风吹草低见牛羊的广阔天地是多么养人。

赫哲族作家孙玉民不知是否撒网打过鱼,著有散文集《鱼尾弹奏的琴声》、诗集《赫哲人献你一束花》,他在黑龙江省获奖的中篇小说《乌苏里船歌》,跟大山似乎没有什么关系,可他却有优于别人的爬山速度,这与他长期在基层工作有关。

来自张家界的石绍河不声不响走在爬山的队伍里,他是苗族,湖南省桑植县人,出版过随笔集《清泉石上流》《大地语文》。

祁将军始终走在我的前边,他怎么攀爬我也怎么攀爬,亦步亦趋,艰险处他伸出援手使劲拉我一把,让我在艰难的攀爬中还能猛然盯住某一棵藤子端详,思谋是否采回遥远的金陵茁壮成长留给未来回忆。

爬到 A18 老树盘根的地方,此处海拔 1500 米,距五指山主峰 1075 米,五指山的奇崛曼妙已无处不在了,只见“花灼灼,草茸茸,浪蝶对狂蜂。数竿君子竹,五树大夫松”。

山崖上,迎客松逆风而立,远处层峦起伏的山脉中,绿色一层一层地分布开去,如一幅油画在人们的视野中从容地展开,不用任何笔墨勾勒的浑然天成。忽然,一阵风吹过,天上的云开始变黑,雨不跟任何人打招呼、如不速之客大驾光临,任性地将天水噼里啪啦砸下来,痛快淋漓洒在五指山的万物之上,自然也包括趑趄而行的我们。幸而包里塞了一把伞,孙玉民、阿拉塔、我和祁将军集中在伞下，忽然想起近年雷击人之恐惧，于是提醒文友们如果打雷千万别接听手机。

雨像过境的疯婆子，一会儿就消失了。雨停后，山上的雾气渐呈深浓的灰色，一棵枯树干在悬崖上颤抖，树枝张开时又像是忘乎所以地起舞，它显得那么孤独而自信，它是怎么枯朽的，老化还是雷击？

雨后的五指山路面越发滑了，路边悄然长出了蘑菇，很新鲜地站立，就像一群戴白帽子的小矮人。当年红军在五指山上打游击时，蘑菇也欢迎过红军，并成为他们充饥的野菜而立下军功。

文友们陆续爬了上来，石一宁总编边爬山边接听手机，他眼下负责有五种少数民族文字版的《民族文学》，大任在肩不敢疏忽，即便出来采风也不忘工作。他毕业于中山大学中文系，小说、散文、报告文学多有涉略，但评论更具影响力，曾获全国少数民族文学研究奖评论文学新秀奖。

这时，张绍峰拄着一根棍子爬了上来，他真聪明，爬山拄棍子对膝盖是有帮助的，棍子似是一种支撑力。这位生于80年代的大学毕业生，现供职于中国作协创联部，刊于《人民日报》《文艺报》等媒体的散文随笔颇具文采。他一直未走在前边，显然是为照顾后边文友，我始终未见叶多多、和晓梅、周文琴、薛梅。行走这样的崎岖山路，顾及别人绝对是一种美德了。

和晓梅可能与叶多多在一起，她们都来自云南，一个昆明一个丽江。

叶多多是回族女作家，她有三个孩子，其中两个是收养的，藏族男孩是她在香格里拉拍片时收养的，女孩是她亲生女儿的同学，她老公存文学是一位哈尼族作家，如今两人已成立了自己的文化传媒公司，拍了《碧洛雪山》《阿瓦山》等电影，在国际上获得数十个奖项，叶多多还是唐卡画师，又是一位开过专家门诊的中医，曾为一位部队老干部行医，居然死马当活马医治好了老干部的病。当她感觉自己的精神追求与行医相悖时，毅然转道文学，并独自行走澜沧江的源头，朝拜了所有的庙宇。她出版过《我的心在高原》《边地书》等多部散文、小说集，荣登国内多种好书排行榜，获过全国少数民族“骏马奖”，是一飞冲天的智慧女作家。其作品被翻译成英语和西班牙语，并应邀到墨西哥国立自治大学、阿根廷布拉塔国立大学举办讲座，出席过拉丁美洲多个具有国际影响的文学节。

和晓梅是鲁院第八届高研班学员，获云南省“德艺双馨青年作家”称号，2008 年受美国国际写作计划邀请，随中国作家代表团赴美参加“文学与人生”探索交流活动，诗作《朝圣者离去》已翻译为英文。艰难的爬山，仍让和晓梅在路上寻找着诗情，她站在两棵大树中间的从容表情，好像自己也成了一棵亭亭玉立的大树。

薛梅没有上山，但她跨过栈桥趑趄了一段山路，膝盖的积液就逼迫她回返了，这位 1968 年出生的风情猴妹，生活在避暑山庄的满族文学硕士，著有《与面具共舞》等评论专著，且喜诗和随笔，她浑身充满了活力，对万事万物好奇，如果不是膝盖积液作祟，她岂能错过座落在海南岛西南部的五指山？五指山是佛祖的灵指幻化成的，是镇压大闹天宫的孙猴子的神山，属猴的人不能不拜如来佛呀？

到了 A20 丢棍崖，此地海拔 1539 米，距五指山主峰 1007 米，祁将军和孙玉民都在喘息了，当然也有张大嘴巴的我，但此时每个人的精神是拥抱胜利的感觉，越过了后边树根缠绕的险路，望着前边一眼望不尽的崎路，我不由想起曾看过的一个资料，红军长征时毛泽东曾发布过一个行军告示：“我们必须准备走大路、小路、直路和弯路。走过白天是黑夜路，走过黑夜是白天路，走过天涯还有路！走上坡路、下坡路、岔路和崎路，还要准备走绝路，走完绝路，我们再赶路！”不能确定这是毛泽东笔意，但此行军告示鼓舞人心，如号角一样鼓舞红军走完二万五千里长征，成为人类英雄史上的壮举。

祁将军在此刻转过身来，一下子闯进了我的镜头，面对热带雨淋的原始生态，面对奇崛狰狞的险路，我将一个军人的从容不迫在镜头里定格。

这时，梅主席从后边赶了上来，跟在他身后的是探险作家彭绪洛，梅主席见到我说的第一句话就是：“你简直是 28 岁的身体呀！”

我笑得忘乎所以，尽管浑身已被汗透，头发汗湿成缕露出了白花花的光地，可我仍兴奋无比，如此险要之地，我居然在人生56岁老太级别的时候有缘爬了上来，是所有的现世菩萨抬爱于我，才能让一个满族老太聊发少年狂啊。

彭绪洛走在我们后面真是奇怪了，我们都以为他先行去探险了，这位出生于湖北长阳土家山寨的80后儿童文学作家，出版过《宇宙龙骑士》《虎克大冒险》等60余部小说，获得过全国城市出版社优秀图书奖，他写书是为了献给勇敢、智慧、有担当的阳刚少年。而攀爬五指山的途中，彭绪洛有没有可能去探险另外的登山路呢？

我们拍照时，梅主席又先行爬山去了，这使曾经始终走在前边的祁将军、孙玉民和我开始落后，我打量参天古树，祁将军指着一棵树说那是红木，他抢拍了镜头。我轻松地拔出一株小树枝，捏在手里想带回去当盆景。

此处尚未登顶，继续攀爬行进，路上无行人，除了祁将军和我，就是朴素的孙玉民了，他因为攀爬的给力，脸上的庄稼红越发明显，如阳光洒落。这时，我忽然听见半山腰清脆的木鱼敲击声，以为山顶上有座庙，祁将军说："就快到了。"

接近12点的时候，我们终于爬上了五指山的一峰，山上并没有庙，只是一小块平地，散乱着矿泉水瓶等垃圾，靠山路的一侧是一棵发黑的枯树干，树干横倒着，估计是雷击所致。祁将军、孙玉民和我在指示牌下拍照留影，我手里举着沿路采来的树枝，满脸开心自豪地笑着。这里是A27五指山一峰，海拔1839米，距五指山主峰二指还有370米。

文友们陆续不断地攀了上来，我第一眼就看到了周文琴，这位来自四川阿坝的藏族女诗人，出生于马尔康，出版过诗集《马尔康马尔康》，笔名康若文琴。

了一容终于出现了，这位1976年生于宁夏的东乡族作家，本名张根粹，中国伊斯兰教张门门宦教主后裔，曾在天山牧场牧马、巴颜喀拉山淘金，足迹踏遍西部的山水。多年从事小说与书画理论研究，获得国家级多种奖项，是西海固作家群中最具代表性的作家之一。

石总编和石绍河也上来了，于是率先登上一峰的十几个文友纷纷在指示牌下合影，又掏出八宝粥和水补充能量。

梅主席动作快，未等我们吃完，他就说主峰二指离此只有370米了，不到主峰非好汉，他虽被山蚂蟥咬了一口，但仍兴致勃勃，还未等大家反应过来，他早已捷足先登了。

文友们纷纷跟进，石总编、祁将军走在前边，我跟在后边。刚走几步，石总编又停下来接电话，我和祁将军前行，山路却让我望而生畏了，这370米可能是直线距离吧，我望着高耸的二指主峰，犹豫起来，不由大声对前边喊："还有多远啊？"前边的人立刻回答："不远了。"

从一指到主峰二指没有别的路，爬上去再爬下来回到一指峰，这段距离需要多长时间是估计不透的。我感觉身体已不可逞能了，犹豫时，祁将军也停了下来，正需要决断的时候，石总编赶过来了，我急问："我们到底上不上去了？"石总编毫不犹豫说："既然上来了，我们就上去吧。"一句话似鼓舞的号角，我们又开始了攀爬，石总编爬得快，一会儿就不见影子了，崎岖的山路上，只见我和祁将军。

二指峰的路比一指还要陡险，又下过雨，路滑脚站不稳，先要一只脚插进盘绕的树根中再插另一只脚。祁将军始终走在前边，他像个探险队长，先把路探好，再回头拉他的队员，几处险境都是他伸手拉了我一把，一峰二峰一路被他拉上来，山路的奇崛险峻似不在他的眼里，他一路发现着风景、红木、药材……还为我寻了两段藤子，可惜我双手只顾攀登无法带回，只好惋惜地放在路边了。

攀上二指峰顶，真似到了如来佛的掌心，山上虽无寺庙，却有民间信众摆放的菩萨和弥勒数尊，还有香和散乱在地的香火钱。

取出三炷香，捐点香火钱，祁将军掏出火柴划着燃香，张绍峰不知何时带着数个文友爬了上来，我未顾及看都是谁，只顾敬香磕头，呼唤"山神海神河神树神川泽神苗稼神……"人在大自然面前是何等渺小啊，人的眼睛只能看三维空间，而鸟的眼睛却能望见四维大千世界，人眼睛看不见的东西都在天地宇宙间存在着，人啊你不要在大自然面前太自以为是了，纵便你是孙猴子也逃不出如来佛的手掌心……你不是主宰万物的神灵，而是要由万物滋养的高级动物，你因此要敬重万物，明白“天对地、雨对风、大陆对长空。山花对海树，赤日对苍穹”的大自然规律呀。

我在心里默念这些的时候，忽然感慨海南省对五指山热带雨林的保护，因为限制了开发，才有山上原始的生态，才让我们的眼睛有幸目睹了五指山最原始的风貌，从这个角度讲，又必须感谢梅主席把我们忽悠到二峰来了，才使我们领略了五指山的奇崛。

（从右至左）了一容、石绍河、石一宁、梅国云、祁建青、康若文琴、阿拉塔、孙玉民、彭绪络

下山时，石总编、祁将军走在我后边，我冲在前边是因为不知道怎么下山，俗话说“上山容易下山难”，而五指二峰的下山路尤其惊险，走在最前边的周文琴只回头跟我们说了一句话，就一脚跌倒滑出了几米远，幸有老树根将她拦住。我只好倒着下山，先将一只脚探下去，再将另一只脚踩下来，这速度显然是太慢了，身后的石总编和祁将军一定着急了，石总编是团长，他要顾及全队人的安危，于是我让开路，石总编率先下去了，路上又只有我和祁将军了。我始终走在前边，不是祁将军的腿脚慢，而是我担心赶不上他的步伐，也就不再给他让路，但我每走到一个险峻的地方，都要回头请示他怎么走，他打量一下说：“先左脚再右脚，从左边先迈步。”

我按着他的指挥下山，此时他就像一个有经验的首长，面对险峻的地形作出较为正确的指示判断。从二峰下到一峰走了很长时间，精力几乎耗尽，再从一峰往山下走时，文友们都不见了身影，自始至终“三人行”的孙玉民也不知到哪里去了，年轻力壮的文友们，为了赶时间纷纷跑到了前边。

我和祁将军开始从一峰往山下走，这时大约有两点多钟了，太阳从天上露出火辣辣的笑脸，照着林中的湿气，雨后的崎岖山路似长了一层青苔，脚踏上去稍不留神就要跌跤。树根和藤子自然成了行走的依托，不是踏上它就是抓住它，身体挪腾时总有树根和藤子在救你。

集合的时间是下午三点半，心里越焦急越觉得路漫长难行，我不时跌跤，祁将军顺路拣了根棍子递给我，但攀爬铁梯时先要把棍子扔下去再爬梯子，爬下梯子时发现棍子摔断了，行走几步又发现了一根棍子，刚捡起来突见一条青蛇蜿蜒而行，不由惊吓得大声叫喊，祁将军此刻正在接电话，好像是领队张绍峰的电话，他急忙奔过来，我说你跟他们说我们遇到蛇了，祁将军站定打量那条蛇，蛇停在一个石头上望我们，蛇不大，祁将军说是条竹叶青蛇。

我惊魂未定，不敢行走，祁将军说：“没事，你靠边走，蛇已经跑了。”

急走几步，心无定神，又连续跌了两跤，祁将军也跌了一跤，好在都没有伤着筋骨。又走了一段路，情绪似稍稍平稳，忍不住问祁将军：“要是我们遇到一条大蛇该怎么办？”祁将军毫不犹豫地回答：“没事，有我呢。”

他的敢于担当，让我联想到电影《红色娘子军》里的吴琼花和党代表洪常青。祁将军上山下山时对一个满族老太婆的护佑，也代表着中国少数民族作家团结互助的一种精神吧，他是中国作家协会会员，是这个大家庭的一份子啊，如果说“吴琼花”此刻找到党组织了，那祁将军就是党密切联系群众的代表了。

路越走越长，时间已经过了四点钟，路还是没有尽头，还在不停地翻爬铁梯子，如此奇崛漫长的路啊，何时才是尽头？每越过一处险境，我甚至不敢相信这是我们曾经走过的山路。

祁将军话不多，总是在我显得急躁，追问路还有多远时，给予希望地回答:“就快了,不远了,很快就到了。”

在边走边盼的希望中,时间在毫不留情地移动,估计文友们都已经回到车上了,那种等人的焦虑和难耐可想而知。更何况还要开车到五指山市区,那里有领导要跟大家见面呢。

走、不停地走,在树上大知了的聒噪声中总算越过禁行区,走到了栈道上。路是平坦了,可我的膝盖已经不能正步行走,我拄着一根棍子,用脚斜跨台阶一步一步走下去,走一步嘴里就念一声“阿弥陀佛”。

这时,领队张绍峰又来电话了,问你们到了哪里?祁将军说:“高老师走不动了,你们来两个人吧。”

山下的领队张绍峰、团长石一宁等立刻启动紧急救援方案,派谁重新上山迎救?此时车里的文友们早已累得七扭八歪,无人能承担此任务,重任也就落在了玖合生和木帕古体身上了,玖合生军人出身,云南怒江傈僳族诗人。木帕古体是80后彝族作家。

此刻,我心里十分不安,因为我行动的迟缓而拖累了祁将军,同时也拖累了大家,我说出自己的不安,祁将军说:“那是必须负责的。”

走出栈道的时候,见到了前来迎接我们的玖合生和木帕古体,一股暖流激荡心中,他们要背我下山,我执意不肯,深知文友们的体力都已耗尽了。但他们的到来显然鼓舞了士气,下山的步伐也快了起来。

原以为马上就到起点了,想不到又走了很长的路,才见到文友们,大家的关心和笑脸让我感到采风团的温暖。

晚上赶到五指山市已经八点多钟了,吃饭时我向祁将军正式敬酒,感谢他一路护佑,祁将军举着酒杯说:“我们兄妹相称。”

是啊,五十六个民族皆兄妹,兄妹手拉手心连心,团结互助是民族融合的行动体现。

《中国作家网》2016年7月14日、《江苏作家》2016年3期

《大美浦口》创作小记

2015年，我向中国作协申报了一个定点生活项目，拟写一部表现浦口地方风物之书，因我已在浦口（确切地说是江浦）生活了十几年，这里应该算是我的第二故乡了。项目获批后，我便开始在浦口四处游逛，远距离的乘公交车，近距离的就步行，能看能问的大体搜索了一遍，当我准备动笔书写时，忽然感到大脑一片空白，浦口是个历史悠久之地，我的民间采访显然是不系统的、草率的，提笔时自然感到力不从心，无从下笔。于是，问询到浦口区委宣传部郑晓明部长的电话，十分冒昧地打了过去，电话里的声音十分热情，听完我的创作计划，他问我需要什么帮助，我说需要系统采访一下。不久，宣传部就召开了一个小型的会议，有关我这部书的创作，当时各街道的宣传委员都来了，还有建设美丽乡村的投资集团以及相关部门的领导，会议由宣传部副部长王良柱主持，王部长强调各街道要为作者的采访提供方便。

会后，各街道的宣传委员纷纷为我的深入采访提供了方便，诸如提供车子、寻找采访对像、有专门的工作人员陪同等等。我立刻投入到有组织安排的采访之中，可说是对浦口自然风光、人文历史、民间传说有了一次系统的深入了解，浦口不仅有以山、泉、村、园、馆为代表的自然之美，譬如作为南京绿肺和氧吧的老山国家森林公园、龙王山、汤泉和珍珠泉，不老村、响堂村、雨发生态农业园、盘城葡萄园、望月海棠园、永宁乡村博物馆、中华虎凤蝶自然博物馆、桥林茶干和九华茶坊等；也有以传统文化、红色文化和宗教文化为代表的人文之美，这其中包括浦口商圈、泰山庙会和东门左所大街等历史商贾街区，项羽、朱元璋、王安石、袁枚、朱自清和郭沫若等历代政治文化名人；还有以求雨山中华书法小镇、草圣书乡和四方当代美术馆为标志的书画之圣地；更有抗日蒙难将士纪念碑、百万雄师过大江第一岸，孙中山、毛泽东、邓小平等与浦口火车站的不解之缘，王荷波等中共早期工运领导人在浦口的革命活动等。浦口同时是佛教圣地，惠济寺、兜率寺、九峰寺、华严寺、昭忠寺、清真寺、石佛寺、明因禅寺和泰山庙在内，以江北第一古刹定山寺为代表的寺庙群，呈现“南朝四百八十寺”之盛景。

采访过程是令人兴奋的，各街道宣传部门还为我提供了本土地方志，成为我参考借鉴的资料，经过大半年时间的构思，初稿总算完成了，我将初稿送到宣传部。当时我信心满满，以为一下子就可以通过了。半月后，宣传部电话通知我去一趟，在办公室我第一次见到郑晓明部长，他看上去年轻而儒雅，声音温和面带笑容，没有官腔官调。办公室里摆着几幅巨大的地图，上面是楚霸王的逃亡路线，郑部长对此有新的发现，并已写出了论文。这是一位学者型的官员，我内心顿生敬意。

我的初稿郑部长和王部长都看过了，还有产业科的年轻同志，大家坐下来一起提出修改意见，打印的初稿上划着各种符号，问号波折号删节号……更有多处修改的笔记，比如：明朝首辅严嵩，首辅两字改为“内阁”；比如：汤泉的温泉含有19种对人体有益的矿物质，而不是“化学物质”；比如：浦口桃叶渡与南京桃叶渡的不同点；比如：爱国词人张孝祥是否出生江浦？……一系列的纠偏纠错皆出于郑晓明部长笔下，他是认真审读了我的原稿，而如果没有对地方风物历史沿革的深入研究了解，是很难对此书提出疑问且纠正错误的。当晚，大约是十一点多钟了，郑部长又通过微信发给我孙中山先生在《实业计划》里，设想在南京与浦口之间筑起一条穿越长江的隧道的文章，我立刻摘录了一段内容，丰富了初稿中“长江第一岸“的章节。

我按着修改意见将稿子重新修订了一遍，又送到了宣传部，郑部长仍认真看了一遍，又指出了文中的诸多不妥，关于错字、笔误、用词……在如此认真的部长面前，我哪里还敢拙笔自负？

2017年12月,《大美浦口》终于正式出版了,经过专家论证,浦口区委宣传部作为文化产业项目给予了颇有力度的支持,此书同年又列为江苏省作协重大题材文学作品创作工程项目,书出版后得到评论家的诸多赞誉,被誉为是“大美浦口的文学名片”“对浦口前世与今生的美之勘测”。这荣誉里应该有浦口区委宣传部特别是郑晓明部长付出的劳动,他严格自律地践行着一个公务员的工作职责,以积极向上的学习精神和涉猎广泛的知识素养不断提高自己的执政能力,他是一个充满阳光的年轻公务员。

2018年4月8日下午完稿

家乡平泉

我的家乡，是以坐落在城中的“平泉”而命名的。站在泉边，摸着那古老而粗壮的石栏杆，望着栏杆下那一泓清澄透明、涓涓不息的泉水，我常常想起古人吟咏平泉的诗句：“平泉溪涌贯衢流，瀑河源渊古榆洲。红山显露青天外，紫霞潜伏闹市头。猴山耸立冲霄汉，凤岭横陌接斗牛。群峰俊秀推馒首，影壁形奇地半球”。

不错的，我的家乡确如诗中描写的那样美丽。据泉边的石碑记载，清雍正七年（公元1729年），家乡曾称为八沟。乾隆三十八年（公元1773年），因街中有古泉眼，平地涌泉，涓流不绝，立碑：“平泉”。八沟即更名为平泉。

“平泉”如同一面明镜，映着家乡的沧桑日月；又如一只碧眼，注视着家乡发展变化的脚步。它位于河北省，距避暑山庄承德一个小时的车程，毗邻辽宁和内蒙古，历史上即是商贾交易之地，又是土匪出没之所，百姓戏称“穷山恶水没良心的八沟”。

平泉还有一景，南豆包山，站在此山上望平泉城，犹如一条装载着万物的大船。百姓顺口溜：平泉像条船，早早晚晚下江南。

瀑河上的大洋桥是日本侵华时修造的，为了运煤，平泉有煤矿叫大烈山煤矿。儿时坐火车必经大洋桥，桥下的瀑河水夏季山洪来时汹涌，冬天无水时可见河床的枯草。

平泉有著名的饭店五魁园，有两道宫庭菜特别有名，炒改刀和南沙糖饼。有位姓王的老厨师，曾因菜做得好被召进京城，但他没文化，又掌握不好城里煤气灶的火候，不久就回来了，五魁园烧煤碳，这样的灶火炒出来的菜喷香。

平泉的民间小吃有羊杂碎汤和吊炉烧饼，还有豆腐脑。豆腐脑当属倪存家最有名，他是抗美援朝志愿军，退役后自己做豆腐脑卖，孩子一大帮，孩子的脸上总是吊着鼻涕虫，老婆的穿着也不讲究，唯倪存穿着《红灯记》中李玉和的服装，胸前挂满了各式奖章，像是自己的招牌。

1960年农历3月15日午时，我出生在平泉街上的朱家大院，是医院的胡阿姨为我接生，我母亲称她“老胡”，她长得高大，像30年代的上海滩女人，头发卷曲，一脸富态相，会吸烟。我刚一出生不会哭，胡阿姨打了我屁股几巴掌仍未有哭声，奶奶担心我活不了，就喂了一口盐水，我一下子就哭了。我的身体不足5斤重，母亲怀我的时候是1959年，三年自然灾害的第二年，全民饥慌，大萝卜6元一斤，母亲想吃白菜豆腐粉丝都没有，且经常挨饿，我因此生来矮小，能活下来真是奇迹了。

我出生那天，一场春雪刚停，雪后天霁，母亲为我取乳名雪静，父亲偶翻欧阳修《秋声赋》，发现一美句：“其容清明，天高日晶”，于是我的学名就叫高晶。我父母都是医生，他们生育了四个儿女，我是长女。我们家在平泉南大街拥有一个大院子和一排房子，四周是稻田，我父亲曾为此吟了一副对联：“三面稻香一面径，两面溪水八面风”。

1981年9月开始，我在平泉县文化馆创作组工作，刚于师范学校毕业就得到馆长王道一和组长崔果志的重视，写了小评剧《你就是他》去省城石家庄参演，获了个三等奖。那年我21岁。

平泉属于承德地区，承德地区文联经常组织作者采风，举办文学培训班，还创办了《燕山》《热河》两本杂志，我在上面发过小说，并拿过稿费。孟阳、何理、薛理、杨岫实都是我的恩师，我获得的第一个文学奖是“金鹿奖”，据说是何理、薛理几个老师用自己的稿费捐助的。那时的承德文学氛围好，活跃着一大批诗人、散文家、小说家。何理是诗人，薛理是小说家（曾亲自修改过我的小说《摔跤大王》），郭秋良、刘芳、杨林勃、武华在散文界颇有影响。当然还有许多老师，在此我只能挂一漏万了。

我曾为平泉的侏儒症女歌手穆建新写过报告文学，又专门为她

策划了“理想信念人生”的专题晚会，并做晚会的司仪，此歌手后来考入长春音乐学院的残疾人专修班，毕业后组织了自己的演出队，曾来南京演出，见了我一面，她已成家，事业发展良好。

我的长篇小说《从白天到夜晚》是以家乡平泉为背景的，刊于云南《大家》杂志 2005 年 6 期，后被中国华侨出版社出版单行本。现由《收获》“故事工场”独家代理电子书，已在全网发行。

现在，家乡平泉已发生根本性的变化，成为河北省直管市了。它的发展是无愧于历史的，远在史前，平泉曾是中华民族红山文化的发祥地之一。而作为契丹发祥地之一的平泉，已发现辽代古文化遗存 264 处，其中遗址 246 处，辽代墓葬 18 处，平泉现有 1.8 万件馆藏文物中，辽金文物占 70%。

我 1987 年 11 月离开平泉，一晃已经 30 年了。家乡平泉，我虽离你很远却又离你很近。

2017 年 9 月草于金陵

我的同学高晶（代后记）

何玉茹

我比高晶大了八岁，但这并不妨碍我们成为同学，1984 年廊坊师专文学班招生，我和她分别从石家庄和承德考了进去，从此就有了同学加文学的缘分。

记得那时高晶留短发，身材偏矮却不胖，走路喜欢扬头挺胸，就像永远有一股不败的斗志。果然，她的才华首先从唱歌上显示了出来，在一次联欢晚会上，高晶先唱了一首《十五的月亮》，又唱了一首《采蘑菇的小姑娘》，唱得韵味十足，令全场掌声不断，一场晚会下来，高晶也自然成了班里引人注目的人物。后来我发现，她不但歌唱得有味道，说起话来也颇好听，不但话说得好听，说话的嘴长得也颇动人，一张一合，一笑一恼，似处处牵动着人心。由于年龄的差异，我与她交心的话说得不多，但私下里认为，唱歌、说话是一种不可模仿的天分，这天分与写作的天分虽不能相提并论，却也不能决然地分开，至少说明她对意韵的敏感。

两年文学班的生活，与她一起歌儿唱了不少，小说也写了不少，但我知道她热爱的更是小说。据我的了解，这些年她一直没有停止小说写作，尽管工作从承德调到蚌埠，又从蚌埠调到南京，少有长时间的安定，她写作的心却没有变。同时她还先后在几个杂志社当编辑，给我的感觉，她编辑当得风风火火，凡事都要干出个样儿来，再加上每到一个杂志社都要从头做起，她所遇的难度可想而知。但就像最初给我的印象一样，她永远有一股不败的斗志，据人说，在每个杂志社她都是主力编辑。真难为她，做着主力编辑还不忘写小说，有一天竟是给我寄了本小说集来，集子的题目是《无法纯真》，名字改用了笔名“雪静”。由于懒惰，里面的二十多篇小说我只看过少数的几篇，印象中写女性的较多，敏感、激情、还有些许泼辣，文字也满有味道。能看出来她是凭感觉和体验写小说的,当然也离不开理性的思考,但思考是弱于她的感觉的,她在里面不由自主挥洒的激情,往往淹没了本就不那么强壮的思考。我想这大约与她好强的性格有关,她什么都想做出个样儿来,那么容易沉浸于具体工作、生活之中,既促成着她的写作,同时也不无遗憾地局限了她的写作。这几年她远在南京,很少知道她的情况,也不知变化了没有?只从她近日寄来的一个中篇里猜测,她的沉静和泼辣是并存的,写小说使她向往沉静、超脱,令人烦恼的现实又使她不得不沉浸在具体中实际地对待一些事情。她改用"雪静"为笔名,是否也与她的向往有关?当然,这纯属我妄加猜测,真实的她也许远不是这么简单。

与中篇一起寄来的还有一封短信,信中告诉我,今年她已发了四个中篇,还要出一部自况体长篇《从白天到夜晚》。这说明她今年写作的收获是大的,我真心地为她高兴。她同时又说,如今歌已唱得不好了,美女时代我这种不入流的女人也就没了底气。自从毕业后这是她第一次跟我谈到唱歌,之间曾与她见过几次面从没听她唱过一句。不知为什么我很有些失望,一个会唱歌的人从唱到不唱原因也许十分地简单,但唱歌是多么快乐的事情,再简单的原因我想也必是与快乐相反的。这让我忽然想起与她一起在青岛开小说年会时她在崂山上的一座寺庙里虔诚祈祷的情景,那时她留了一头长发,长发遮住了她的表情,但我从背后看出了她的虔诚和渴望。那一瞬间让我格外地感动和难忘,也许人在孤单无助时才可能有如此的表现,就像她虔诚地不停顿地写作小说一样,谁能说她写小说不是来自孤单无助呢?

我与高晶的交往多是具体的,比如她请我代她约稿,比如我推荐稿子给她,还比如她将自己的稿子寄来给我看等等。电话里总是匆匆的几句,信也是短短的,仿佛同学之间一切都不必再多说什么。她还曾寄来一件色彩很艳的上衣给我,说我穿得太素气了,虽然至今我也没穿,但那上衣给我带来的欣喜是难忘的。每日处在读书、写作的状态里,即便交往也总是稿子、稿子的,忽然一件物质的东西来到身边,带了俗世的鲜活的气息,就像对待一个顽皮的小孩子一样,宽容里格外地是有几分喜爱的。后来我也曾想如法炮制地回寄她一件，但一拖再拖的，终于也没能付诸实施。我自认对俗世的热爱是比不得高晶的，她总是急火火地说做就做，包括买衣服这样的事情。

与高晶做同学，一晃就是十几年过去了，想起在校时她那活泼泼的样子，十分地想再听到她的歌声，那歌声与小说相比，显然单纯了许多。但想一想，若没有复杂，小说能指望“单纯”起来么？我盼望着她的小说更成熟又更“单纯”起来的一天。

1999.8.6

《文艺报》1999年10月9日刊发

附小记：

以上是篇旧文，感谢高晶还记得。一晃，竟又过了十七八年了。她对小说果然是热爱的，这些年来，除在《当代》《北京文学》《大家》等刊物发表不少中短篇小说外，还出版了《旗袍》《夫人们》等16部长篇小说。16部，这数字真叫人吃惊，只有写过小说的人，才会知道这数字背后的艰辛。我曾劝她少写，别累着，但同时也知道这劝的无济于事，对于一个热爱者，凡与热爱无关的言论她都会当作耳旁风的，因为她有限的生命只怕不够付予她的热爱，她更像是一个别无他顾的赶路人吧。有一天我在《北京文学》对她的介绍上，得知这些年她的作品曾荣获中国当代女性文学奖、省市“五个一”工程奖、南京市政府文学艺术奖等多种奖项，为她感到欣慰的同时，又觉得一个赶路人不会轻易满足、轻易停下她的脚步的，记得她曾多次表示更喜欢什么样的小说，她喜欢的作家是雨果、茨威格、笛福、阿特伍德、毛姆等等，看看这些显赫的名字，就知道这些年她没少写作，也没少阅读，自然也不会少做写作上的反省。相信这一生，她都会为了自己的热爱，不停歇地努力下去了。真心地祝福她。

2017.5.17

何玉茹，女，1952年生于石家庄，河北省作协副主席，出版长篇小说《冬季与迷醉》《葵花》等5部及中短篇小说若干，作品多次入选中国小说排行榜。